A Faint Cold Fear Thrills Through My Veins
William Shakespeare

## Zu diesem Buch

Vom Wohnzimmer aus, wo er die Nachmittagszeitung las, hörte Rabbi David Small, wie seine Frau Miriam in der Küche herumging. Die erzeugten Geräusche – das Klappern von Töpfen und Pfannen, das Schlagen der Backofentür – verrieten ihm, daß sie verärgert war. Und er wußte auch warum. Sie hatte die im Laufe des Monats angefallenen Rechnungen durchgesehen.

Jetzt erschien sie an der offenen Tür zum Wohnzimmer, und er stellte wieder einmal fest, daß sie immer noch eine Figur hatte wie ein junges Mädchen. Ungeduldig strich sie sich eine blonde Haarsträhne aus dem Gesicht. «David, wir brauchen mehr Geld», verkündete sie.

«Ja, Liebes», sagte er automatisch und verschanzte sich wieder hinter der Zeitung.

«Ich könnte mich ja nach einem Job umsehen.»

Er legte die Zeitung aus der Hand. «Als was?»

«Vielleicht als Stenotypistin. Nein, dann müßte ich in einem Büro sitzen, und dort sieht mich niemand. Ich werde mir einen Job als Kassiererin im Supermarkt suchen. Dann merken die Leute endlich, daß ihr Rabbi unterbezahlt ist.»

Geldsorgen plagen den Rabbi schon seit langem. Aber er ist zu stolz, seine Gemeinde um eine Gehaltserhöhung zu bitten. Wie ein Geschenk des Himmels erscheint es da, daß der neue Präsident des Tempels unaufgefordert dem Rabbi mehr Geld zubilligt.

Schon bald erkennt der Rabbi, daß so etwas nicht ohne Hintergedanken geschieht – man erwartet Gegenleistungen. Wenn er sich weigert, hat er alle gegen sich und verliert seine Stellung.

Doch damit fangen seine Sorgen erst an. Plötzlich steht ein junger Mann aus seiner Gemeinde unter Mordverdacht, und der Rabbi fühlt sich verpflichtet, etwas zu unternehmen, auch wenn er sich zu allem Überfluß noch mit der Polizei anlegen muß ...

Harry Kemelman erhielt für seinen ersten Kriminalroman, Am Freitag schlief der Rabbi lang (Nr. 2090), den Edgar Allan Poe Award. Sein zweiter, Am Samstag aß der Rabbi nichts (Nr. 2125), wurde von der Darmstädter Jury zum Buch des Monats gewählt. Es folgten Am Sonntag blieb der Rabbi weg (Nr. 2291), Am Montag flog der Rabbi ab (Nr. 2304), Am Dienstag sah der Rabbi rot (Nr. 2346), Am Mittwoch wird der Rabbi naß (Nr. 2430) und Der Rabbi schoß am Donnerstag (Nr. 2500). Acht Detektivstories erschienen unter dem Titel Quiz mit Kemelman (Nr. 2172).

Harry Kemelman

# Eines Tages geht der Rabbi

Deutsch von
Ute Tanner

Rowohlt

rororo thriller
Herausgegeben von Bernd Jost

21.–27. Tausend Oktober 1985

Deutsche Erstausgabe
Veröffentlicht im Rowohlt Taschenbuch Verlag GmbH,
Reinbek bei Hamburg, Juli 1985
Die Originalausgabe erschien bei William Morrow and Company, Inc., New York, unter dem Titel «Someday the Rabbi Will Leave»
Umschlagentwurf Manfred Waller
Umschlagbild Ulrich Mack

Satz Bembo (Linotron 202)
Gesamtherstellung Clausen & Bosse, Leck
Printed in Germany
680-ISBN 3 499 42720 6

# Die Hauptpersonen

| | |
|---|---|
| Howard Magnuson | ist gewohnt, daß alle nach seiner Pfeife tanzen. |
| Sophia Magnuson | weiß, wie sie ihren Mann lenken muß. |
| Laura Magnuson | ist die echte Tochter ihrer Eltern und sucht jemanden, dem sie die Karriere arrangieren kann. |
| John Scofield | braucht dringend jemanden, der ihm das Leben ordnet. |
| Morris Halperin | weiß, wie man Karriere macht. |
| Tony D'Angelo | weiß, wie man – allerdings bei hohem Geschäftsrisiko – zu Geld kommt. |
| Thomas Baggio<br>Albert Cash | wollen beide auf den gleichen Posten. |
| Paul Kramer | denkt nur ans Studium und steht plötzlich unter Mordverdacht. |
| Polizeichef<br>Hugh Lanigan | tut, wie immer, seine Pflicht. |
| Rabbi David Small | steht auf der Abschußliste. |

Dem neuesten Zuwachs,
*Anne M. K. Rossant*

Möge dir ein schönes Leben
beschieden sein!

# I

Vom Wohnzimmer aus, wo er die Nachmittagszeitung las, hörte Rabbi David Small, wie seine Frau Miriam in der Küche herumging. Die erzeugten Geräusche – das Klappern von Töpfen und Pfannen, das Schlagen der Backofentür – verrieten ihm, daß sie verärgert war. Und er wußte auch warum. Sie hatte die im Laufe des Monats angefallenen Rechnungen durchgesehen.

Jetzt erschien sie an der offenen Tür zum Wohnzimmer, und er stellte wieder einmal fest, daß sie immer noch eine Figur hatte wie ein junges Mädchen. Ungeduldig strich sie sich eine blonde Haarsträhne aus dem Gesicht.

«David, wir brauchen mehr Geld», verkündete sie.

«Ja, Liebes», sagte er automatisch und verschanzte sich hinter der Zeitung.

«Ich könnte mich ja nach einem Job umsehen.»

Er legte die Zeitung aus der Hand. «Als was?»

«Vielleicht als Stenotypistin. Nein, dann müßte ich in einem Büro sitzen, und dort sieht mich niemand. Ich werde mir einen Job als Kassiererin im Supermarkt suchen. Dann merken die Leute endlich, daß ihr Rabbi unterbezahlt ist.»

Das Telefon läutete, und er griff nach dem Hörer. «Rabbi Small. Ach ... ja, wie geht's ... nein, wir haben nichts Besonderes vor ... aber sicher ... Gegen acht? Gut, wenn Sie wollen. Das war Sam Feinberg», erläuterte er. «Er wollte wissen, ob wir heute abend da sind, er würde gern vorbeikommen.»

«Schön, dann kannst du ihn ja um mehr Geld bitten.»

«Einfach so? Na, hör mal ... Und wie stellst du dir das weiter vor? Glaubst du, er zückt die Brieftasche oder bittet mich um einen Kugelschreiber, damit er einen Scheck ausstellen kann?»

«Du weißt ganz genau, wie ich es meine. Ich weiß, daß der Finanzausschuß es genehmigen muß, vermutlich auf Empfehlung der Ritualkommission, und dann muß der ganze Vorstand darüber abstimmen. Aber zunächst muß ein Vorschlag da sein, jemand muß den Stein ins Rollen bringen. Warum willst du nicht Mr. Feinberg darum bitten? Er mag dich, ihr kommt gut miteinander aus. In den zwei Jahren, seit er Präsident ist, hast du nie Ärger mit ihm gehabt. Jedenfalls kann ich mich nicht erinnern, daß du dich über ihn beklagt hättest.»

«Ja, wir beide kommen ganz gut zurecht, das stimmt.»

«Warum –»

«Ich kann ihn nicht darum bitten, Miriam.»

«Aber warum nicht? Die Inflation hat dein Gehalt verringert ...»

«Ich bekomme einen Teuerungszuschlag.»

«Aber der reicht nie, und du bekommst ihn erst bei deinem nächsten Vertrag. Wenn du wenigstens nicht deine Honorare abgeben würdest ...»

«Damit habe ich mich einverstanden erklärt, als ich herkam.»

«Aber wir könnten das Geld gut gebrauchen», jammerte sie. «Für die Berenson-Hochzeit hast du 200 Dollar erhalten.»

Er lächelte. «Es wäre bestimmt nicht einmal ein Viertel davon gewesen, wenn es in meine Tasche ginge. Sie wissen, daß ich das Geld an die Synagogenkasse abliefere, und zahlen großzügig, weil es sich früher oder später doch herumspricht, wieviel sie gegeben haben.»

«Du könntest eine Aufstellung der Honorare machen, die du abgegeben hast, und darum bitten, daß dein Gehalt zumindest um diese Summe aufgestockt wird. Das wäre nur fair. Die meisten Rabbis behalten ihre Honorare für sich.»

Er schwieg – ein deutlicher Hinweis, daß er die Diskussion nicht fortzusetzen wünschte. Trotz seiner vierzig Jahre wirkte er mit dem blassen Gesicht, dem runden Gelehrtenrücken und dem zuweilen zerstreuten Blick hinter den dicken Brillengläsern wie ein alter Mann. Doch manchmal, wie jetzt, sah er aus wie ein dickköpfiger kleiner Junge, der ungezogen war und nicht sagen mag, daß es ihm leid tut.

Sie ließ nicht locker. «Wirst du nie eine Gehaltserhöhung verlangen, David?»

Er lächelte und sagte freundlich: «Schau, Miriam, für mich ist es – erniedrigend, um eine Gehaltserhöhung zu bitten.»

«Aber es ist eine rein geschäftliche Regelung. Du hast einen Vertrag.»

«Gewiß, und deshalb werde ich die Sache auch streng geschäftlich angehen. Zu gegebener Zeit.»

«Und was nennst du streng geschäftlich?»

«Wenn ich sagen kann, daß ich entweder mehr Geld bekomme

oder gehe. Begreif das doch: Wenn ich eine Gehaltserhöhung verlange, aber ganz offensichtlich die Absicht habe hierzubleiben, auch wenn sie mir nicht bewilligt wird, ist das wie – wie Bettelei. Ein Appell an ihre Mildtätigkeit. Und wenn sie nein sagen? Soll ich mich dann in die Schmollecke zurückziehen? Ich kann das nicht. Wenn ich mich einmal auf so eine Abhängigkeit einlasse, verliere ich all meine Autorität.»

«Bei der Rabbinerkonferenz in Providence hat Sarah Metzenbaum erzählt, wie Jack es macht, wenn er etwas will. Dann gibt er seinen guten Freunden im Vorstand einen Tip, und die bringen es dann auf der Sitzung zur Sprache.»

Rabbinerkonferenzen, fand der Rabbi, hatten unter anderem den Nachteil, daß sich, während die Rabbis in ihren Vortragsveranstaltungen saßen, die Frauen zusammenfanden und Erfahrungen austauschten. «Jack Metzenbaum ist ein umgänglicher, geselliger Mensch, der leicht, fast automatisch Freundschaften schließt. Bei mir ist das anders. So etwas kostet Zeit und Mühe, man muß mit den Leuten gesellschaftlich verkehren, mit ihnen essen ...»

«Und was hast du dagegen?»

«Welche Vorstandsmitglieder haben koschere Häuser, in denen wir essen könnten? Und Golf spiele ich nicht.»

«Chester Kaplan und seine Gruppe führen alle eine koschere Küche.»

«Das fehlt mir noch, mir nachsagen zu lassen, daß ich zu Chester Kaplans Clique gehöre», spottete er. «Die meisten Vorstandsmitglieder sind sowieso der Meinung, daß ich mich immer auf die Seite der Orthodoxen schlage.»

«Aber wie kommen wir dann weiter? Du selbst kannst nicht um Gehaltserhöhung bitten, und du hast niemanden, der die Sache für dich durchfechten könnte. Wenn sie bis jetzt nicht von selbst darauf gekommen sind, dir mehr Geld zu geben, kannst du darauf lange warten.»

Er merkte, daß sie ernsthaft besorgt war, und versuchte, sie zu besänftigen. «Keine Angst, ich werde mir etwas einfallen lassen.»

Aber damit ließ sie sich nicht abspeisen. «Wenn ich so höre, wie genau du es mit deinen Grundsätzen nimmst, weiß ich nicht recht, wie du das anstellen wirst.» Sie war klein und mädchenhaft, es schien kaum glaublich, daß sie zwei halbwüchsige Kinder hatte. Die großen blauen, sonst so fröhlichen Augen waren streng, ja, vorwurfsvoll auf ihn gerichtet, das Kinn war entschlossen vorgereckt. Das üppige, nachlässig hochgesteckte blonde Haar kam ins Rutschen, als sie gebieterisch den Kopf zurückwarf, eine Bewegung, die ihn immer in die Defensive trieb.

Er versuchte Zeit zu gewinnen. «Ja, also, wenn mein Vertrag ausläuft, werden sie mir wohl einen neuen schicken. Und – den unterschreibe ich dann einfach nicht. Und wenn sie mich nach dem Grund fragen, werde ich sagen, daß mir mit meinem derzeitigen Gehalt die Fortsetzung meiner Arbeit nicht möglich ist.»

«Wieviel würdest du fordern?»

«Ich weiß nicht», sagte er leicht gereizt. «Es kommt darauf an ...»

«Wir brauchen mindestens 2000 mehr.»

«Gut, dann fordere ich eben 2000.»

«2500.»

«Schön, 2500.»

«Und wenn sie dir die nicht bewilligen?»

«Dann unterschreibe ich den Vertrag nicht und sehe mich nach einer anderen Stelle um. Zufrieden?»

Sie nickte nachdenklich. «Na gut, aber wie wäre es, wenn du Feinberg schon eine Andeutung über deine Pläne machst, wenn er heute abend kommt? Dann könnte er beim Vorstand Alarm schlagen, und sie können sich schon Gedanken darüber machen.»

Er schüttelte den Kopf. «Vielleicht sehen sie sich statt dessen nach einem Ersatz um.»

«Dann wüßtest du wenigstens, woran du bist, und könntest dir eine neue Stellung suchen, ehe der alte Vertrag abläuft.»

«Schau, Miriam», sagte er geduldig, «ich weiß nicht, weshalb er mich sprechen will –»

«Aber wenn sich die Gelegenheit ergibt ...»

«Also schön. Wenn er sagt, daß sie einen großen Überschuß in der Kasse haben, und mich um Rat bittet, wie sie ihn anlegen sollen, werde ich so ganz nebenbei fallenlassen, der Vorstand könnte sich ja überlegen, ob er nicht dem Rabbi eine Gehaltserhöhung geben will. Zufrieden?»

Die Haustür öffnete und schloß sich geräuschvoll. Aus der Küche kam die schrille Stimme der dreizehnjährigen Tochter Hepsibah. Sie war blond und rosig, aber entgegen dem herrschenden Schönheitsideal klein und pummelig. «Jonathan ist gemein», verkündete sie. «Al Steiner hat ihn mitgenommen, aber denkt ihr, die haben angehalten, als sie mich gesehen haben? Glatt vorbeigefahren sind sie an mir. Jonathan hat sogar gewinkt. Tag, Dad, Tag, Mommy. Ist er oben?»

«Er ist noch nicht zu Hause», gab Miriam Bescheid. «Du bist spät dran. Wenn du dich nicht beeilst, kommst du zu spät zum Hebräisch.»

«Kannst du mich hinfahren, Dad?»

«Das Laufen tut dir mal ganz gut.»

«Vater hat zu tun, Sibah. Trink ein Glas Milch. Du kommst noch gut hin, wenn du nicht trödelst.»

«Warum muß ich überhaupt zu diesem blöden Hebräisch?»

«Weil Mittwoch ist und du jeden Mittwoch Hebräisch hast», fertigte Miriam sie ziemlich kurz ab.

Schritte polterten die Treppe hinauf, Bücher fielen zu Boden, Schritte polterten die Treppe wieder herunter, dann knallte die Hintertür zu. Miriam seufzte.

Etwa eine Viertelstunde herrschte Ruhe, dann schlug wieder die Hintertür.

«Jonathan?» rief Miriam.

Ihr siebzehnjähriger Sohn, groß, dünn und eckig, kam ins Wohnzimmer. «Tag, Dad, Tag, Mom.»

«Warum hast du deine Schwester auf dem Heimweg denn nicht mitgenommen?» wollte der Rabbi wissen.

«Weil wir gar nicht auf dem Heimweg waren, sondern zu Al Steiner wollten. Und außerdem ist sie die reinste Landplage. Al Steiner hat sich gerade einen Computer angeschafft, den wollte ich mir ansehen. Riesig, sag ich euch. Man kann die Hausaufgaben darauf tippen und alles mögliche drin verbessern, und dann drückt man bloß auf einen Knopf, und er druckt alles automatisch aus, mit Rand und allem. Er hat sogar einen Knopf, mit dem er einem die Rechtschreibfehler korrigiert.»

«Du hättest sie wenigstens bis zur Main Street mitnehmen können», meinte Miriam.

«Dann wär sie uns nicht von der Pelle gegangen. Hast du Plätzchen gebacken?»

«In der Dose sind welche. Du machst heute abend Babysitter bei den Colemans, nicht?»

«Ja, richtig. Könntest du mich hinfahren, Dad?»

«Leider nein. Wir erwarten heute abend Besuch. Nimm das Fahrrad.»

«Ich muß um sieben da sein, und da hab ich gedacht, wenn du zum Minjan gehst ...»

«Bei diesem Wetter gehe ich zu Fuß, ich bin froh, wenn ich mal ein bißchen Bewegung habe. Und wie würdest du dann nach Hause kommen?»

Jonathan knurrte etwas vor sich hin und verschwand auf seinem Zimmer. Bei den Smalls kehrte wieder Ruhe ein.

## 2

Howard Magnuson kam in Sporthemd, blauem Blazer und grauen Sporthosen zum Frühstück in das sonnige Eßzimmer mit dem Blick auf den Hafen von Barnard's Crossing. Er beugte sich über seine Frau Sophia, gab ihr einen flüchtigen Kuß und nahm dann ihr gegenüber Platz. Er nickte zu dem dritten Gedeck hinüber. «Laura?»

«Schläft noch», gab seine Frau zurück. «Sie ist heute nacht spät heimgekommen.»

Das Mädchen – sie stammte aus dem Ort, und ihre Schulung ließ zu wünschen übrig – brachte ihm seine Portion Schinken mit Ei und legte die *New York Times,* die sie unter den Arm geklemmt hatte, neben seinen Teller. Er dankte ihr mit einem Nicken, schenkte sich aus der schweren, silbernen Kaffeekanne ein, die bereits auf dem Tisch stand, und nahm einen ersten prüfenden Schluck.

Das Mädchen drückte sich noch am Tisch herum. «Mis' Hagerstrom sagt, ich soll Sie fragen, ob Sie noch eine Kanne Kaffee wollen.»

«Nein, das reicht.»

«Sonst macht sie ihn gleich heiß», sagte sie.

«Nein, nein, es ist alles sehr schön so.»

Er war ein gutaussehender Fünfziger mit ergrauendem Haar und freundlichen blauen Augen. Seine Frau registrierte amüsiert, daß das Mädchen ihm einen sehnsuchtsvoll-bewundernden Blick zuwarf, ehe sie widerstrebend in die Küche zurückkehrte. «Sie kann sich wohl nicht trennen», sagte er.

«Sie schwärmt für dich.»

«Lächerlich», sagte er mit gespieltem Ärger und geheimer Genugtuung. «Wann ist Laura denn heute nacht gekommen?»

«Um zwei oder drei, ich weiß es nicht genau. Ich hatte wieder mal eine schlechte Nacht und konnte nicht schlafen. Ich habe sie kommen hören, habe aber nicht auf die Uhr gesehen. Warum?»

«Warum? Weil sie unsere Tochter ist. Sie ist ein Mädchen.»

«Sie ist fünfundzwanzig, Howard.»

«Ja und?»

«Und sie hat die letzten drei Jahre in England verbracht, und davor war sie im Internat.»

«Du hast ja recht», sagte er betreten. «Aber trotzdem ... Sagt sie dir nie, wohin sie geht?»

«Manchmal, wenn es ihr gerade einfällt, oder wenn ich sie frage. Gestern war sie in Cambridge. Irgendwas Politisches.»

«Politik? Soso ...»

«Warum nicht?» Sophia Magnuson war eine hochgewachsene Frau mit langem, schmalem Gesicht, das eher eindrucksvoll als hübsch war. Selbst jetzt, im Morgenmantel, sah sie majestätisch genug für einen Botschaftsball aus. «Du solltest dich auch engagieren, Howard. Nein, ich meine nicht, daß du dich um ein Amt bewerben solltest, aber du könntest deinen Rat zur Verfügung stellen, Einfluß geltend machen. Von einem Mann in deiner Stellung wird das erwartet.» Sie tippte auf die Lokalzeitung, in der sie gelesen hatte. «Hier steht, daß Ronnie Sykes nach Washington berufen worden ist. In einen Ausschuß, der den Präsidenten berät. Warum tritt an dich niemand heran?»

Er sah auf. «Wahrscheinlich, weil ich nicht politisch aktiv bin. Ronnie Sykes ist im Republikanischen Ausschuß des Staates tätig. Warum interessiert es dich? Willst du nach Washington? Wozu?»

«Wir würden mal andere Leute kennenlernen. Die Macher, wie man so sagt. Du unterstützt die Partei doch auch finanziell.»

«Nicht wesentlich. Wenn sie ein Bankett veranstalten, kaufe ich einen Packen Eintrittskarten, aber damit hat es sich eigentlich schon. Im übrigen ist Sykes Grieche, er hat früher Skouros geheißen oder so ähnlich.»

«Was hat das damit zu tun?»

«Das bedeutet, daß er der Kontaktmann zu einer Minderheitengruppe ist, und so etwas ist für die Regierung unter Umständen nützlich.»

«Aber wir sind doch auch eine Minderheitengruppe. Du könntest durchaus der Kontaktmann zur jüdischen Gemeinde sein.»

«Es ist ja nicht nur, daß er Grieche ist, er engagiert sich auch für seine Landsleute. Ich glaube, er war mal Präsident von Ahepa.»

«Und du warst mal im Vorstand des Tempels.»

«Vizepräsident. Aber das ist sieben oder acht Jahre her, als wir noch in Boston wohnten. Und richtig engagiert habe ich mich auch damals nicht. Mein Großvater hatte den Tempel praktisch gegründet und war sein erster Präsident gewesen. Und danach hatte über mehrere Wahlperioden mein Vater dieses Amt inne. Es wurde also gewissermaßen von mir erwartet. Wenn ich ehrlich bin, lag der Reiz des Umzugs nach Barnard's Crossing unter anderem auch darin, daß ich einen Vorwand hatte, das Amt aufzugeben.»

«Und doch bist du hier gleich im ersten Jahr in die jüdische Gemeinde eingetreten.»

«Das ist etwas anderes. Es ist die einzige jüdische Organisation am Ort. Hätte ich einen offensichtlich jüdischen Namen wie Cohen oder Levy oder Goldstein, hätte ich mich damit vielleicht gar nicht belastet. Aber Magnuson – das läßt sich nicht festmachen, es könnte ein englischer oder auch ein schwedischer Name sein. Ich wollte vermeiden, daß jemand auf den Gedanken kommt, ich schämte mich meiner Herkunft. Deshalb bin ich in den Tempel eingetreten.»

«Na schön, aber letztes Jahr hast du dich in den Vorstand wählen lassen. Hast du damit nicht ein bißchen zuviel des Guten getan?»

Er lachte ein wenig. «Da konnte ich schlecht nein sagen. Warte mal, du warst in Paris, als diese Wegerechtsgeschichte hochkam, ich glaube, ich habe dir nie erzählt, wie das damals gelaufen ist. Mein erster Gedanke war, mich an meine Anwälte in Boston zu wenden. Aber dann dachte ich mir, daß das auch genau der falsche Schritt sein könnte. Sie würden einen Fall für den Obersten Gerichtshof daraus machen, würden mit eidesstattlichen Versicherungen, Niederschriften und Präzedenzfällen beim Magistrat aufmarschieren. Und ich hatte so das Gefühl, daß ich damit nicht weiterkommen würde. Die Magistratsmitglieder sind Hiesige, meist einfache Leute. Einer ist Friseur. Damit hätten wir sie nur aufgebracht. Statt dessen bin ich ins Rathaus gegangen, um einmal selbst die Lage zu peilen. An der Wand hing eine Tafel mit den Namen der Verwaltungsbeamten, und der Stadtsyndikus hieß Morris Halperin.»

Sie lächelte. «Verstehe ...»

«Er war zufällig im Haus, ich schilderte ihm die Lage und bat, den Fall als mein Anwalt zu übernehmen.»

«Und?»

«Er lehnte ab.»

«Wußte er, wer du bist?»

«Natürlich, aber er sagte, es sei ein Interessenkonflikt, er könne nicht in einem Fall, in dem er die Magistratsmitglieder vielleicht würde beraten müssen, als mein Anwalt fungieren. Und dann meinte er, ich würde gar keinen Rechtsanwalt brauchen, ich solle nur vor dem Magistrat meine Sache selbst vortragen, das würde den Leuten mehr imponieren, als wenn ich mich von einem Anwalt vertreten ließe. Dann zwinkerte er mir ein bißchen zu und sagte: ‹Und wenn die Herren mich nach meiner Meinung fragen, kann ich Ihnen vielleicht behilflich sein.›»

«Das war ja wirklich sehr nett von ihm.»

«Ja, nicht? Sie haben ihn dann nicht einmal um seine Meinung gefragt, sondern haben einstimmig zu meinen Gunsten entschieden. Nachdem der Beschluß im Mitteilungsblatt veröffentlicht und damit amtlich war, ging ich noch einmal zu ihm. Ich fand, daß ich ihm ein Honorar schuldig war – für seinen Rat, ich möge mir keinen Anwalt nehmen.»

«Und diesmal war er bestimmt zugänglicher – wollen wir wetten?»

«Die Wette würdest du verlieren. Er könne sich für den Rat nicht bezahlen lassen, sagte er, da er ihn in seiner Eigenschaft als Stadtsyndikus gegeben habe.»

«Wie alt ist dieser Halperin?»

Magnuson überlegte. «So um die Vierzig.»

«Es ist wohltuend, daß das Gefühl für Sitte und Moral auch bei den Jüngeren noch nicht ganz ausgestorben ist.» Sie warf ihm einen forschenden Blick zu. «Oder – hat die Sache noch ein Nachspiel?»

Er lachte. «Wie man's nimmt. Wir unterhielten uns angeregt, und die Rede kam auch auf den Tempel. Und dann fragte er mich aus heiterem Himmel, ob ich etwas dagegen hätte, wenn er mich für den Vorstand nominieren würde.»

«Einfach so?»

«Ja. Er wußte natürlich, daß ich in seiner Schuld stand.»

«Aber du interessierst dich gar nicht für Religion und –»

«Das habe ich ihm auch gesagt, aber es störte ihn überhaupt nicht. Sehr wenige Vorstandsmitglieder seien religiös, sagte er, bei ihnen bestehe da bestenfalls ein Sinn für ihr kulturelles Erbe und das Gefühl, daß es untrennbar mit der Institution der Synagoge verbunden sei. Es war ihm klar, daß ich ein vielbeschäftigter Mann bin und vielleicht nicht regelmäßig an den Sitzungen würde teilnehmen können. Ich hatte den Eindruck, daß es ihn auch nicht gekümmert hätte, wenn ich überhaupt nicht hingegangen wäre, daß es ihm einfach um meinen bekannten Namen auf dem Briefkopf ging. Also stimmte ich zu. Was blieb mir übrig?»

«Aber du bist dann doch zu den Sitzungen gegangen, zumindest gelegentlich, nicht?»

Er lächelte leicht verlegen. «Ein-, zweimal. Ich müßte wohl wirklich öfter hingehen. Sie haben offenbar keine Ahnung von geschäftlichen Dingen, da könnte ich schon einiges zurechtrücken.»

«Bestimmt. Wie würdest du es anstellen, Präsident zu werden?»

«Präsident des Tempels? Wozu denn das?»

«Laß das jetzt erst mal beiseite. Könntest du das Amt bekommen, wenn du wolltest?»

So gesehen, als Problem der Unternehmens- und Verbandspolitik, ließ sich die Frage ernst nehmen. Er legte den Kopf schief und dachte nach. «Ja, also ...»

«Würdest du mit dem Rabbi reden?»

«Nein, nein.» Er schüttelte ungeduldig den Kopf. «Er ist nur ein Angestellter des Tempels. Ich könnte wohl ... hm ... Weißt du, was ich tun würde? Ich würde mit diesem Morris Halperin sprechen.»

«Weil er dich für den Vorstand nominiert hat?»

«Nein, weil er sich in der Politik auskennt. Das sieht man schon daran, daß er als Jude zum Stadtsyndikus gewählt worden ist. Ich würde ihn mir als eine Art Wahlkampfmanager nehmen.»

«Und würde er das machen?»

«Ich glaube schon. Er ist jung und ehrgeizig. Die Chance einer Verbindung mit mir käme ihm sicher gelegen.»

«Woher weißt du, daß er ehrgeizig ist?»

«Würde er sich sonst als Stadtsyndikus zur Verfügung stellen?

Finanziell bringt es so gut wie nichts, und er muß das ganze Jahr jeden Mittwochabend für die Sitzungen des Magistrats opfern.» Er lächelte plötzlich. «Außerdem habe ich mir vor meinem zweiten Besuch sein Bankkonto angesehen.»

«Wie hast du denn das gemacht?»

«Er hat sein Konto bei einer Filiale meiner Bank in Boston. Du glaubst doch nicht, daß der Geschäftsstellenleiter sich zieren würde, wenn ich etwas Bestimmtes sehen möchte?»

«Und?»

Er zuckte die Schultern. «Er schlägt sich so durch, aber goldene Berge verdient er nicht.»

«Wie ist er denn so? Wie sieht er aus?»

«Scheint ein anständiger Kerl zu sein. Groß, einsachtzig, würde ich sagen, und massiv, aber nicht dick – noch nicht jedenfalls. Große Nase, breite Lippen, schon ziemlich kahl, aber er hat ein sympathisches Gesicht und lächelt gern.»

«Sehr schön. Ich werde ihn mal zum Essen einladen.»

«Wieso das?»

«Weil er so anständig und hilfsbereit war», sagte sie vergnügt. «Und weil es interessant sein könnte, sich die Sache ein bißchen näher anzusehen. Außerdem brauchst du eine neue Aufgabe, nachdem du die Elechtech Corporation verkauft hast. Du hast doch nichts dagegen?»

«Es würde mir nicht helfen – nachdem du dir die Sache einmal in den Kopf gesetzt hast.»

## 3

Sam Feinberg, der Präsident des Tempels, klein, dick und mit schütter werdender Haarpracht, war anständig, rücksichtsvoll und kompromißbereit. Diesen Eigenschaften verdankte er auch seine Wahl zum Präsidenten nach der katastrophalen Amtszeit von Chester Kaplan und seiner orthodoxen Clique. Er hatte dieses Amt drei Jahre innegehabt, 1980, 1981 und – diesmal praktisch ohne Gegenstimme gewählt – 1982. In den Augen der Reformpartei war er ein moderner Mensch, der sich mit der Einhaltung der Religionsvorschriften nicht großtat. Die «Ultrareligiösen» konnten ihn ebenfalls akzeptieren, weil sie wußten, daß er eine koschere Küche führte, regelmäßig zu den Gottesdiensten am Freitagabend und am Sabbat und gelegentlich auch zum täglichen Minjan kam.

Als er an diesem Abend bei den Smalls erschien, erkundigte sich der Rabbi zuerst nach seiner Frau, der es gesundheitlich nicht gutging. Feinberg schüttelte bekümmert den Kopf. «Deshalb bin ich hier. Ich habe beschlossen, dem Winter zu entfliehen. Wir gehen nach Arizona.»

«Und wie lange?»

«Ich kehre nicht mehr zurück, wir ziehen endgültig dorthin. Um ehrlich zu sein, Rabbi: Ich trage mich schon seit einiger Zeit mit dem Gedanken. Letzte Woche bin ich nach Phoenix geflogen. Sie wissen ja, mein Sohn Mark ist dort im Immobiliengeschäft, seit ein paar Jahren schon. Er leidet auch an Asthma, und seit er dort wohnt, hat er keinen schweren Anfall mehr gehabt. Er redet uns schon lange zu, daß wir nachkommen sollen – hauptsächlich wegen seiner Mutter. Ja, und um es kurz zu machen – ich habe mir dort ein Haus gekauft.»

«Das ging ja schnell. Da wünsche ich Ihnen natürlich alles Gute. Aber was wird aus Ihrem Geschäft?»

«Das haben schon seit einiger Zeit mein jüngerer Sohn Abner und mein Schwiegersohn übernommen. In den letzten beiden Jahren habe ich damit eigentlich sowieso nicht mehr viel zu tun gehabt. Gewiß, ein- oder zweimal in der Woche lasse ich mich dort sehen, aber das ist eigentlich auch schon alles. Sie schaffen es auch ohne mich.»

«Wann fahren Sie? Ist das schon Ihr Abschiedsbesuch?»

Feinberg lachte. «Nein, nein, einen Monat wird es schon noch dauern, ich habe noch eine Menge zu erledigen. Aber was mir hauptsächlich Sorgen macht, ist der Tempel.» Er gluckste belustigt. «Ich kann die Geschäfte schlecht schriftlich von Arizona aus führen.»

«Dann muß unser Vizepräsident – nein, das geht nicht. Wir haben ja keinen. Wir müssen also Neuwahlen ansetzen.»

«Ich habe mir neulich mal die Satzung durchgelesen, Rabbi. Im Anfang hatte der Vorstand etwa 45 Mitglieder und einen ersten, einen zweiten und einen dritten Vize. Was das sollte, ist mir allerdings schleierhaft.»

«Soweit ich weiß – ich bin ja auch noch nicht so lange hier –, sollte damit nicht die Nachfolge gesichert, sondern eine Art Ehrentitel geschaffen werden. Deshalb auch die 45 Vorstandsmitglieder. Zu den Sitzungen kamen meist nicht mehr als fünfzehn, aber man wollte damit so viele Mitglieder wie möglich aktiv beteiligen. Als vor einigen Jahren der Vorstand auf fünfzehn Mitglieder beschränkt wurde, hat man durch eine Statutenänderung einen einzigen Vizepräsidenten vorgesehen, aber der Präsident konnte jetzt einen Vizepräsidenten ernennen, wenn das Amt aus irgendeinem Grund vakant wurde, so daß nicht neu gewählt zu werden brauchte. Wahrscheinlich dachten sie sich, daß eine außergewöhnliche Mitgliederversammlung nur zur Wahl eines Vizepräsidenten nicht besonders gut besucht sein würde.»

«Stimmt, das war etwa zu der Zeit, als Agnew zurücktrat und Nixon Ford ernannte. Was die Vereinigten Staaten können, hat sich damals der Vorstand wohl gedacht, kann unser Tempel schon lange. ‹Wenn aus irgendeinem Grund das Amt des Vizepräsidenten vakant wird, kann der Präsident mit Zustimmung von mindestens zwei Dritteln der Vorstandsmitglieder bei einer regulären Vorstandssitzung ein Vorstandsmitglied in dieses Amt berufen.› Oder so ähnlich. Und da habe ich mir gedacht, daß ich jemanden ernenne, mir die Zustimmung des Vorstandes hole und dann zurücktrete. Ich dachte an ... Nein?» Der Rabbi hatte den Kopf geschüttelt.

«Sie würden vermutlich Ihren Freund Siskin ernennen.»

«Oder Ely Mann. Oder Murray Larkin.»

«Ganz unabhängig von der Person würde der Vorstand wahrscheinlich seine Zustimmung geben, weil man dem Amt des Vizepräsidenten keine besondere Bedeutung beimißt. Aber wenn Sie dann Ihren Rücktritt bekanntgeben, wird Chester Kaplan so laut Schiebung schreien, daß man es bis Lynn hört. Man würde es als Trick empfinden, und so etwas läßt seine Clique sich nicht gefallen. Sie würde Sitzungen abhalten und eine Telefonkampagne starten, die Gemeinde könnte sich darüber spalten, zumindest gäbe es über Jahre hinaus böses Blut.»

«Aber wenn ich einfach so zurücktrete, findet in ein, zwei Wochen eine Neuwahl statt, und die gewinnt Chester Kaplan mit fliegenden Fahnen», sagte Feinberg eigensinnig.

«Wieso meinen Sie, daß er gewinnen würde?»

«Weil er eine geschlossene Gruppe hinter sich hat. Sie hocken ständig beisammen, regelmäßig einmal in der Woche ist Treff bei Kaplan. Sein Wahlkampf wäre im Gang, noch ehe die Konservativen sich auf einen Kandidaten geeinigt hätten.»

«Das müssen Sie riskieren», sagte der Rabbi. «Wann wollten Sie Ihren Rücktritt bekanntgeben?»

«Ich habe mir gedacht, daß ich bis kurz vor meiner Abreise warte, das wäre in einem Monat. Inzwischen könnte ich dem einen oder anderen konservativen Mitglied eine Andeutung machen, und sie könnten schon langsam loslegen.»

Wieder schüttelte der Rabbi den Kopf. «Das wäre nicht fair. Außerdem würde es sich herumsprechen.»

«Ja, aber was soll ich dann machen?»

Der Rabbi stand auf und begann, den Kopf nachdenklich gesenkt, auf und ab zu gehen. Vor seinem Besucher blieb er stehen. «Wissen Sie was? Sagen Sie es auf der nächsten Vorstandssitzung, diesen Sonntag.»

«Und?»

«Und dann sagen Sie, daß Ihr Rücktritt in einem Monat wirksam wird oder in sechs Wochen oder wann immer Sie tatsächlich wegziehen.»

«Verstehe.» Feinberg nickte lächelnd. «Damit haben die anderen die Möglichkeit, etwas auf die Beine zu stellen.»

«Vielleicht», sagte der Rabbi sorgenvoll.

Als Feinberg gegangen war, fragte Miriam: «Wäre es wirklich so schlimm, wenn Chester Kaplan und seine Clique ans Ruder kämen?»

«Du weißt ja, wie es in dem Jahr gelaufen ist, als er den Vorsitz hatte.»

«Du denkst an die Geschichte mit dem Grundstück auf dem Land, das er als Klausur kaufen wollte? Aber daraus hat er wahrscheinlich gelernt, so was macht er bestimmt nicht noch mal.»

«Nein? Erst gestern, beim Minjan, als wir auf einen zehnten Mann warteten, meinte er, wir sollten eine Liste führen und dann die Ehrenämter an den Hohen Festtagen nur an die vergeben, die ein bestimmtes Anwesenheitssoll erfüllt haben.»

«Das darf doch nicht wahr sein!»

«Leider doch. Und er hat bestimmt einen Haufen ähnlicher Ideen parat, die er gern verwirklichen würde. Die Entfernung der

Frauenstimmen aus dem Chor etwa. Oder eine Änderung der Sitzordnung – Männer auf der einen, Frauen auf der anderen Seite.»

«Da gäbe es so viel Widerstand, daß –»

«Eben. Genau das müssen wir vermeiden, wir können uns einfach keinen Zwist leisten. In einer Stadt mit großem jüdischen Bevölkerungsanteil gehen in die konservative Synagoge Leute, die vom konservativen Judaismus überzeugt sind. Aber in einer Kleinstadt wie Barnard's Crossing ist die konservative Synagoge ein Kompromiß zwischen drei Richtungen – den Reformern, den Konservativen und den Orthodoxen. Da müssen wir auf Ausgewogenheit achten. Wenn wir zu sehr in die eine oder andere Richtung tendieren, verlieren wir Mitglieder. Falls Kaplan und seine Leute ans Ruder kommen, besteht die Gefahr, daß die Reformleute aussteigen und einen eigenen Tempel gründen. Und die Gemeinde ist einfach nicht so groß, daß sich zwei Synagogen halten könnten. Hauptsächlich ist es das, was Feinberg Sorgen macht. Und mir auch natürlich. Aber mich beunruhigt auch, daß Kaplan und seine Gruppe eine Richtung vertreten, die ich einmal als Neue Orthodoxie bezeichnen möchte.»

«Neue Orthodoxie?»

«Ja. Sie sind unheimlich religiös. Sie legen sich mächtig ins Zeug dabei, und wenn man das so angeht, wird aus Frömmigkeit leicht Frömmelei. Mein Vater war zwar als Rabbi ein Konservativer, aber wie es bei uns zu Hause zuging, das würde man heute orthodox nennen. Mein Großvater war natürlich ein echt orthodoxer Rabbi, und meine Verwandten gingen alle in orthodoxe Synagogen. Sie hatten keine Probleme mit ihrer Religion. Sie war eigentlich mehr eine Lebensform als ein Versuch, mit dem Höchsten zu kommunizieren. Die Einhaltung der Gebote war ihnen in Fleisch und Blut übergegangen. Nichtkoscheres Essen hätten sie so wenig heruntergebracht, wie die meisten Menschen Schlangenfleisch herunterbringen. Und gesondertes Geschirr für Fleisch- und Milchprodukte zu verwenden, war ihnen so selbstverständlich wie – wie das Essen von Tellern am Tisch statt von einer alten Zeitung auf dem Fußboden. Als ich zum erstenmal zum Essen in ein Restaurant ging und sah, wie jemand sich Butter aufs Brot strich, ehe er mit dem Messer das Steak schnitt – wohlgemerkt, ich war damals im College –, hätte ich mich fast übergeben.»

«Und der Sabbat? War der nicht sehr einengend?»

«Überhaupt nicht. Es war ein Feiertag. Man zog die besten Sabbatsachen an und ging zur Synagoge. Zum Mittag gab es etwas besonders Gutes. Es war ein Tag, an dem man Besuche machte oder selbst Besuch bekam. Mein Großvater fragte mich nach dem, was ich im Lauf der Woche in der Religionsschule gelernt hatte, und manchmal, besonders nachdem ich mit dem Talmudstudium angefangen hatte, gab er auch eigene Belehrungen dazu. Wenn wir keine Gäste hatten – oder wenn sie wieder gegangen waren –, machten meine Eltern einen Mittagsschlaf. Der Tag verlief nach einem anderen Rhythmus. Es war nicht schlimm, ich habe es nie als Belastung empfunden.»

«Bei uns war das anders», sagte Miriam.

«Das kann ich mir vorstellen, ihr kommt ja auch aus der reformierten Richtung», meinte er mit leichtem Spott. «Ihr seid in den Tempel gegangen, wie die Christen zur Kirche gehen, erfüllt von erhabener Würde. Aber gerade das ist nicht Judaismus – jedenfalls nicht von der Tradition her. Deine Leute haben inbrünstig gebetet oder hatten ein schlechtes Gewissen, wenn sie es nicht taten. Aber die Juden beten im Grunde überhaupt nicht, sie *davenen*. Das heißt, sie leiern den Text herunter, so schnell sie können, und weil er hebräisch ist, versteht ihn kaum einer. Deshalb haben die Reformierten ihre Gebete vom Hebräischen auf die Landessprache – in unserem Fall Englisch – umgestellt.»

«Ist es nicht sinnvoll zu wissen, was man sagt?»

«Da bin ich nicht so sicher. Erinnerst du dich noch an Mr. Goralsky?»

«Du meinst Ben Goralskys Vater? Natürlich.»

«Er hat mir einmal erzählt, daß seit seinem fünften Lebensjahr nicht ein Tag vergangen war, ohne daß er die vorgeschriebenen Gebete absolviert hätte. Damals war er schon fünfundsiebzig oder achtzig. Er kannte sie auswendig, aber was die Worte bedeuteten, wußte er nicht. Er habe aber, sagte er, beim Beten immer andere Gedanken als sonst. Für ihn war Beten Meditation, und die Gebete, die er so schnell herunterrasselte, daß er die *Amida* fertig hatte, noch ehe die anderen zur Hälfte durch waren, waren eine Art Mantra. Er war in dem Sinne ein frommer Jude, daß er sich flink seiner Verpflichtungen entledigte und dann zur Tagesordnung überging. Ich hätte ihn nie als religiös bezeichnet – will sagen, als einen Menschen, der eifrig darauf bedacht ist, Gottes Willen zu spüren. Kaplan und seine Clique dagegen sehe ich sehr wohl so.»

«Und du fürchtest, sie könnten, wenn sie ans Ruder kommen, den –»

«Den Gottesdienst pervertieren. Genauso ist es. Wir Juden haben von jeher gewisse Vorbehalte gegenüber der Religiosität. Eins unserer Gebote lautet ja auch: Du sollst den Namen des Herrn, deines Gottes, nicht unnützlich führen.»

Sie nickte. «Weißt du was, David? Du bist nicht dazu gekommen, mit Feinberg wegen einer Gehaltserhöhung zu reden.»

«Sag mal, Miriam, hast du überhaupt zugehört?»

«Natürlich. Du sagst es nicht zum erstenmal. Aber im Augenblick geht es mir eigentlich eher darum, daß du mehr Geld verdienst. Jonathan kommt bald ins College. Und Hepsibah wird allmählich erwachsen. Noch trägt sie Jeans und Turnlatschen, aber wie lange dauert es noch, dann braucht sie Kleider und vernünftiges Schuhwerk.»

## 4

Scofield war einer der alten Namen von Barnard's Crossing, wie Meechum und Crosset. Es gab eine Scofield Alley, die zur öffentlichen Landungsbrücke führte, und ein Rasenstück mit zwei Bänken, das im Katasteramt als Scofield Park geführt wurde. Doch im Telefonbuch war der Name nur einmal vertreten – durch John Scofield –, im Gegensatz zu den Dutzenden von Meechums und der halben Spalte Crossets. Die vom Stadtklatsch gelieferte Erklärung war, die Scofields seien bedachtsame Leute gewesen, die spät zu heiraten pflegten, so daß sie nie viele Kinder in die Welt gesetzt hatten.

Bedauerlicherweise hatte diese Bedachtsamkeit nicht zu Wohlstand geführt, abgesehen von einer kurzen Phase im 19. Jahrhundert, als ein Samuel Scofield, Richter von Beruf, im Chinageschäft spekuliert und an einer einzigen Reise einen Haufen Geld verdient hatte. Aber dann hatte sich seine angeborene Bedachtsamkeit wieder durchgesetzt, und er hatte nichts mehr aufs Spiel gesetzt. Als er starb, war der größte Teil des Vermögens in alle Winde verstreut. Immerhin hatte er es geschafft, je ein Stipendium am Harvard College und an der juristischen Fakultät der Universität Harvard zu stiften mit der Auflage, diese Zuwendungen seien stets nur an einen

Träger des Namens Scofield zu vergeben. Sei ein geeigneter Kandidat nicht vorhanden, solle das Geld dem allgemeinen Betriebskapital dieser Institutionen zugeschlagen werden.

John Scofield wurde – vielleicht weil sich seit Jahren kein Bewerber mehr gemeldet hatte und der Zulassungsausschuß ein schlechtes Gewissen hatte – ins College aufgenommen, obgleich er an der High School von Barnard's Crossing mäßige, ja, eher unterdurchschnittliche Noten erzielt hatte. Vier Jahre später bewarb er sich um einen Platz fürs Jurastudium und bekam ihn auch.

Inzwischen war John Scofield achtundzwanzig, ein hochgewachsener junger Mann mit blaßblauen Augen und großen weißen Zähnen, der gut, wenn auch eine Spur hausbacken aussah. Er teilte sich mit vier Anwaltskollegen ein Büro in Salem, jungen Männern, die sich, wie er, erst mühsam eine Praxis aufbauen mußten. In einer Beziehung war er besser dran als sie – die anderen waren alle schon verheiratet, während er nur für sich selbst zu sorgen hatte. ‹Die Scofields pflegen spät zu heiraten ...›

Auf der anderen Seite des Ganges hatte J. J. Mulcahey seine Kanzlei, ein älterer Strafanwalt, der die Räume an die jungen Leute untervermietet hatte. John Scofield saß häufig bei Mulcahey, weil er viel Zeit hatte und weil der Alte gern redete, besonders, wenn er ein, zwei Drinks intus hatte. Gelegentlich hatte Mulcahey auch mal Arbeit für ihn, meist Schreibkram, für den er ihn meist sogar recht großzügig bezahlte. Manchmal schanzte ihm Mulcahey auch einen Fall zu, wenn er selbst keine Zeit oder keine Lust hatte, sich damit zu beschäftigen. Und so kam es, daß John Scofield die Verteidigung von Juan Gonzales übernommen hatte. Doch an dem Vormittag, für den die Verhandlung angesetzt war, saß er nicht im Gerichtssaal, sondern in Mulcaheys Kanzlei. Mulcahey sah auf die Uhr. «Ist nicht heute vormittag deine Verhandlung?»

«Alles erledigt.» Scofield feixte selbstzufrieden. «Ich hab ein bißchen gehandelt.»

«Worauf habt ihr euch geeinigt?»

«Sechs Monate und ein halbes Jahr Bewährung. Viel besser, als drei bis fünf Jahre zu riskieren.»

«Ich hätte einen Freispruch erreicht», sagte Mulcahey.

«Komm, J. J., der Mann hat eindeutig Dreck am Stecken.»

«Na und? Das müssen die Geschworenen entscheiden. Wie lief denn das?»

«Ja, also Gonzales hatte seine ganze Familie dabei, und ständig kam einer angerannt und fragte mich was oder gab mir irgendwelche unsinnigen Ratschläge. Das hat mich allmählich ganz schön genervt, und da bin ich schließlich rausgegangen, um eine Tasse Kaffee zu trinken. Ein paar Minuten danach taucht der stellvertretende D. A., Charlie Venturo, auf. Den kennst du doch, nicht?»

«Und ob. Dem Kerl darf man nicht den Rücken drehen.»

«Ach, komm, er ist doch ganz nett. Also, er setzt sich zu mir, und wir unterhalten uns. Er jammert, wie überlastet er ist und daß der D. A. ständig darauf drängt, er solle seine Rückstände aufarbeiten. Und dann grinst er – so ein komisches, schiefes Grinsen, weißt du ...»

«Kenn ich. Wenn er so grinst, mußt du höllisch aufpassen. Ich halte dann immer meine Brieftasche fest.»

Scofield fletschte die Zähne, um zu zeigen, daß er den Witz mitbekommen hatte. «Na schön, also er sagt, was ich dazu meine, wenn mein Klient sich schuldig bekennt. Nun hätte ich es bei der Verhandlung mit Richter Prentiss zu tun gehabt, und du weißt ja, was der von Schwarzen und Puertoricanern hält, und der Tatbestand war klar –»

«Er war überhaupt nicht klar», erklärte Mulcahey kategorisch.

«Doch, J. J. Es gab da einen Zeugen, einen netten Mann in mittleren Jahren, der –»

«Der kalte Füße gekriegt hat oder gar nicht erst erschienen ist.»

«Doch, er war da, ich hab ihn auf dem Gang gesehen.»

«Dann hat er einen Rückzieher gemacht, hat sicher Venturo gesagt, er könne nicht beschwören, daß es Gonzales war.»

«Was hätte er davon?»

«Wahrscheinlich hat ihm seine Frau in den Ohren gelegen. ‹Du wirst dich doch nicht mit einem Haufen verrückter Puertoricaner anlegen?› Du weißt doch, wie sie reden, passiert jeden Tag. Venturo weiß also, daß er kein Bein auf die Erde kriegt, er sieht, wie du rausgehst, geht dir nach und macht dir seine Offerte. Sag mal selber: Wenn der Tatbestand so klar war, wenn er mit einer Verurteilung und einer Strafe von drei bis fünf Jahren gerechnet hätte – weshalb sollte er sich dann mit lumpigen sechs Monaten zufriedengeben?»

«Er ist eben so überlastet ...»

«Na und? Das sind die immer, und der D. A. liegt ihnen ständig in den Ohren, die Rückstände aufzuarbeiten. Was hatte er zu gewinnen? Die Verhandlung wäre noch vor der Mittagspause zu Ende.»

«Du glaubst, er hat mich reingelegt?»

«Du sagst es.»

«Und ich hätte die Sache durchfechten sollen?»

«Klar. Besonders in deinem eigenen Interesse.»

«Wie meinst du das?»

Mulcahey musterte den geknickten jungen Mann vor seinem Schreibtisch. Was war los mit ihm? Woran haperte es bei diesem zweifellos gutaussehenden Jungen? Weil er ihm leid tat, versuchte er, es ihm klarzumachen. «Puertoricaner haben große Familien. Jeder hat einen Haufen Geschwister und dazu noch jede Menge Cousinen und Onkel und Tanten. Wärst du in die Verhandlung eingestiegen, hättest du ein stattliches Publikum gehabt. Wenn sie sehen, daß ein Anwalt für seinen Mandanten kämpft, aufspringt, Einwände macht, sich beim Kreuzverhör ins Zeug legt, ein leidenschaftliches Plädoyer hält, imponiert ihnen das, auch wenn er verliert. Was ist, wenn dein Mandant tatsächlich drei bis fünf Jahre kriegt? Du brauchst sie schließlich nicht abzusitzen. Aber seine Leute, die wissen, daß ein Prozeß eine Art Spiel ist, bei dem man manchmal gewinnt und manchmal verliert. Für sie zählt, ob du dich gut geschlagen hast. Und wenn du bei ihnen gut angekommen bist, ist auch geschäftlich was für dich drin, Zivilsachen und auch Strafsachen. Ein Mietvertrag, eine Eigentumsübertragung, eine Beurkundung – damit kommen sie dann zu dir gelaufen, weil sie wissen, daß du für deinen Mandanten gekämpft hast und daß er dir am Herzen lag. Statt dessen hast du dich auf einen Kuhhandel mit der Anklage eingelassen, und früher oder später werden dein Mandant und seine Familie und seine Freunde sich überlegen, ob du den Prozeß nicht vielleicht doch hättest gewinnen können.»

«Du meinst also, ich habe Mist gebaut?»

«Klar hast du Mist gebaut», sagte Mulcahey und hatte schon die üblichen Trostworte auf der Zunge. Aber dann fiel sein Blick auf das Spiegelbild in der schmutzigen Bürofensterscheibe, und er konnte nicht umhin, Vergleiche zwischen seinem eigenen Aussehen – dem gedrungen-formlosen Körper, dem aufgeschwemmten Gesicht, der Knollennase – und dem seines sympathischen jungen Gegenüber zu ziehen. Scofield hatte alles, er dagegen hatte bei Null angefangen, und trotzdem ...

Plötzlich ärgerte er sich über Scofield. Dabei ging es ihm nicht nur um den Fall Gonzales, den er vermurkst hatte, sondern überhaupt um seine unangebrachte Selbstzufriedenheit. Aber er ließ sich seinen Ärger nicht anmerken, als er das tiefe Schreibtischfach aufzog und eine Flasche und ein Glas herausholte. Automatisch hielt er Scofield mit einer fragenden Geste die Flasche hin, aber der schüttelte den Kopf.

Mulcahey schenkte sich ein, nahm einen Schluck, dann lehnte er sich, das Glas in der Hand, in seinem Drehsessel nach hinten, stützte sich mit dem Fuß an der Kante des aufgezogenen Schubfaches ab. «Ist dir schon mal der Gedanke gekommen», fragte er träge, «daß du den falschen Beruf haben könntest?»

«So schlecht findest du mich?»

Mulcahey breitete resigniert die Arme aus. «Du denkst Probleme nicht zu Ende. Du bist zu impulsiv. Du hast Ideen, manchmal richtig gute Ideen, aber du legst los, ohne die langfristigen Wirkungen zu bedenken, wie heute bei diesem Fall oder bei dem Vertrag, den du vor zwei Tagen aufgesetzt hast. Du denkst schnell, aber nicht auf lange Sicht. Und genau das – die langfristigen Erwägungen – ist Sache des Anwalts. Der Mandant macht etwas oder will etwas von dir gemacht haben, er ist ganz versessen darauf, und dann mußt du als Anwalt gegensteuern und fragen: ‹Aber was ist, wenn ...?› Und das ist bei dir irgendwie nicht drin.»

«Was schlägst du vor?»

Mulcahey überlegte. «Du bist jetzt drei, vier Jahre weg von der Uni, nicht?»

«Ja.»

«Und du kommst nicht voran, stimmt's? Einerseits ziehst du dich gut an und hast die Wohnung in Waterfront Towers. Andererseits fährst du diese blödsinnige alte Kutsche, die du gebraucht gekauft hast. Wie sieht's denn mit dem Kies bei dir aus?»

«Nicht besonders.»

Mulcahey stieß eine ordinäre Lache aus. «Natürlich könntest du eine reiche Frau an Land ziehen und heiraten, dann wärst du alle Sorgen los.»

«Reiche Frauen lassen sich heutzutage nicht mehr an Land ziehen. Sie ergreifen einen Beruf, werden Ärztinnen und Anwältinnen und Professorinnen.»

«Eventuell könntest du dich ja mit einem cleveren jungen Juden oder Italiener zusammentun. Du bringst ihm die Fälle, er bearbeitet sie. So wie du aussiehst, müßte das klappen, und von Familie und Ausbildung her kennst du doch bestimmt genug Leute. Die Mandanten, die du bringst, übergibst du ihm und – nee ...» Mit einer nachdrücklichen Handbewegung wischte er den Einfall vom Tisch. «Sobald er einen festen Stamm hat, bootet er dich aus. Aber ich sag dir was anderes. Geh in die Politik. Wenn du da Mist baust, fällt's nicht auf. Und als Abgeordneter oder Senator hast du es dann geschafft. Abgesehen vom Gehalt bringt dir das auch Umsatz, weil die Leute denken, du hast einen guten Draht zum – sagen wir zum District Attorney, zu den Richtern und Urkundsbeamten. Und sie erwarten gar nicht, daß du die Fälle persönlich bearbeitest, weil du ja im Parlament zu tun hast, sie erwarten, daß du sie einem deiner Mitarbeiter übergibst.»

Wieder zeigte Scofield die großen weißen Zähne. «Einem Juden oder Italiener?»

«Warum nicht?» Plötzlich kam ihm ein Gedanke. «Hast du den Besucher gesehen, der gestern nachmittag bei mir war? Das war Jim Tulley. Pfleger oder so was im Lyon Hospital. Er hat mir erzählt, daß Joe Bradley, der Senator für unseren Bezirk, bei ihnen im Krankenhaus war. Schwerer Herzanfall. Reine Routineuntersuchung, hieß es nach außen hin, aber in Wirklichkeit war es eine Herzattacke, ganz böse Sache.»

«Ja und?»

«Und das riecht ganz danach, daß er sich nicht zur Wiederwahl stellt. Noch weiß das keiner. Wenn du dich also bewerben würdest ...»

«Für den Senat? Lächerlich. Du glaubst doch nicht im Ernst, daß ich im ersten Anlauf einen Senatorenposten im Parlament von Massachusetts ergattere? So was muß vorbereitet werden. Daß ich es schaffen würde, in den Magistrat von Barnard's Crossing gewählt zu werden, das ist noch denkbar, aber –»

«Und was hättest du davon? Nichts, außer Anrufen von Leuten, die über die Müllabfuhr meckern. Und finanziell springt dabei auch nichts raus. Wie viele Magistratsmitglieder kennst du, die in der Politik was geworden sind? Nein, in der Kommunalpolitik kommt man auf keinen grünen Zweig. Aber wenn du im Staatsparlament bist, hast du entschieden Möglichkeiten. Später kannst du dich in irgendeinen Ausschuß wählen lassen oder Richter werden, falls dir so was liegt. Oder du rückst zum Kongreßabgeordneten auf und gehst nach Washington. Und da gibt's dann Chancen noch und noch ...»

«Ja, aber dazu braucht man Geld, und –»

«Jetzt sag ich dir, wie das erste Gebot in der Politik heißt», erklärte Mulcahey gewichtig. «Du sollst nie mit deinem eigenen Geld arbeiten. Wozu gibt's Wahlkampfspenden?»

«Aber ganz ohne Startkapital geht's auch nicht.»

Mulcahey nickte. «Stimmt. Aber das muß doch bei dir da sein. Wenn ich mir deine Klamotten so ansehe ... Und die Wohnung in Waterfront Towers ... Von den Umsätzen aus deiner Praxis könntest du dir das nicht leisten.»

«Ein bißchen was habe ich schon», räumte Scofield ein. «Meinen Anteil an dem Haus, das nach Vaters Tod verkauft worden ist. Aber es sind nur ein paar Tausender.»

«Viel brauchst du ja auch nicht für den Anfang. Und es ist kein verlorenes Geld. Es ist Werbung, verstehst du? Ob du die Wahl gewinnst oder verlierst – sie ist kostenlose Reklame für dich. Nimm eine beliebige Wahlveranstaltung. Du stellst dich vor. ‹Ich bin John Scofield und habe eine Anwaltspraxis in Salem.› Im Publikum sitzt ein Typ, der irgendein juristisches Problem hat. Jemand schuldet ihm Geld und will nicht zahlen, oder er muß einen Vertrag aufsetzen und hat keinen Anwalt. Da steht nun ein netter junger Bursche, der einen ganz vernünftigen Eindruck macht und Anwalt in Salem ist. Sagt er sich, gehst du einfach mal zu dem. Klarer Fall, nicht? Und was passiert, falls du gewinnst?»

«Na, was denn?»

Mulcahey hob die Arme, als wollte er den Himmel umarmen. «Dann kriegst du die großen Fälle. Wir gründen eine Anwaltsfirma – Scofield, Mulcahey, Cohen und Mastangelo.» Er zeichnete das große Firmenschild in die Luft.

«Wer sind Cohen und Mastangelo?»

«Der schlaue Jude und der clevere Italiener, die wir uns an Land ziehen. Am besten beide.»

«Vielleicht Venturo vom Büro des D. A. als italienischen Sozius», meinte Scofield.

Mulcahey nickte. «Warum nicht?»

Bei der Vorstellung, den Mann, der ihn ausgetrickst hatte, für sich arbeiten zu lassen, zeigte Scofield erfreut die großen weißen

Zähne. Doch dann kam er sehr rasch wieder in die Wirklichkeit zurück. «Das ist doch albern. Ich kann mich nicht als Senator nominieren lassen.»

«Warum nicht? Das ist deine beste Chance. Du läßt dich für die Republikanische Partei aufstellen, zunächst mal für die Vorwahlen. Daß hier bei uns die Republikaner durchkommen, egal wie sie heißen, steht mal fest. Die Vorwahlen also ... Wie hoch ist die Wahlbeteiligung bei Vorwahlen? 20, bestenfalls 25 Prozent. Wenn du einen harten Kern von Wählern aus Barnard's Crossing hinter dir hast, bist du schon drin. Und – das ist der Knüller – du bist allein auf weiter Flur, der einzige republikanische Kandidat.»

«Wieso denn das?»

«Weil es keinem – zumindest keinem, der auch nur einen Funken Verstand hat – einfallen würde, gegen Joe Bradley anzutreten. Er ist seit einer halben Ewigkeit Senator für diesen Bezirk. Du läßt dich also aufstellen. Und wenn er schließlich damit herausrückt, daß er nicht zur Wiederwahl zur Verfügung steht, hast du freie Bahn.»

«Ja, und sobald bekannt wird, daß er aus dem Rennen ist, drängen sich zehn andere rein.»

«Macht nichts. Du warst der erste, du bist schon bekannt, noch ehe die anderen sich die Ärmel hochgekrempelt haben.»

«Und wenn dein Freund, der Pfleger, sich mit seiner Voraussage geirrt hat und Bradley sich doch wieder aufstellen läßt?»

«Dann verlierst du die Wahl, aber zumindest ist dabei eine kostenlose Werbung rausgesprungen.»

«Tja, wenn du meinst ...»

## 5

Wenn Tony D'Angelo gefragt wurde, womit er seine Brötchen verdiente, wich er gern aus und bemerkte lediglich, er sei in der Politik. Aber er ließ sich nie für ein Amt aufstellen und machte auch nie Wahlkampf für andere Kandidaten. Seine Spezialität waren leicht anrüchige Geschäfte, sein Betriebskapital war das Wissen um die Achillesferse diverser wichtiger Leute in der Legislative und Exekutive des Staates. In letzter Zeit hatte er fast ausschließlich für Moriarty von den Demokraten gearbeitet, und diese Verbindung war nicht unbemerkt geblieben, weswegen er sich mit dem Sekretär auch nicht wie sonst in dem Restaurant auf dem Hill, sondern in einer obskuren Pinte im South End traf.

«Zur Zeit bist du Gift für uns, Tony», sagte der Parteisekretär. «Der Alte wär ganz schön sauer, wenn er wüßte, daß ich mit dir auch nur rede.»

Tony D'Angelo nickte. Er war nicht aufgebracht, nicht einmal gekränkt. Die Partei ließ ihn lediglich durch ihren Sekretär wissen, daß er für eine Weile unterzutauchen habe. Es war nicht persönlich gemeint, so was kam in der Politik eben vor – jedenfalls in jenen politischen Kreisen, in denen Tony sich bewegte. «Und was mach ich jetzt?» fragte er.

Der Parteisekretär breitete die großen, fleischigen Hände aus. Er war ein gutgepolsterter Mann um die Dreißig mit schweinchenrosa Haut, der sich seiner Macht und seines Einflusses sehr bewußt war. «Du bist gewissen Leuten aufgefallen, Tony, der *Globe*-Reporter hat angefangen, rumzuschnüffeln. Man hat uns gesteckt, daß er die anderen Parlamentsreporter und auch die Fernsehfritzen rebellisch gemacht hat, sie sollten auf dich achten, sollten feststellen, in welchen Büros du aus und ein gehst. Und deshalb, meint der Alte, sollst du mal 'ne Weile Urlaub machen. Zwei, drei Monate, bis dahin hat der *Globe* vielleicht einen anderen Parlamentsreporter. Schaff dir 'ne Freundin an und jette nach Florida.»

«Die Freundin hab ich schon.»

«Um so besser, dann kannst du ja gleich weg.»

«Na gut. Ich bin also heiß?»

«Vielleicht auch nur lauwarm, aber Vorsicht ist die Mutter der Porzellankiste. Oder du fährst Richtung Heimat. Wo bist du zu Hause? Lynn? Revere?»

«Revere.»

«Na schön, fährst du eben nach Revere, spannst mal richtig aus, spazierst über die Strandpromenade, pumpst dir die Lungen mit der guten Salzluft voll, gehst auf die Rennbahn oder in eine Bingohalle ...»

«Und wovon soll ich leben?»

«Mußt eben vorübergehend das Kapital anknabbern.»

«Und woher krieg ich das Kapital?»

Der Parteisekretär lächelte wie über einen gelungenen Witz.

«Bei deinen vielen Geschäftchen? Was hast du denn mit den Mäusen gemacht?»

«Frag die Buchmacher.»

«Ach so. Na ja, du kriegst schon irgendeinen Job. Bei deinen Beziehungen ...»

«In Revere hab ich keine Beziehungen. In der Kommunalpolitik hab ich nie mitgemischt. Absichtlich nicht. Da kennt mich keiner.»

«Und was war mit Atlantic Dredging? Hattest du nicht was damit zu tun, daß Cash gegen die Hafenvorlage gestimmt hat?»

«Bei Cash bin ich nie auf einen grünen Zweig gekommen, der läßt sich nicht gern in die Karten schauen.»

Der Sekretär nahm ihm das zwar nicht ab, hütete sich aber, seine Zweifel laut werden zu lassen. Er nickte.

«Außerdem ist die Vorlage durchgegangen», sagte Tony mißmutig. Er war groß und schlank und hatte ein gutgeschnittenes, allerdings auffallend verschlossenes Gesicht und ein seltsam grimassenhaftes Lächeln, mit dem er jetzt andeutete, er wisse mehr, als er gesagt hatte. Es bedeutete auch, daß er zwar nicht am Hungertuch nagte, aber erwartete, daß beim nächsten Geschäft ein Bonus für ihn heraussprang.

Tony griff sich den Scheck, den der Sekretär ihm hinschob. «Kennt ihr die Leute bei Atlantic Dredging?»

«Höchstens Fowler.»

«Richtig, Fowler ...» Fowler? So ein Quatsch. Den kannte doch jeder. Er war Vorstandsvorsitzender des Unternehmens, den konnte man sich notfalls auch aus dem Telefonbuch heraussuchen.

Tony schob sich aus der Nische und ging in Richtung Kasse. Über die Schulter sagte er beiläufig: «Also gut, ich fahr dann mal 'ne Weile nach Hause.»

«Und wenn der Alte sich mit dir in Verbindung setzen will?»

Wieder das ironische Lächeln. «Ich meld mich bei ihm. Ist besser so.» Als der Sekretär sich zum Gehen wandte, rief Tony ihm noch nach: «Habt ihr was über Fowler?»

«Was zum Beispiel?»

«So Sachen, über die er vielleicht mal mit mir reden würde, wenn er wüßte, daß ich was davon weiß.»

Der Sekretär schüttelte den Kopf. «Nein, in der Art haben wir nichts. Wenn ich was höre ...»

«Alles klar.»

# 6

Belle Halperin, eine auffallende Erscheinung mit rötlichblondem Haar, war zwar fest entschlossen, sich von der Pracht im Hause Magnuson nicht überwältigen zu lassen, aber während des ganzen Essens, ja, schon seit sie gekommen waren, malte sie sich aus, wie sie es «den Mädels» erzählen würde. «Wir waren zum Essen bei den Magnusons. Er ist nämlich ein Mandant von Morris ...»

Die Lammkoteletts mit Folienkartoffeln waren nur deshalb enttäuschend, weil sie als Hauptgericht etwas vornehm Französisches erwartet hatte. Andererseits wurde dadurch das Bild, das sie von Mrs. Magnuson zu geben gedachte, noch anschaulicher. «Sie ist so schlicht und herzlich und völlig natürlich ...»

Später, beim Kaffee, sagte sie zu ihrer Gastgeberin: «Wunderschöne Bilder haben Sie.»

«Belle schwärmt für die schönen Künste», bemerkte ihr Mann.

«Ich zeige Ihnen das Haus, wenn Sie mögen», sagte Sophia Magnuson. «Oben haben wir noch ein paar Sachen, die Sie vielleicht interessieren.»

«Ja, gern.»

Mrs. Magnuson stand auf. «Ihr entschuldigt uns wohl ...»

Magnuson blieb mit Morris Halperin allein. Er schenkte Kaffee nach. «Sie haben sich sehr für die Synagoge engagiert, nicht?»

Halperin nickte. «Ja. Nicht daß ich besonders fromm wäre, aber ich bin wohl ein Typ, der sich einfach engagieren muß, wenn ihn etwas interessiert.»

«In gewisser Hinsicht geht mir das auch so», meinte Magnuson. «Jedenfalls möchte ich über Dinge, mit denen ich zu tun habe, ganz genau Bescheid wissen. Die Organisation des Tempels ist ein gutes Beispiel. Wenn ich schon im Vorstand bin, will ich auch informiert sein, was läuft. Ich habe zwar erst an wenigen Sitzungen teilgenommen – die letzte war vor etwa einem Monat –, aber ich habe den Eindruck, daß wir keine Richtung, kein festes Programm haben.»

«Ja, also –»

«Unser Präsident scheint ein ganz vernünftiger Mann zu sein, und die Sitzungen leitet er sehr ordentlich, aber eine klare Linie vermag ich bei ihm nicht zu erkennen. Mir kommt es vor, als ob es ihm nur darum geht, den Status quo aufrechtzuerhalten.»

«Interessant, daß Ihnen das schon aufgefallen ist.»

Magnuson lächelte. «Ich habe genug Vorstandserfahrung, um zu spüren, was in der Luft liegt. Meinem Gefühl nach ist Feinberg so eine Art Interimspräsident.»

«Respekt», sagte Halperin. «Sie haben es genau getroffen. Sehen Sie, wir sind eine konservative Synagoge, weil die konservative Richtung ein Kompromiß zwischen den Orthodoxen und den Reformern ist. Mehr als eine Synagoge verkraftet die Gemeinde nicht, und da ist eine konservative Richtung eigentlich die einzig mögliche. Wir hatten schon Präsidenten, die mehr zu den Reformern, andere wieder, die mehr zur Orthodoxie tendierten, aber im Grunde waren sie doch alle konservativ. Bis auf einen. Vor zwei Jahren ist Chester Kaplan durchgekommen, und der ist orthodox bis auf die Knochen.»

«Kaplan ist der kleine Dicke mit dem schwarzen Käppchen, der am Tischende sitzt, nicht? Anwalt, wenn ich mich recht erinnere.»

«Ja, und sehr erfolgreich in seinem Beruf. Die Jarmulke trägt er, weil die Vorstandssitzungen in der Synagoge stattfinden, aber er trägt sie auch zu Hause und würde sie bestimmt auch bei Gericht tragen, wenn er nicht fürchten müßte, daß der Richter was dagegen hat oder einer der Geschworenen es krummnimmt. Und täglich geht er zum Minjan. Morgens und abends. In dem Jahr seiner Amtszeit hätte er es fast geschafft, daß die Gemeinde sich spaltet.»

«Und danach wurde dann Feinberg gewählt, um die Wunden zu heilen, ja?»

«Ja, so könnte man es wohl ausdrücken. Jedenfalls, um einen mittleren Kurs zu steuern. Und weil er das sehr ordentlich gemacht hat, wurde er zweimal wiedergewählt.»

«Und was ist nächstes Jahr?»

«Das ist die große Frage, Mr. Magnuson. Bei der letzten Vorstandssitzung hat Feinberg für den nächsten Monat seinen Rücktritt bekanntgegeben. Seine Frau kränkelt, und sie ziehen nach Arizona.»

«Dann rückt also der Vizepräsident nach.»

«Haben wir nicht. Abe Kahn ist gestorben, kaum daß er einen Monat im Amt war. Das hat niemanden überrascht. Er war alt und krank.» Magnuson hob fragend die Augenbrauen, und Halperin erläuterte: «Er war von Anfang an Mitglied der Gemeinde und hat hohe Summen gespendet, da wollte man ihm wohl irgendeine Anerkennung zukommen lassen. Sie wissen ja, wie das an den Hohen Feiertagen ist, der Präsident und der Rabbi sitzen auf der einen Seite der Bundeslade, der Vizepräsident und der Kantor – wenn er nicht die Liturgie leitet – auf der anderen. Ja, und da hat man ihm eben das Amt als eine Art Ehrenstellung zugebilligt.»

«Verstehe. Da wir keinen Vizepräsidenten haben, wird es also nach dem Rücktritt des Präsidenten eine Neuwahl geben?»

«Ganz recht, eine vorgezogene Neuwahl. Und Kaplan will sich wieder aufstellen lassen.»

«Wenn seine Amtszeit so ein Fiasko war, dürfte er wohl kaum große Chancen haben», meinte Magnuson.

«Sagen Sie das nicht. Für die Wahl wird eine Mitgliederversammlung einberufen. Wir haben etwa 350 Mitglieder, ich glaube aber kaum, daß mehr als 200 erscheinen werden, und von diesen 200 wissen vielleicht 50, was eigentlich anliegt. Hinter Kaplan steht eine kleine, aber einflußreiche Clique, und die wird nicht müßig sein. Einige Mitglieder werden für ihn stimmen, weil sie ihn zumindest dem Namen nach kennen, andere, weil er fromm ist und sich das in ihren Augen für einen Gemeindevorsteher einfach so gehört. O doch, ich glaube schon, daß er es schaffen könnte.»

«Und wen würden Sie gegen ihn aufstellen? Denn Sie gehören ja wohl zur Opposition, nicht?»

«Bis jetzt haben wir uns auf keinen Kandidaten einigen können, das ist ja eben das Dumme. Feinberg hat uns mit seiner Mitteilung überrumpelt, und es gibt einfach zu viele, die in Frage kommen.»

«Wären Sie selbst interessiert?»

«Nein, nein, ich muß da passen. Schon aus Zeitgründen. Außerdem wäre ein älterer Präsident besser, und er dürfte mit seiner Existenz nicht auf die Leute hier angewiesen sein, wie das bei mir der Fall ist.»

«Aber wäre nicht gerade die Werbung gut für Sie?»

Halperin schüttelte den Kopf. «Es ist im wesentlichen eine politische Position. Das bedeutet, daß Sie die eine Hälfte der Gemeinde hinter sich haben, während die andere Hälfte gegen Sie ist. So etwas kann ich mir nicht leisten.»

«In Boston war ich im Vorstand der Zedek-Synagoge», sagte Magnuson scheinbar zusammenhanglos. «Mein Großvater hat sie mitbegründet.»

«Ich habe im stillen schon gehofft, daß Sie bei uns mitmachen würden. Wenn Sie sich hinter unseren Kandidaten stellen ...»

«Das Wirken im Hintergrund liegt mir allerdings weniger», meinte Magnuson. «Wenn ich mich für ein Unternehmen interessiere, möchte ich darin auch was zu sagen haben.»

«Soll das heißen –» begann Halperin. Dann ging ihm ein Licht auf. «Wären Sie bereit, sich zur Wahl zu stellen?»

«Es kommt etwas unerwartet. Ich müßte es mir überlegen.»

«Bitte tun Sie das», sagte Halperin eindringlich.

«Tja, ich weiß nicht recht ... Wenn ich in etwa die Chancen absehen könnte ...»

«Es ist eine Wahl, garantieren kann ich natürlich für nichts, aber –»

«Eine Garantie würde ich auch nicht verlangen, aber ich möchte mich nicht gern lächerlich machen. Ich bin neu hier und noch nicht bekannt –»

«Nicht bekannt? Ich bitte Sie, Mr. Magnuson! Wer ist wohl bekannter als Sie in unserer Gegend? Magnuson & Beck – das ist doch ein Begriff. Das größte Warenhaus in Boston ...»

«In Neuengland», sagte Magnuson selbstzufrieden. «Unsere Familie hat allerdings nichts mehr damit zu tun, wir haben schon neunundzwanzig verkauft, es läuft nur noch unter unserem Namen.»

«Das meine ich ja. Ein so bekannter Name ...»

«Aber ich habe keine Organisation hinter mir.»

«Sie brauchen nur ein Wort zu sagen, und ich baue Ihnen die Organisation auf.»

Magnuson lächelte. «Sie verstehen zu überzeugen. Ich will Ihnen etwas sagen: Hören Sie sich ein bißchen um, geben Sie dem einen oder anderen einen Wink und berichten Sie mir anschließend. Danach treffen wir die Entscheidung.»

Belle Halperin wußte sich auf dem Heimweg gar nicht zu lassen vor Entzücken. «Sie haben einen Chagall und einen Seurat und im Schlafzimmer einen echten Renoir. Stell dir vor – im Schlafzimmer. Hat er dich wegen einer Rechtssache sprechen wollen?»

Ihr Mann schmunzelte. «Nein. Er möchte Präsident der jüdischen Gemeinde werden.»

«Präsident? Aber er hatte doch bisher überhaupt noch kein Amt bei uns. Geht denn das?»

«Warum nicht? Alle Gemeindemitglieder können sich zur Wahl aufstellen lassen, und Mitglied ist er ja.»

«Und er möchte, daß du den Wahlkampf für ihn führst.»
«Ja, so könnte man es sagen.»
«Meinst du, er hat Chancen? So unbekannt wie er ist?»
«Doch, das glaube ich schon, zumindest seinen Namen kennt jeder, und Millionäre haben alle gern.»
«Zahlt er dir was?»
«Davon war nicht die Rede.»
«Was hast du denn davon?»
«Ach, weißt du, wenn man mit Leuten Umgang hat, die gut betucht sind wie Howard Magnuson, fällt immer irgend etwas für einen ab.»

## 7

Die fünfundzwanzigjährige Laura Magnuson war nett anzuschauen, ja, sie war eine gutaussehende junge Frau, wenn auch nicht hübsch im landläufigen Sinne. Ihr Mund war eine Spur zu breit, ihre Nase ein wenig zu lang für den gängigen Geschmack – jedenfalls nach den Normen, die von den Fotomodellen auf den Titelseiten der Illustrierten gesetzt wurden. Der Blick war scharf und durchdringend, das Kinn verriet Entschlossenheit. Das schulterlange braune Haar trug sie in der Mitte gescheitelt und hinter die Ohren gekämmt in einer Frisur, die möglichst wenig Aufwand erforderte.

Sie hatte ihr Collegestudium in Bryn Mawr mit einem *magna cum laude* in politischer Wissenschaft abgeschlossen und danach drei Jahre an der London School of Economics studiert, war aber ohne Promotion wiedergekommen. Ihrem Vater, der sie anbetete, und ihrer Mutter, die ihr Verständnis entgegenbrachte, hatte sie das so erklärt: «Ich hatte das Gefühl, daß ich früher oder später im Hochschulbetrieb gelandet wäre, wenn ich meinen Doktor gemacht hätte, und das will ich nicht.»
«Ja, aber was willst du dann machen?» fragte ihr Vater.
«Mal sehen. Vielleicht irgendwas in der Verwaltung.»
Laura war jetzt seit zwei Monaten wieder daheim und hatte – jedenfalls in den Augen ihrer Eltern – überhaupt noch nichts gemacht. Ein paarmal war sie in New York gewesen, um neue Garde-

robe zu kaufen, ins Theater zu gehen, Bekannte und frühere Mitschüler zu besuchen. Die Magnusons hatten zwei oder drei Einladungen für sie in Barnard's Crossing gegeben, damit sie neue Leute kennenlernen konnte, Söhne und Töchter von Freunden aus Boston. Tagsüber fuhr sie bei gutem Wetter spazieren, streifte in Rockport durch die Gemäldegalerien, setzte sich in Gloucester zum Essen an den Pier und sah den Möwen nach. Abends fuhr sie manchmal nach Boston oder Cambridge, wenn ein dort angekündigter Vortrag oder eine Versammlung sie interessierten.

Heute hatte sie sich vorgenommen, in Barnard's Crossing zu bleiben, vielleicht ins Kino zu gehen oder einfach durch die Straßen zu schlendern, um sich mit der alten Stadt wieder vertraut zu machen. An der unitarischen Kirche fiel ihr Blick auf ein Schild: «Wahltreff! Lernen Sie Ihren Kandidaten kennen!»

Sie fuhr noch einen Block weiter, bis sie einen Parkplatz gefunden hatte, und ging dann zu der Kirche zurück. Die Veranstaltung fand in der Sakristei statt, die Platz für 200 Menschen bot. Als Laura wenige Minuten vor dem angekündigten Beginn eintraf, war sie erst halb voll.

In dem breiten Gang, der sich um den Raum herumzog, standen Klapptische mit dem Wahlkampfmaterial der einzelnen Kandidaten. An den Tischen saßen Wahlkampfhelfer, die Buttons, Autoaufkleber und dergleichen verteilten. Auf dem Podium waren fünfzehn Stühle für die Kandidaten aufgestellt, die in einem Nebenraum auf den Beginn der Veranstaltung warteten. Den Vorsitz hatte Herbert Bottomley, ein hochgewachsener, hagerer Mann mit runden Schultern, graumeliertem Wuschelhaar und buschigen Augenbrauen. Mit seinem schlotternden Anzug und der Nickelbrille sah er aus wie ein pensionierter Lehrer, der sich anschickt, eine Rede vor dem Seniorenklub zu halten. In Wirklichkeit war er ein erfolgreicher Bauunternehmer um die Fünfzig und in der Stadt sehr beliebt.

Er schlug mit dem Hämmerchen aufs Rednerpult. «Darf ich um Ruhe bitten, meine Damen und Herren. Ich werde jetzt die Kandidaten hereinrufen und sie bitten, auf den Stühlen hinter mir Platz zu nehmen, so daß Sie sie gut im Blick haben.» Er machte die Tür auf und verkündete förmlich: «Meine Damen und Herren – die Kandidaten.»

Da kamen sie – einige schüchtern, einige betont Selbstbewußtsein hervorkehrend, die einen lächelnd, die anderen nachdenklich, aber alle bemüht, sich von der besten Seite zu zeigen und damit Stimmen zu sammeln. Sie hatten sich offenbar nebenan der Reihe nach aufgestellt, denn sie kamen jetzt im Gänsemarsch herein, der erste nahm den Stuhl ganz rechts, die übrigen schlossen auf.

Als sie alle saßen, fuhr Bottomley fort: «Bedauerlicherweise hat uns keiner der Kandidaten für die Bundesstaatsämter – dem des Gouverneurs, seines Stellvertreters und des Justizministers – die Ehre gegeben, aber sie haben Vertreter geschickt, die für sie sprechen werden. Wir wollen diesen Teil der Veranstaltung so kurz wie möglich halten, damit Ihnen viel Zeit bleibt, die Kandidaten in Einzelgesprächen näher kennenzulernen. Ich möchte deshalb die Sprecher bitten, ihre Redezeit auf etwa vier Minuten zu beschränken. Fünfzehn mal vier macht sechzig Minuten, also genau eine Stunde. Das ist wohl angemessen.» Er wandte sich an die Kandidaten. «Ich habe nicht vor, mit einer Stoppuhr in der Hand zu arbeiten und Ihnen mitten im Satz das Wort abzuschneiden, aber wenn ich aufstehe und mich neben Sie stelle, bedeutet das, daß Ihre Zeit abgelaufen ist. Alles klar? Gut, dann fangen wir mit den Staatsämtern an. Meine Damen und Herren, der erste Sprecher ist –» er sah auf einen Zettel – «Charles Kimborough. Mr. Kimborough, bitte.»

Kimborough war ein Mann in mittleren Jahren, der lächelnd und selbstsicher auftrat. Vielleicht war seine Gelassenheit sogar echt, denn der von ihm vertretene demokratische Gouverneur hatte bei diesem vorwiegend republikanischen Publikum wenig zu gewinnen oder zu verlieren. «Ich möchte Ihnen die besten Grüße des Gouverneurs überbringen, der es sehr bedauert, daß er wegen anderweitiger Verpflichtungen nicht selbst kommen konnte. Meine Bitte heute abend an Sie geht dahin, ihn in seiner Kandidatur für das hohe Amt, das er zur Zeit innehat und in dem er seine Fähigkeit und sein Engagement unter Beweis gestellt hat, zu unterstützen ...»

In dieser Tonart ging es die ihm zugebilligten vier Minuten lang weiter. Als Bottomley neben ihn trat, schien er überrascht, kam aber bereitwillig zum Ende. «Ich könnte den ganzen Abend lang die Leistungen aufzählen, auf die Ihr Gouverneur nach einer vierjährigen Amtszeit zurückblicken kann, aber da Herbert schon mahnt, möchte ich Ihnen abschließend nur noch für Ihre Aufmerksamkeit und Ihre freundliche Aufnahme danken.»

Die nächsten sechs Kandidaten waren ebenfalls Vertreter für Bewerber um republikanische und demokratische Staatsämter. Alle verwandten ihre Redezeit ausschließlich darauf, die Taten der Kandidaten zu preisen, für die sie sprachen. Es war furchtbar langweilig, und etliche Zuhörer standen auf und machten sich davon. Laura Magnuson wäre wahrscheinlich auch gegangen, wenn nicht John Scofield, der mit den anderen auf dem Podium saß, ihr Interesse und ihre Neugier geweckt hätte – nicht nur, weil er jung war und gut aussah, sondern weil er den Mut – oder die Tollkühnheit – besaß, gegen Josiah Bradley, den derzeitigen Amtsinhaber, anzutreten. Seine Konkurrenten waren erst ins Rennen gegangen, nachdem Bradley bekanntgegeben hatte, daß er sich nicht mehr zur Wiederwahl stellen würde. Laura überlegte, ob Scofield das wohl bei seiner Rede besonders herausstellen würde.

Bottomley trat vor und ruderte mit den Armen, um die Zuhörer bei der Stange zu halten. «So, Leute, mit den Bewerbern um die Staatsämter sind wir fertig. Wir kommen jetzt zu dem Teil des Programms, das euch besonders interessieren dürfte – Vorstellung der Kandidaten, die sich um Plätze im Senat und im Abgeordnetenhaus bewerben. Erfreulicherweise hatte keiner von ihnen dringende anderweitige Verpflichtungen (Kichern und Gelächter), so daß wir sie alle, wie sie da sind, vor uns sehen. Zunächst die Senatskandidaten. Es sind drei, und alle drei zählen sich zur Republikanischen Partei. Warum die demokratischen Kandidaten nicht aufgekreuzt sind, ist mir, ehrlich gesagt, ein Rätsel. (Gelächter.) Wir gehen alphabetisch vor.» Er warf einen Blick auf seine Liste. «Demnach macht Thomas Baggio, Stadtrat von Revere, den Anfang, dann kommt Albert Cash, Mitglied im Abgeordnetenhaus, als letzten haben wir John Scofield aus Barnard's Crossing. Mr. Baggio, bitte.»

Baggio, klein, untersetzt, brünett, mit bläulichem Kinn, dichtem schwarzen Haar und einem kleinen Hitlerschnurrbart, trat selbstbewußt vor. «Ich habe als Stadtrat von Revere ... eingesetzt ... vorgeschlagen ... veranlaßt ...» Und er schloß: «Und was ich für meine Heimatstadt Revere erreicht habe, könnte in Zukunft allen Städten des Bezirks zugute kommen. Ich werde mein angestrebtes Amt mit dem gleichen Pflichtbewußtsein und der gleichen Intensität ausfüllen, wie ich es als Stadtrat bereits getan habe.»

Dünner Höflichkeitsapplaus wurde laut, als er sich setzte. Es war ein Fehler, dachte Laura, daß er seine ganze Redezeit darauf verwandt hatte, sich über seine Leistungen im Stadtrat zu verbreiten, allein schon deshalb, weil er ständig das «ich» als persönliches Fürwort hatte ins Spiel bringen müssen. Aber in dieses Dilemma geriet man meist, wenn man von den eigenen Leistungen sprechen mußte.

Albert Cash war älter, Ende Fünfzig. Er sprach gewandt und flüssig, aber sein Gesicht blieb dabei seltsam unbewegt, als laufe die Rede von einem Tonband ab. Der Tenor seiner Ausführungen war, daß er sein Leben dem Dienst am Gemeinwesen gewidmet hatte. Er zählte alle politischen Ämter auf, die er bekleidet hatte, nannte alle Kommissionen und Ausschüsse, in die er berufen worden war. Nach drei Amtsperioden im Abgeordnetenhaus, erklärte er, sei es nicht mehr als recht und billig, ihn in den Senat avancieren zu lassen.

Auch er wurde höflich beklatscht, allerdings gab es auch einen Zwischenruf. «Und was ist mit der Hafenvorlage?» fragte jemand aus dem Publikum. Er tat, als habe er nichts gehört, und ging zu seinem Platz zurück, während mehrere Zuhörer sich umdrehten und dem Störenfried böse Blicke zuwarfen.

Laura beschloß, sich nach der Hafenvorlage und der Rolle, die Cash dabei gespielt hatte, zu erkundigen – schon deshalb, weil sie in dem betont beiläufigen Blick, den er zur Decke richtete, eine Spur von Verlegenheit zu erkennen glaubte.

«Du mußt zu den Leuten sprechen, die vor dir sitzen», hatte Mulcahey John Scofield eingeschärft. «Die anderen brauchen dich nicht zu kümmern. Ist das klar?»

«Aber sicher», beteuerte Scofield.

«Das sagst du nur so», meinte der Anwalt gereizt. «Hör zu. Der Bezirk Essex umfaßt die Orte Lynn, Revere und Barnard's Crossing. Klar? Und wer kommt zu dieser Veranstaltung? Nur die von Barnard's Crossing und sonst niemand. Mag sein, daß ein, zwei Leute aus Lynn oder Revere aufkreuzen, aber ein oder zwei zählen nicht. Wichtig ist also, daß du bei den Leuten von Barnard's Crossing ankommst. Klar? Und wenn du in Lynn auftrittst, redest du zu denen aus Lynn. Und dasselbe gilt für Revere. Mit anderen Worten: Es ist völlig witzlos, bei Leuten Eindruck schinden zu wollen, die gar nicht da sind.»

«Na schön, aber die erfahren ja auch davon, oder?»

«Wenn du Präsident der Vereinigten Staaten bist und eine Rede in Alabama hältst, spricht es sich bis zu uns nach Massachussetts rum, klar, aber wenn du dich als Senator für den Staat Massachussetts zur

Wahl stellst, kommt von deiner Rede keine Zeile in die Presse, da brauchst du dir nichts vorzumachen. Sollte ein Reporter vom *Lynn Express* da sein, ist es schon viel, wenn er dich überhaupt als Teilnehmer erwähnt. Wer sind deine Gegner? Al Cash aus Lynn, Tommy Baggio aus Revere. Cash war zweimal der Vertreter von Lynn im Abgeordnetenhaus. Er wird seine Leistungen rausstreichen und sagen, daß er es verdient hat, in den Senat zu kommen. Den Zuhörern sind seine Leistungen piepegal. Bei Tommy Baggio, der im Stadtrat war, ist es nicht anders. Er wird sich über das verbreiten, was er alles erreicht hat, aber das war in Revere und wird den guten Leuten von Barnard's Crossing kaum imponieren.»

«Und worüber soll ich sprechen? Ich habe keine Leistungen vorzuweisen.»

«Zeig ihnen, was du zu bieten hast.»

«Aber ich hab doch nichts zu bieten.»

«Klar hast du das. Du bist einer der Ihren. Du bist jung und sympathisch. Das mußt du rüberbringen. Für die Leute zählt nicht das, was sie hören, sondern das, was sie sehen, deshalb ist das Fernsehen ja auch dem Radio über. Du stellst dich einfach hin und läßt dich anschauen und redest irgendwelches Blabla.»

Laura sah, daß Scofield nervös war, und hatte ein bißchen Mitleid mit ihm. Er schenkte den Zuhörern ein verlegen-jungenhaftes Lächeln, dann lachte er nervös auf. «Ich bin John Scofield, 28 Jahre alt, unverheiratet, Anwalt mit einer Kanzlei in Salem», begann er. «Ich bin hier in Barnard's Crossing geboren und habe mein ganzes Leben hier verbracht. Meine Familie ist seit der Kolonialzeit hier ansässig. Ich bin in die Gaithskills Grundschule und dann in die High School von Barnard's Crossing gegangen, danach war ich in Harvard am College und habe hinterher in Harvard Jura studiert. Vielleicht war's vor ein paar Jahren noch ein bißchen leichter, da reinzukommen. (Heiterkeit.) Ich liebe diese Stadt und ihre Bewohner.» Er nannte einige Straßen und Plätze und sprach von den besonderen Erinnerungen, die sich für ihn damit verbanden, erwähnte die Anlegestelle, Fremont Hill, Child's Island. Das Füßescharren und Kratzen hinter ihm bedeutete, daß Bottomley aufgestanden war. Scofield überlegte krampfhaft, wie er seine kleine Rede zu Ende bringen sollte, und als er spürte, daß der Vorsitzende hinter ihm stand, kam ihm die Erleuchtung. «Ich will damit sagen, daß es mir hier so gut gefällt, wie es ist, und daß ich nichts daran ändern will. Gar nichts.»

Laura hatte den Eindruck, daß der Beifall für Scofield ein bißchen lauter und nicht ganz so unbeteiligt war wie für die anderen Kandidaten, aber das mochte auch daran liegen, daß er der einzige Kandidat aus Barnard's Crossing war.

Es folgte die Vorstellung der Kandidaten für das Abgeordnetenhaus, die Laura Magnuson nicht interessierte. Doch sie blieb sitzen, weil sie mit Scofield sprechen wollte, schon um zu sehen, wie er aus der Nähe wirkte. Endlich war alles vorbei, und der Vorsitzende trat noch einmal ans Pult. «So, Leute, das wär's. Die Kandidaten haben sich vorgestellt, und alles in allem haben sie knapp über eine Stunde gebraucht, das war gar nicht so übel. Der eine oder andere von ihnen bleibt wohl noch ein bißchen hier und ist bestimmt gern zu einem lockeren Gespräch oder auch zu einer Diskussion bereit.»

Laura ging nach hinten, wo die Wahlkampfbroschüren lagen, weil sie damit rechnete, Scofield dort zu finden, aber wie sich herausstellte, lag für Scofield kein Material aus. Langsam ging sie zum Ausgang und kam fast zu gleicher Zeit wie er dort an.

«Das war eine zugkräftige Rede», sagte sie.

Überrascht blieb er stehen und sah sie an. «Finden Sie wirklich?»

Sie nickte nachdrücklich. «Sehr. Soll das Ihr Wahlkampfmotto werden?»

Er zerbrach sich vergeblich den Kopf darüber, was für ein Wahlkampfmotto wohl in seinen Worten gesteckt haben mochte. «Äh ... was ... ich meine ... welchen Aspekt ...»

Sie merkte, daß er keine Ahnung hatte, worauf sie hinauswollte, sich über die politische Wirkung seiner Worte überhaupt nicht klar gewesen war. «Sie sagten, daß Sie gegen Veränderungen sind.»

«Ach, wissen Sie, ich hab da eigentlich nur ausgesprochen, was mir gerade durch den Kopf ging.»

«Aber das ist es ja gerade», meinte Laura. «Die meisten Zuhörer hier sind im mittleren Alter oder älter. Und das gilt für die Wählerschaft ganz allgemein. Die Jugend will immer, daß alles anders wird, für die Älteren bedeuten Veränderungen nur Unruhe, sie haben Angst davor. Und deshalb waren die meisten sehr einverstanden, als Sie sagten, Sie wollten nichts ändern. Die Politiker tönen doch immer, daß sie alles anders machen werden. Die älteren Leute haben diese Versprechungen ihr Leben lang gehört und glauben nicht mehr daran. Oder aber sie haben festgestellt, daß die versprochenen Änderungen, wenn sie dann eintraten, gar nicht so segensreich waren, wie sie sich das vorgestellt hatten. Deshalb ist ein Wahlkampf, der sich gegen Veränderungen richtet, durchaus erfolgversprechend.»

«Sie scheinen ja sehr gut in der Politik Bescheid zu wissen. Sind Sie von der Presse?»

«Nein, es interessiert mich nur.»

«Könnten wir uns vielleicht irgendwo auf einen Drink zusammensetzen und darüber reden?»

«In Ordnung. Wohin? Das Café auf der West Street ist am nächsten.»

«Ja, aber da ist es um diese Zeit immer furchtbar voll. Wollen wir schnell nach Salem fahren? Mein Wagen steht an der Ecke.»

Während sie hinübergingen, sah er sie verstohlen von der Seite an und überlegte, ob sie nur auf eine schnelle Bekanntschaft aus gewesen war oder ob sie sich ehrlich für Politik interessierte.

«Da sind wir», verkündete er.

Als sie das schreiende Pink seines Wagens sah, war sie doch etwas verblüfft.

«Das ist Ihr Auto? Und ich dachte, Sie sind ein konservativer Typ. Solche Kutschen haben sonst nur Eisverkäufer.»

Er lachte ein bißchen. «So was Ähnliches war der Wagen auch. Der Mann, von dem ich ihn habe, ließ vier Autos in der gleichen Farbe durch die Gegend rollen und Eis verkaufen. Mit diesem Schlitten ist er selbst rumgefahren und hat seine Leute überwacht. Dann ging er pleite, und ich bekam sein Auto billig, wegen der Farbe. Ich will ihn neu spritzen lassen, nötig hat er's, dort am Kotflügel blättert der Lack schon ab. Ich bin nur noch nicht dazu gekommen.» Daß er den Wagen schon seit fast einem Jahr besaß, verschwieg er lieber.

«Aber hoffentlich erst nach der Wahl. Ein so auffälliges Fahrzeug ist im Wahlkampf Gold wert.»

«Finden Sie?»

«Natürlich. Dadurch erkennt man Sie auf den ersten Blick. Sie werden doch ein Schild auf dem Dach anbringen, nicht?»

«Wie? Ja, natürlich.»

«Ich an Ihrer Stelle würde das sofort machen. Gewählt wird man, wenn man einen genügend großen Bekanntheitsgrad hat, und durch so etwas wird man am schnellsten bekannt. Fehlt nur noch das Schild mit Ihrem Bild und Ihrem Namen.»

«Sie wissen aber wirklich eine Menge über dieses Zeug.»

«Nicht so viel, wie ich gern wissen würde.»

«Sie interessieren sich für Politik?» fragte er fast ein wenig erstaunt.

«Es ist das Interessanteste, was es überhaupt gibt.»

## 8

Bei der außerordentlichen Mitgliederversammlung zur Wahl eines neuen Präsidenten, die erforderlich geworden war, um die nach dem Rücktritt von Sam Feinberg entstandene Lücke zu schließen, war der Wahlsieger nicht einmal persönlich anwesend. Auch Rabbi Small nahm nicht teil, denn er gehörte genaugenommen nicht zum Verwaltungsgremium der Synagoge. Er war unmittelbar nach dem Minjan, vor Beginn der Sitzung, nach Hause gegangen und erfuhr die Neuigkeit von Morton Brooks, dem Leiter der Religionsschule, der auch nicht dazugehörte, aber anwesend war, weil am Sonntagvormittag Unterricht abgehalten wurde und die Sitzung in der Schulaula stattfand.

Kurz nach zwölf kam Morton Brooks mit seinem Sportwagen angedonnert, hielt mit kreischenden Bremsen vor dem Haus des Rabbi und klingelte. Als Miriam öffnete, stellte er sich in Positur, die Arme ausgebreitet, und verkündete dramatisch: «Da bin ich!»

Er trug ein hellbraunes, fischgrätgemustertes Sportsakko mit Lederflecken an den Ellbogen, darunter ein cremefarbenes, offenes Sporthemd und um den Hals ein leuchtendrotes Halstuch. Seine kurzen, spillerigen Beine steckten in sandfarbenen Sporthosen, die Füße in dunkelbraunen Wildlederschuhen mit modischen Schnürsenkeln.

«Sie sehen mal wieder sehr flott aus, Morton», sagte Miriam lächelnd. «Kommen Sie doch herein.»

«Was man sonntags auf dem Land eben so trägt», erläuterte er und lächelte etwas geziert.

«Aber als Leiter einer Religionsschule ...»

«Sie wissen doch, daß das kein Dauerzustand ist, Miriam», sagte er vorwurfsvoll. Er leitete jetzt seit acht Jahren die Religionsschule von Barnard's Crossing und war davor schon etliche Jahre als Lehrer für Hebräisch tätig gewesen, wartete aber noch immer zuversichtlich auf einen Ruf ans Theater, dem seine eigentliche Liebe gehörte, seit er Buchhalter und Mädchen für alles bei einer jiddischen Theatergruppe in New York gewesen war. Das Theater hatte sich ständig am Rand der Pleite bewegt, und gelegentlich hatte man ihm Statistenrollen gegeben, um Schauspielergagen zu sparen.

Der Rabbi und Miriam setzten sich aufs Sofa, und Morton Brooks ging vor ihnen auf und ab wie ein Filmregisseur, der seinen Akteuren eine Szene erläutert. «Ja, also das war so. Die Sitzung sollte um zehn anfangen, aber viele waren schon um neun da, weil sie ja ihre Kinder zur Schule bringen mußten. Nun sollte man denken, daß sie's um zehn gar nicht erwarten können, daß es losgeht. Aber nein, die Leute stehen rum und machen ein großes Geseire. Es wird zehn, Viertel nach zehn, halb elf, elf. Keiner wird hibbelig, keiner mosert. Dann entdecke ich Kaplan, einen der Kandidaten, in einer Ecke, kaum zu sehen ist er, mit seinen Spezies, dem Herbie Cohen, dieser Flasche, dem Harold Gestetner und dem Hymie Stern. Immerfort stecken sie die Köpfe zusammen und flüstern, und er nickt und hat ein Blatt in der Hand, auf dem er irgendwas abhakt, das ist wohl die Mitgliederliste, und plötzlich geht mir ein Seifensieder auf. Er macht noch Wahlkampf. Magnuson glänzt durch Abwesenheit, und da ist Kaplan nicht faul und versucht, die Mitglieder hinter sich zu bringen.» Er nickte und klapperte, stolz auf seinen Scharfblick, mit den Augendeckeln.

«Und wie haben Sie das alles beobachtet?» wollte der Rabbi wissen. «Hatten Sie keinen Unterricht?»

«Doch, um zehn. Komm ich um zehn ins Büro, weil ich mein Klassenbuch holen will. Wer sitzt an meinem Schreibtisch? Sam Feinberg, unser Präsident, in voller Größe. ‹Es stört Sie doch nicht, wenn ich Ihr Büro benutze?› sagt er. Offen gestanden, Rabbi – es hat mich schon gestört, weil, Sie wissen ja, wie das bei mir im Unterricht geht, ich lauf zwischendurch immer mal wieder ins Büro nach irgendeinem Text, mit dem ich einen bestimmten Punkt belegen will. Aber wo doch Sam Feinberg drinsaß, im Büro, meine ich, ging das nicht, weil er gedacht hätte, ich wollte ihm nachspionieren, und da hab ich meiner Klasse einfach was Schriftliches gegeben. Ab elf bin ich sonst immer in meinem Büro, falls Eltern mich wegen ihrer Kinder sprechen wollen. Aber wie ich reinkomme, um die Arbeiten meiner Klasse in den Schreibtisch zu tun, schaut er mich an wie eine – einen –»

«Störenfried», half Miriam aus.

«Genau, wie einen Störenfried. Also geh ich wieder auf den Gang und drück mich an der Aulatür rum und denk mir, wenn jemand mich sprechen will, bin ich ja nicht zu übersehen.»

«Aber dann wurde irgendwann die Versammlung doch eröffnet», sagte der Rabbi geduldig.

«Logisch. Aber wann? Viertel vor zwölf», sagte Brooks triumphierend, als hätte er damit einen dicken Pluspunkt für sich verbuchen können.

Der Rabbi schaute auf die Uhr, die auf dem Kaminsims stand. Es war halb eins. «Die Versammlung läuft demnach noch?»

«Die ist gelaufen, Rabbi. Um Viertel vor zwölf haben sie angefangen. Punkt zwölf war Schluß.»

«Und die Wahl? Ist überhaupt gewählt worden?»

«Darauf wollte ich ja gerade kommen, aber der Mann läßt einen ja nicht ausreden.»

«Laß ihn doch auf seine Art erzählen, David», mahnte Miriam.

Morton Brooks warf ihr einen dankbaren Blick zu. «Sehr lieb von Ihnen, Miriam.»

«Schön, ich kann mir die Szene vorstellen», sagte der Rabbi. «Alle stehen herum und reden und –»

«– und Kaplan ist auf Stimmenfang.» Brooks hielt mahnend den Zeigefinger hoch. «Vergessen Sie das bitte nicht. Seine Leute schleichen rum, wispern mal mit diesem, mal mit jenem und gehen dann wieder zu Kaplan, um Bericht zu erstatten.»

«Gut, ich will's nicht vergessen», versprach der Rabbi ergeben.

«Ich sag mir also, das sind bestimmt Kaplans Leute, die auf der Bremse stehen. Und warum? Damit sie noch überall rumkommen und möglichst viele Mitglieder bearbeiten können, ehe die Wahl steigt. Und ich sag mir, daß er bestimmt spielend gewinnt, schließlich ist er ja praktisch von Anfang an Mitglied und ein frommer Mann, der täglich zum Minjan rennt, und dieser Magnuson ist gerade erst in der Gemeinde aufgetaucht, und keiner kennt ihn. Aber da seh ich, wie Kaplan ein ernstes Gesicht zieht, als ob's nicht so läuft, wie er sich das vorgestellt hat, und dann stecken sie alle in der Ecke die Köpfe zusammen, und ich merke, daß sie sich über irgendwas ereifern und der eine das meint und der andere jenes. Aber bald sind sie sich wieder einig und nicken wie die Marionetten. Dann trottet Kaplan nach vorn, zu Melvin Weill, dem Sekretär. Er beugt sich zu ihm herüber und flüstert ihm was zu, und ich seh, daß Melvin ganz verdattert ist. Dann nickt er und steht auf und rennt raus. Ich steh an der Tür, aber nicht mal für einen Gruß bin ich ihm gut, wo ich schon wer weiß wie oft bei ihm zu Hause war. Er verschwindet in meinem Büro, in dem noch immer Sam Feinberg sitzt.

Ich überleg, ob ich hinterher soll, so, als ob ich was aus meinem Schreibtisch holen will, aber wie ich mich noch besinne, geht die Tür auf, und da erscheint Feinberg und geht zur Aula, und in der Tür bleibt er stehen, und wie sie ihn sehen, wird's langsam ruhig, und sie suchen sich einen Platz, wie Kinder, wenn der Lehrer mal eben rausgegangen ist und ins Klassenzimmer zurückkommt. Feinberg geht zum Podium und eröffnet die Versammlung. Es ist Viertel vor zwölf. Und dann sagt Feinberg: ‹Mr. Kaplan, einer unserer beiden Kandidaten, hat mich gebeten, Ihnen mitzuteilen, daß er im Interesse einer größeren Geschlossenheit in der Gemeinde seine Kandidatur zurückzieht und vorschlägt, Howard Magnuson, den einzigen verbleibenden Bewerber, durch Zuruf zu wählen.› Also, ich sag euch, minutenlang war das ein richtiges Inf-Inf...»

«Inferno?» schlug der Rabbi vor.

«Genau, ein richtiges Inferno, ein Knatsch und Krakeel. Kaplans Leute wußten ja, was Sache war, die hatten das gerade erst geritzt, als sie mit Kaplan geflüstert hatten, aber die anderen, die sie vorher belatschert hatten, für Kaplan zu stimmen, denen hatten sie nicht Bescheid gesagt. Und von denen dachten doch wirklich ein paar, Magnuson hätte Kaplan gekauft. Sie staunen ja gar nicht, David.»

«Ganz und gar nicht», sagte der Rabbi. «Ich habe mir gleich gedacht, daß Magnuson gewinnen würde.»

«Und warum?»

«Und warum hat Kaplan sich kampflos ergeben?» fragte Miriam.

«Ich glaube, Morton hat das ganz richtig erkannt. Kaplan hat die Stimmen ausgezählt und gemerkt, daß ihm eine vernichtende Wahlniederlage bevorstand. Und um sich die Blamage zu ersparen, hat er aufgegeben.»

Morton Brooks hob die Hände und schüttelte den Kopf. «Ich

begreif das nicht. Wieso haben die denn alle für Magnuson gestimmt?»

«Wenn Sie nach New York fahren, Morton, und dort Ihren Freunden und Bekannten erzählen, daß Sie die Religionsschule der Synagoge von Barnard's Crossing leiten – halten Sie es dann für völlig ausgeschlossen, daß Sie hinzusetzen: ‹Unser Präsident ist übrigens Howard Magnuson. *Der* Howard Magnuson ...›»

Brooks hob gleichmütig die Schultern. «Völlig ausgeschlossen? Ja, ich weiß nicht ... Na schön, nehmen wir mal an, ich würde so was in der Art sagen, aber ...»

«Und genauso geht es allen Mitgliedern unserer Gemeinde. Kaplan ist ein anständiger Kerl, aber ein ganz gewöhnlicher Mensch. Magnuson dagegen ist eine Persönlichkeit. In *Time* war ein Artikel über ihn, und die Aktien von Magnuson & Beck werden an der Börse gehandelt. Der eine oder andere mag sich von einer Wahl Magnusons zum Präsidenten Spenden für verschiedene Vorhaben erhoffen, aber die meisten, glaube ich, hat einfach die Verbindung mit einem großen Namen gereizt.»

«Gut und schön, aber weshalb ist er so scharf auf das Amt?»

Der Rabbi schüttelte den Kopf. «Das weiß ich nicht.»

«Vielleicht ist er religiös», mutmaßte Brooks.

Der Rabbi lächelte. «Kann sein, daß so ein Wirtschaftsboss zur Religion kommt, indem er sich zum Vorsteher der Gemeinde wählen läßt. Möglich ist alles ...»

## 9

In seltsamem Gegensatz zu seinem flotten Aussehen stand das kleine möblierte Apartment in Revere, das Tony D'Angelo bewohnte. Es war eine Gegend, in der die Bevölkerung vornehmlich der unteren Mittelschicht angehörte, und die dürftige Einrichtung war billig und verwohnt. Das Apartment bestand aus einem einzigen, nicht ganz kleinen Raum, der gleichzeitig als Küche, Wohn-, Eß- und Schlafzimmer diente, und einem Bad. Aber das war nicht weiter wichtig, denn Leute, auf die es ihm ankam, brachte er nie hierher.

Millie Hanson, die jetzt seit etlichen Monaten mit ihm zusammenlebte – fast so, als wenn wir verheiratet wären, dachte er hin und wieder –, war vierzig, blond und drall. Sie stammte aus einer Kleinstadt in Nebraska und hatte sich allmählich zur Ostküste durchgeschlagen. Dabei hatte sie sich mit ungelernten Jobs – als Verkäuferin, Kassiererin im Supermarkt oder Kellnerin – über Wasser gehalten und war schließlich in Revere gelandet, wo sie in einem der Nachtklubs an der Strandpromenade als Bedienung arbeitete. Sie war kein Kind von Traurigkeit und ging bereitwillig auf Tonys Vorschlag ein, mit in seine Wohnung zu kommen. Es hatte keine langwierige Werbung gegeben. Sie zog ganz selbstverständlich ein, und es galt als stillschweigend vereinbart – ausdrücklich hatten sie nie darüber gesprochen –, daß sie einfach wieder verschwinden würde, wenn ihm oder ihr der Sinn nach Abwechslung stand.

Ihren Job in dem Nachtklub hatte sie behalten. Manchmal kam Tony kurz vor der Polizeistunde vorbei und holte sie ab, sonst nahm sie sich ein Taxi. Wenn die Wohnung bei ihrer Heimkehr im Dunkeln lag, schlief er schon. Dann leuchtete sie sich, um ihn nicht zu wecken, mit ihrer Taschenlampe den Weg ins Badezimmer, zog sich dort aus und legte sich neben ihn ins Bett.

Meist stand er zuerst auf und machte Toast und Kaffee für sie beide. Wenn er daheim blieb, revanchierte sie sich, indem sie für das Mittagessen sorgte – meist Suppen aus der Dose und belegte Brote. Abends aßen sie in preiswerteren italienischen oder chinesischen Restaurants, hinterher gingen sie ins Kino oder setzten sich zu Hause vor den Fernseher.

Tagsüber lief sie in Morgenrock und schlappenden Hausschuhen in der Wohnung herum, las die Zeitung oder Romanhefte, die sie sich im Drugstore holte, oder ließ auf der Mattscheibe rührselige Filme an sich vorüberflimmern. Irgendwann zwischendurch machte sie das Bett und putzte die Wohnung, und hin und wieder kaufte sie die wenigen Lebensmittel ein, die sie brauchten.

Sonntags standen sie beide spät auf, und während er in Bademantel und Pyjama herumsaß, machte sie ein besonders gutes Frühstück mit Zimttoast und Würstchen, und damit setzten sie sich dann vor den Fernseher, weil er gern die politischen Magazinsendungen sah. Als sie sich an diesem Sonntag anzog, fragte er: «Willst du weg, Baby?»

«Nur zum Drugstore, die Zeitung holen.»

«Bringst du mir Zigaretten mit? Brauchst du Geld?»

«Nein, noch reicht's.»

In einer knappen Viertelstunde war sie wieder da. Aus der Papiertüte, die sie mitgebracht hatte, holte sie eine Packung Zigaretten und warf sie ihm in den Schoß. Dann angelte sie einen gelben Umschlag hervor. «Die Abzüge von dem Film, den ich für dich zum Entwickeln gebracht habe.»

«Gut geworden?»

«Hab sie noch nicht angesehen.» Sie gab ihm den Umschlag und sah ihm über die Schulter, als er die Fotos herausnahm. «Da hast du ein Stück von meinem Kopf abgeschnitten», sagte sie, als sie das erste hochhielt.

«Wahrscheinlich, weil ich mich auf deine Beine konzentriert habe.»

Beim nächsten Bild hatte er auf den Auslöser gedrückt, als eine Bö ihr gerade den Rock hochgeweht hatte. «Du, das war gemein, da sieht man ja ganz deutlich meinen Dingsbums.»

Er schob die Hand unter ihr Kleid und ließ sie an den Schenkeln entlang zu ihrem Gesäß gleiten. «Ein sehr hübscher Dingsbums», sagte er und rubbelte ihn zärtlich.

«Du bist mir einer.» Sie nahm ihm die Fotos aus der Hand, blätterte sie durch und machte ihre Bemerkungen dazu. «Das hier ist 'ne Spur unscharf ... du, das ist gut ... bei dem hier hast du gewakkelt ... Was ist denn das?»

Er nahm ihr das Bild aus der Hand. «Das Blainey-Festbankett, ist schon ein paar Monate her. Siehst du die fünf Typen am Präsidiumstisch?» Er lachte laut auf. «Rocco Vestucci, Charlie Mays, der in der Mitte ist Jim Blainey, und die auf der anderen Seite sind Frank Callahan und Peterson, wie heißt er gleich, Nels Peterson. Und alle miteinander sind sie rechtskräftig verurteilt und müssen in den Knast. Wie findest du das?»

«Schöne Freunde hast du.»

«Geschäft ist Geschäft, Baby. Wenn du mit ihnen im Geschäft bist und sie dir 'ne Karte für ein Festbankett für einen ihrer Kumpels andienen, nimmst du sie natürlich.»

«Aber du brauchst nicht hinzugehen.»

«Das Essen ist meist recht anständig, und du hast schließlich bezahlt. Außerdem gibt's meist noch 'ne Vorstellung, deshalb hatte ich den Fotoapparat mitgenommen, du verstehst schon ...»

«Klar, nackte Weiber.»

«Aber diesmal war's nichts damit, sie hatten einen Pfaffen dabei. Der Typ, der ihm die Karte verkauft hat, wird vom Festausschuß schon was zu hören gekriegt haben. Oder – nein, 'nem Pfaffen verkaufen die keine Karte, der hat sie sicher umsonst gekriegt. Vielleicht hat das Jim Blainey sogar selber veranlaßt, der ist nämlich mächtig fromm, geht jeden Sonntag in die Kirche.»

«Und wenn er im Knast ist?»

«Glaubst du, die haben da keine Kirche?»

«Da hast du auch wieder recht. Und wer ist der am Ende? Ist der auch verurteilt?»

«Zeig mal. Hm, an den kann ich mich gar nicht erinnern. Vielleicht ist er bloß mal eben vorbeigekommen, um ein Wort mit Nels Peterson oder einem der anderen zu reden. Kommt er dir nicht irgendwie bekannt vor?»

«Ich wüßte nicht.»

«Findest du nicht, daß er ein bißchen wie Tommy Baggio aussieht?»

«Wer ist Tommy Baggio?»

«Stadtrat in Revere. Kandidiert für den Senat. Gestern war er in der Zeitung. Hast du die Zeitung von gestern noch, oder hast du sie schon weggeworfen?»

«Glaub ich nicht. Warte, ich seh mal nach.»

Sie ging zur Kochnische, kramte in einem großen Korb herum und holte die Zeitung heraus. Er überflog die Seiten rasch, aber gründlich. «Da ist er. Sieht doch genau aus wie der Typ auf dem Foto, oder?»

Sie schüttelte den Kopf. «Nein, Schatz, tut mir leid, aber das kann ich nicht finden. Der auf dem Foto hat keinen Schnurrbart.»

«Dagegen kann man was tun. Schau her.» Er deckte die untere Gesichtshälfte mit einem Fingernagel ab. «Schau dir die Augen an, die Stirn, das Haar.»

«Na ja, vielleicht ...»

«Ein Schnurrbart ist schnell gemacht», überlegte er, den Blick zur Decke gerichtet, mit seinen Gedanken weit weg.

«Und was hättest du davon?»

Er lächelte. «Könnte sich rentieren, Baby.»

«Das kapier ich nicht.»

Er feixte. «Springen vielleicht ein paar Mäuse bei raus.»

«Aber wie denn?»

«Es gibt da vielleicht einen Dreh ... Ich muß mir das mal durch den Kopf gehen lassen, Baby.»

## 10

«Haben Sie mal einen Augenblick Zeit für mich, David?» erkundigte sich Morton Brooks, der Leiter der Religionsschule.

«Ja, natürlich.»

«Bin gleich da.»

Der Rabbi legte den Hörer auf und staunte über Mortons ungewohnte Rücksichtnahme. Brooks pflegte sonst nicht zu fragen, ob der Rabbi frei war, sondern klopfte, auch wenn die Tür zum Arbeitszimmer geschlossen war, nur ganz kurz an und platzte dann ohne weiteres herein. Wenige Minuten später – er hatte sein Büro unten im Vestibül, das Arbeitszimmer des Rabbi war eine Etage höher – trat Morton Brooks ein und ließ sich auf den Besucherstuhl vor dem Schreibtisch des Rabbi fallen.

Er trug einen gedeckten grauen Anzug, blaues Hemd, schwarze Strickkrawatte und an den Füßen, die er weit von sich gestreckt hatte, spiegelblank gewienerte schwarze Schuhe. Sein Aufzug unterschied sich sehr wesentlich von seiner üblichen Kleidung. Mortons Vorliebe für auffällig gemusterte Tweedsakkos und farbenfreudige Halstücher war dem Rabbi wohlbekannt.

Er hob die Augenbrauen. «Waren Sie zu einer Beerdigung, Morton? Oder haben Sie sich um eine Rolle beworben?»

«Leider nein, im Showgeschäft sieht's zur Zeit trübe aus.» Erst dann begriff er die Frage. «Ach, Sie meinen wegen der Spießerklamotten? Die sind für den neuen Präsidenten.»

«Soll das heißen, daß Howard Magnuson Ihnen nahegelegt hat, sich dezenter zu kleiden? Sich von Ihrer gewohnten Kluft zu trennen?»

«Wenn sie einem das nahelegen, David, ist es schon zu spät, dann ist es eine Kritik. Dann geben sie einem zu verstehen, daß man was gemacht hat, was – nein, vielleicht nicht falsch ist, aber auch nicht richtig. Diese Wirtschaftsbosse sind eine Sorte für sich, David. Die können sich kleiden, wie sie wollen, können sogar im Overall ins Büro kommen, aber die Muschiks, die kleinen Leute, die müssen immer tipptopp in Schale sein. Vielleicht würde er nichts sagen, aber denken würde er sich: Der paßt nicht in die Mannschaft.»

Um die Lippen des Rabbi zuckte es. «Und Sie wollten mal nachsehen, ob ich tipptopp in Schale bin?»

Brooks betrachtete ihn mit gönnerhafter Anteilnahme. «Sie werden nie tipptopp in Schale sein, David. Weil Sie kein Gefühl für Kleidung haben. Darum. Ich glaube, das liegt nicht so sehr an dem, was Sie tragen, sondern wie Sie's tragen.» Mit einer Handbewegung schob er die Garderobenprobleme des Rabbi beiseite. «Nein, ich wollte Sie bitten, sich das hier mal anzusehen, David, und mir zu sagen, was Sie davon halten.»

Der Rabbi nahm ihm das Blatt ab, das Morton Brooks ihm reichte. Die Überschrift lautete PFLICHTEN UND AUFGABEN DES LEITERS DER RELIGIONSSCHULE. Der Text war mit der Maschine geschrieben und ging über die ganze Seite. Der Rabbi las und nickte gelegentlich. «... verantwortlich für die Ausarbeitung der Lehrpläne für die einzelnen Klassen ... Empfehlungen für den Schulausschuß ... Haushalt ... berät sich mit dem Rabbi über alle Führungsfragen ... Einstellung von Lehrkräften ... Gespräche mit Eltern ...»

«Recht gut», sagte der Rabbi, als er fertig war. «Allerdings habe ich den Eindruck, daß Sie vieles hineingeschrieben haben, was der erste Satz über die allgemeine Leitung der Schule schon impliziert.»

«Je mehr man bei solchen Sachen reinschreibt, desto besser, David. Das wertet den Job auf.»

«Ja, dann könnten Sie vielleicht noch hineinnehmen, daß Sie nach Absprache mit dem Kantor Förderkurse für die Jungen einrichten, die sich auf die Bar Mitzwa vorbereiten.»

«Gute Idee.» Er machte sich mit Bleistift eine Notiz am Rand des Blattes. «Kantor ... Bar Mitzwa. Fällt Ihnen sonst noch was ein?» Er sah auf, den Bleistift gezückt.

«Wenn eine Lehrkraft ausfällt, übernehmen Sie den Unterricht.»

Morton Brooks kratzte sich nachdenklich am Ohr und strich dann sorgfältig das Haar über der kahlen Stelle zurecht. «Lieber nicht», sagte er. «Da kommt er nur auf dumme Gedanken.»

«Er?»

«Magnuson. Er hat das angefordert. Haben Sie keinen Fragebogen bekommen? Wenn ich sage, daß ich beim Ausfall von Lehrkräften einspringe, denkt er bestimmt, ich hätte Zeit, noch eine Klasse zu übernehmen, so daß sich vielleicht eine Lehrkraft einsparen läßt. Typen wie Magnuson machen mich nervös.»

«Warum denn das?»

«Wenn er schon Stellenbeschreibungen von uns verlangt, dauert's gar nicht mehr lange, bis er eine Refa-Studie machen läßt, und das endet dann damit, daß er uns nur noch Akkordlohn bezahlt.»

Der Rabbi lachte. «Das ist nicht sehr wahrscheinlich.»

«Nein? Was wissen Sie von Howard Magnuson?»

«Soviel ich weiß, besteht da eine Beziehung zu Magnuson & Beck, also nahm ich an, daß er im Einzelhandel tätig ist...»

«Falsch», sagte Brooks abschätzig. «Das Warenhaus haben sie schon 1929 verkauft. Kann natürlich sein, daß sie es wieder zurückgekauft haben, denn Magnuson & Beck ist ein Mischkonzern, das heißt, ihr Geschäft ist es, Geschäfte zu machen. Ich habe damals in *Time* den Artikel über ihn gelesen, und nachdem Magnuson gewählt worden war, hab ich ihn noch mal rausgeholt. Magnuson kauft und verkauft Firmen wie andere Leute Schuhe oder Autos. Er kauft eine Firma auf, dann setzt er seine handverlesenen Manager rein, die machen mächtig Dampf und schmeißen die alten Hasen raus. Rationalisierung nennt man das. Und wenn der Vierteljahresbericht günstig ist und die Kurse steigen, kaufen sie mit dem aufgewerteten Aktienpaket die nächste Firma auf, oder sie melken den Laden eine Weile und stoßen ihn dann wieder ab. Sie haben Elektronikfirmen und Hotels und eine Firma, die Nägel für Baseballschuhe herstellt. In dem Artikel nennen sie Magnuson einen Romantiker, weil er am liebsten Unternehmen aufkauft, die ihn interessieren. Hat sich was mit Romantiker.»

«Sie glauben also, er wird versuchen, unsere Effizienz zu steigern und uns dann gegen eine andere Synagoge oder vielleicht eine Kirche einzutauschen?»

«Lachen Sie ruhig, David, aber ich sage Ihnen, der wird uns noch Ärger machen. Er ist nicht einer von uns.»

«Was soll denn das nun wieder heißen?»

«Wir sind alle zweite oder dritte Generation. Unsere Eltern oder Großeltern kamen aus Rußland, Polen oder Litauen. Ich möchte wetten, daß Sie im Vorstand keinen finden, dessen Eltern oder zumindest die Großeltern nicht noch Akzent gesprochen haben. Der Geruch nach *Stätel* hängt uns noch an. Magnuson ist anders. Amerikaner in der fünften, vielleicht sogar sechsten Generation. In dem

Artikel steht, daß sein Ururgroßvater im Bürgerkrieg gekämpft hat. Er denkt nicht wie wir. Er ist ein Yankee, ein WASP–»

«WASP – das heißt doch aber weiß, angelsächsisch, protestantisch.»

«Na schön, ist er eben ein Protestant, aber Sie wissen schon, wie ich's meine. Er ist nicht wie wir, und das bedeutet Ärger. Nehmen Sie diese Stellenbeschreibungen, die er von uns verlangt. Ich will nicht sagen, daß etwa Sam Feinberg nicht auf so eine Idee hätte kommen können, als er Präsident wurde. Ich kann mir sogar vorstellen, daß er die Fragebogen herumgeschickt hätte. Vielleicht hätte er sie sogar gelesen. Aber dann hätte er die Dinger in eine Schublade gestopft und nie wieder einen Gedanken daran verschwendet. Howard Magnuson macht das ganz anders, warten Sie nur ab. Er wird jeden einzelnen Bogen durchackern, wird die Angaben miteinander vergleichen, und wenn sie sich nicht decken, gibt's Zores.» Sein Ton wurde auffallend beiläufig, und der Rabbi ahnte, daß er jetzt mit dem wahren Grund für seinen Besuch herausrücken würde. «Und da hab ich mir gedacht, weil wir doch beide auf unsere Art die Oberaufsicht über die Religionsschule haben, daß wir unsere Stellenbeschreibungen aufeinander abstimmen sollten, damit sie sich, will ich mal sagen, ergänzen und sich nicht etwa widersprechen.» Er sah den Rabbi erwartungsvoll an.

«Ich habe keine Stellenbeschreibung gemacht.»

«Haben Sie keinen Fragebogen bekommen?»

«Doch, aber wohl nur irrtümlich.»

«Wenn er an Sie gegangen ist, war es kein Irrtum, David. Magnuson erwartet von Ihnen, daß Sie den Wisch ausfüllen.»

«Er war an die Mitarbeiter der Synagoge gerichtet, an die Angestellten», sagte der Rabbi, «und ich betrachte mich nicht als Angestellten.»

«Ich weiß schon, Sie sind der Rabbi des ganzen Gemeinwesens und nicht nur der Synagogengemeinde, das haben Sie uns ja oft genug gesagt, aber bezahlt werden Sie von der Synagoge, und in Magnusons Augen sind Sie damit dort angestellt. Vergessen Sie nie, daß Sie es nicht mit Sam Feinberg zu tun haben, David», sagte er deutlich besorgt, «sondern mit Howard Magnuson.»

«Und wo ist da der Unterschied?»

«Genau das versuche ich Ihnen ja gerade klarzumachen. Für Sam Feinberg und für uns sind Sie der Rabbi, so was Ähnliches wie für einen Iren der Priester. Aber für Howard Magnuson sind Sie einfach ein Angestellter, ein Untergebener, einer von denen, die er sein Leben lang herumkommandiert hat.»

## 11

Das untere Drittel der Schaufensterscheibe bedeckte ein Schild, das in großen Lettern forderte: Wählt Scofield zum Senator! Darunter stand kursiv und in Anführungszeichen: *«Unser Motto: Bewährtes bewahren!»* In dem Laden standen ein Schreibtisch, ein langer Tisch, der mit Stößen von Wahlkampfmaterial vollgepackt war, vier hölzerne Lehnsessel, zwei stählerne Aktenschränke und ein Stapel Klappstühle – alles von einem Büroausstatter am Ort gemietet. Hinter einer Trennwand verbargen sich ein Kleiderschrank, Toilette und ein Waschtisch, über dem ein kleiner Spiegel hing.

Wenn man über die High Street ging, konnte man meist knapp über dem Schild im Schaufenster Lauras Kopf sehen, wenn sie gerade am Schreibtisch saß. Auch jetzt saß sie dort und sah die Post durch. Sie schlitzte die Umschläge auf, prüfte kurz den Inhalt und legte sie auf einen von mehreren Stapeln, die sie vor sich aufgebaut hatte. Auf den einen kamen Werbebroschüren von Druckereien, Herstellern von Plastikbuttons, Ausschnittbüros, Fotografen, Elektronikläden, die Lautsprechersysteme vermieteten – alles Dinge, die man vielleicht für den Wahlkampf brauchen würde. Auf einen zweiten kamen Rechnungen – die meisten von Firmen dieser Art –, der dritte, wichtigste bestand aus Briefen, die Spenden enthielten. In einem war ein ganzer Bogen Briefmarken, in einem ein Scheck über 100 Dollar. Als sie ihn mit nur schlecht verhehlter Aufregung Scofield zeigte, nickte er sachlich, nachdem er einen Blick auf die Unterschrift geworfen hatte. «Mein Schwager. Dem hat bestimmt meine Schwester keine Ruhe gelassen.»

Sie vermerkte bei jeder Spende Namen, Adresse und Betrag und sah darauf, möglichst ein oder zwei Tage nach Eingang der Briefe ein bestätigendes Dankschreiben abzuschicken. Dazu hatte sie drei Formbriefe entworfen, einen für kleine Spenden (unter 5 Dollar), einen für größere und einen für Beträge über 50 Dollar. Dieser dritte Formbrief fand zu ihrem Leidwesen nur selten Verwendung. Manchmal bekam sie anonyme Spenden in bar, und in solchen Fällen legte sie 5 oder 10 Dollar aus ihrer eigenen Tasche dazu.

Sie kam vormittags gegen zehn, blieb bis zwölf und ging dann zum Mittagessen nach Hause. Während dieser Zeit hängte sie einen Zettel ins Fenster, daß sie nachmittags wieder zu erreichen sei. Gegen zwei kehrte sie zurück. Häufig gab es nichts für sie zu tun, dann las sie das Lokalblättchen und die Bostoner Zeitungen und schnitt Artikel für Scofield aus. Manchmal tauchte jemand auf, um einen Ratschlag loszuwerden: «Wissen Sie, Scofield sollte seine Gegner zu einer Podiumsdiskussion auffordern. Da könnte er mal zeigen, was er kann ...» Eine Einladung auszusprechen: «Wir haben so eine Diskussionsgruppe, die sich einmal in der Woche trifft, da kommen alle möglichen Themen zur Sprache, von den Vereinten Nationen bis zum Knöterich. Mit Scofield könnten wir an einem Abend auch mal über Kommunalpolitik reden ...» Um Informationen zu erbitten: «Wie steht er zur Überprüfung der Hafenvorlage? Das möchte ich jetzt mal wissen ...» Um Hilfe anzubieten: «Ich habe mir gedacht, daß Sie vielleicht jemanden für halbtags brauchen. Ich hab zwei Kinder, aber vormittags bin ich frei, weil sie da in der Schule sind. Ich kann ablegen und tippen, allerdings nicht sehr schnell ...» Oder: «Brauchen Sie vielleicht einen guten Fahrer? Um Sie zu Versammlungen zu fahren oder so ...» Oder: «Haben Sie schon genug Leute zur Betreuung der Wahllokale?» Oder – weit vorausschauend: «Ich bin ein erstklassiger Gärtner. Vielleicht kennt Mr. Scofield 'ne Regierungsstelle, wo man so was braucht ...»

Tagsüber war Scofield selten da. Er erschien am späten Nachmittag, wenn er in Salem Feierabend gemacht hatte. Dann berichtete Laura ihm, was sich an diesem Tag getan hatte, und zeigte ihm die Zeitungsausschnitte, und sie besprachen die weitere Strategie. Von Anfang an, fand sie, sah er seine Chancen übertrieben pessimistisch.

Als sie ihm ihre Hilfe angetragen hatte, sagte er: «Hilfe kann ich natürlich gebrauchen, aber ich könnte Ihnen nicht sehr viel zahlen, vielleicht überhaupt nichts bis nach der Wahl – falls ich gewinne.»

«Darauf kommt es mir nicht an. Ich bin auf das Geld nicht angewiesen, und Zeit habe ich reichlich.»

«Sehr nett von Ihnen, aber –»

«Wer ist Ihr Wahlkampfmanager? Wer macht Ihre Organisation? Wo haben Sie Ihre Zentrale?»

«Bisher habe ich das von meinem Büro in Salem aus erledigt. Viel habe ich noch nicht gemacht. In der Kanzlei gegenüber sitzt so ein alter Knabe, ein gewisser J. J. Mulcahey, der hat mir diesen Floh eigentlich erst ins Ohr gesetzt und gibt mir hier und da einen Tip, aber –»

«Eine Zentrale in Salem ist unmöglich, das ist ja nicht einmal Ihr Bezirk. Sie brauchen was in Barnard's Crossing. Einen leeren Laden.»

«Aber das kann ganz schön ins Geld gehen. Außerdem hab ich einfach nicht die Zeit, mich nach so was umzusehen. Und dann braucht man ja auch Möbel, zumindest einen Schreibtisch und einen Aktenschrank. Die könnte ich vielleicht gebraucht kriegen, aber –»

«So was kann man mieten. Und für die paar Monate bis zur Wahl dürfte ein Laden nicht viel kosten.»

«Meinen Sie? Nachdem ich mich zu der Kandidatur entschlossen hatte, habe ich ein, zwei Makler angerufen, einer hat 1000 Dollar im Monat verlangt, Vorauszahlung und bar auf die Hand ...»

«Und wenn ich mich mal umsehen würde?»

«Ja, also ...»

Wenige Tage später rief sie ihn im Büro an. «Kennen Sie den Laden auf der High Street, hinter dem Marktplatz? Den kann ich für 100 Dollar pro Monat bekommen, von jetzt bis zum November.»

«100 Dollar? Donnerwetter. Wie haben Sie das geschafft?»

«Indem ich darauf hingewiesen habe, daß Ihre Chancen gut stehen und daß es keine schlechte Sache ist, einen Senator im Bekanntenkreis zu haben. Ich hatte mich vorher erkundigt und in Erfahrung gebracht, daß sie mal Ärger mit der Baubehörde hatten.»

«Das ist ja phantastisch. Muß ich einen Mietvertrag unterschreiben? Und wollen Sie einen Scheck für die erste Monatsmiete haben?»

«Ich könnte mit einem Scheck von mir zahlen, und Sie können mir das Geld irgendwann wiedergeben. Ich mußte mich als Ihr Wahlkampfmanager ausgeben, um ernstgenommen zu werden. Sie hätten sonst gedacht, daß ich mich nur wichtig machen will.»

«Alles klar. Nur weiter so.»

«Wenn Sie wollen, kümmere ich mich mal um die Möbel.»

«Ja, gern. Möbel müssen sein.»

Sie unterschrieb den Mietvertrag, beschaffte die Möbel, verhandelte wegen des Drucks von Wahlkampfbroschüren und Briefbogen. Einigermaßen verdutzt, erzählte er Mulcahey davon.

Der Kollege nickte nachdenklich. «Das ist das Schöne an der Politik. Die Trittbrettfahrer stellen sich schnell genug ein. Wie sieht sie aus?»

«Sehr nett – auf eine streng sachliche Art. In Partykluft könnte sie wahrscheinlich umwerfend sein. Aber eine gutaussehende Frau, unbedingt.»

«Hast du schon versucht, dich an sie ranzumachen?»

«Natürlich nicht. Hast du vergessen, wer sie ist? Ihr Vater ist Howard Magnuson, von Magnuson & Beck.»

«Na und?» Mulcahey schlug seine ordinäre Lache an. «Untenrum dürfte sie nicht anders gebaut sein als andere Weiber auch. Ich will dir mal was sagen, mein Junge. Du bist nur ein neues Spielzeug für sie, so 'n reiches Mädel braucht einfach Abwechslung.» Das klang verächtlich, er ärgerte sich ein bißchen, daß sie ihn aus seiner Position als Mentor, Lenker und Betreuer von Scofields Karriere verdrängt hatte. «Wenn sie nach ein, zwei Wochen das Politikspielen satt hat, läßt sie dich sitzen, verlaß dich drauf.»

«Das glaube ich nicht. Sie – sie engagiert sich da nämlich mehr als ich.» Er lachte verlegen. Nicht einmal sich selbst gegenüber mochte er sich eingestehen, daß er sich zu dem Wahlkampf nur von Mulcahey hatte überreden lassen und daß es allein Lauras Interesse war, das ihn bei der Stange hielt. Bisher hatte der Zustrom von Mandanten noch nicht eingesetzt, den Mulcahey vorhergesagt hatte, und die ihm immer häufiger auf den Tisch flatternden Rechnungen beunruhigten ihn allmählich. Er besaß einen Notgroschen von etwa 6000 Dollar – den Rest seines Anteils aus dem Verkauf des elterlichen Hauses – und war fest davon überzeugt, daß der Wahlkampf diese Summe bis auf den letzten Dollar verschlingen würde.

Zuerst war er ganz bereitwillig zu allen möglichen politischen Versammlungen gegangen, war auf Lauras Drängen hin aufgestanden, um Fragen zu stellen oder eine Bemerkung zu machen, wobei er sich immer als Kandidat für den Senat vorstellte. Aber als er weder politisch noch geschäftlich so recht vorankam, hatte ihn der

Mut verlassen. Und wenn ihm jetzt Laura von einer Gruppe erzählte, die sich traf, um über die Vorlage zum Umbau des Hafens zu sprechen, und meinte, es sei bestimmt günstig, dort zu erscheinen und seine Einstellung kundzutun, verschanzte er sich gern für diesen Abend hinter beruflichen Verpflichtungen, gab vor, in der juristischen Bibliothek etwas nachschlagen oder sich auf eine Verhandlung vorbereiten zu müssen. Er schätzte seine Chancen so gering ein, daß auch Laura sich allmählich Gedanken darüber machte, ob sie nicht auf einen Verlierer gesetzt hatte. Als der Barnard's Crossing *Courier* einen Bericht über eine telefonische Meinungsumfrage veröffentlichte, aus der hervorging, daß die drei Kandidaten in der Wählergunst praktisch Kopf an Kopf lagen, zeigte Scofield keine große Begeisterung.

«Was ist schon dran, wenn man mit zwei anderen Kopf an Kopf liegt?» fragte er trübselig. «Gefragt wurde in erster Linie nach den Posten von Gouverneur, Stellvertreter und Justizminister. Als sie dann zum Senat kamen, haben sie wahrscheinlich einfach die drei Namen Scofield, Baggio und Cash vorgelesen und haben wissen wollen, welcher der Befragten am sympathischsten ist. Wenn sie dabei alphabetisch vorgegangen sind, kam mein Name zuletzt. Der Durchschnittsbürger, dem die Sache sowieso ziemlich egal ist, hält sich an den letzten Namen, den er hört. Baggio und Cash sind beide Profis, sie haben eine Organisation hinter sich, sie kennen Leute, denen sie mal einen Gefallen getan haben oder die sich eine Gefälligkeit von ihnen erhoffen. Was für Chancen hat da schon ein Neuling?»

«Ganz falsch! Wissen Sie, warum Cash sich um den Senatorenposten bewirbt statt noch einmal für das Abgeordnetenhaus zu kandidieren? Weil er keine Chance hat, dort wiedergewählt zu werden, da können Sie fragen, wen Sie wollen. Daß er gegen die Hafenvorlage gestimmt hat, vergessen ihm die Leute in Lynn nie. Bei der Kandidatur für den Senat hofft er auf Stimmen aus Chelsea und Revere und Barnard's Crossing, um damit die Niederlage auszugleichen, die ihm Lynn bereiten wird. Er rechnet nicht mit einem Sieg. Wenn er verliert, ist er, weil es ein höheres Amt ist, politisch nicht so unten durch wie bei einer Wahlniederlage im Abgeordnetenhaus.»

«Ja, davon habe ich auch schon läuten hören, aber –»

«Und Baggio hat nur in Revere ein Renommee. Und bei der

Zweitentscheidung liegen Sie eindeutig in Führung.» Sie streckte ihm die Zeitung hin.

Aber er griff nicht danach, sondern fragte: «Was verstehen Sie unter Zweitentscheidung?»

«Jeder Befragte mußte angeben, wer sein bevorzugter Kandidat war, und wen er an die zweite Stelle setzen würde. Die Leute, die für Cash waren, haben sich teils für Sie und teils für Baggio an zweiter Stelle ausgesprochen, aber Ihre Leute haben sich für Baggio entschieden und Baggios Leute für Sie.»

«Na und?»

«Und das bedeutet, daß viele nicht so sehr für einen Kandidaten als gegen Cash sind. Wenn es Ihnen gelingt, Baggio ein paar Stimmen abzujagen, haben Sie's geschafft.»

«Und wenn es ihm gelingt, mir ein paar Stimmen abzujagen, hat er es geschafft. Leider sind wir hier nicht beim Pferderennen mit erstem, zweitem und drittem Sieger. Hier zählt nur der erste Platz.»

Sie ärgerte sich über ihn und mehr noch über sich. Hatte sie ihn falsch beurteilt, sich so völlig in seinem Charakter getäuscht? Sollte sie sich zurückziehen? Vielleicht lohnte der Einsatz wirklich nicht.

«Es kann sein, daß ich verreisen muß», tastete sie sich vor. «Hätten Sie jemanden, der mich inzwischen hier vertreten könnte?»

«Wie lange wär das denn?»

«Ein, zwei Wochen, vielleicht auch länger.»

«Ach, da komme ich schon zurecht. Ich kann ja inzwischen den Laden dichtmachen und nachmittags nur mal nach der Post sehen.»

Der Mann war unmöglich. Dabei brachte er alle Voraussetzungen mit. Er war groß, sah gut aus, war umgänglich und sympathisch. Sein Name war stadtbekannt, er war auf den richtigen Schulen, am richtigen College, auf der richtigen Universität gewesen. Gab es denn keine Möglichkeit, zu ihm durchzudringen, Verlangen und Ehrgeiz in ihm zu wecken, ihm den entscheidenden Schubs zu geben? Was war nur los mit ihm?

## 12

Howard Magnuson zeigte sogleich seine Effizienz, indem er mit den Vorstandssitzungen Schlag neun begann und sie nicht um zwölf, sondern gegen elf beendete. Wer früh essen wollte, um den Nachmittag auf dem Golfplatz zu verbringen, begrüßte die Neuerung, aber andere, die ihre Kinder sonntags in die Religionsschule brachten und ohnehin bis zwölf warten mußten, um sie wieder heimzufahren, wußten in dieser einen Stunde nicht recht, was sie anfangen sollten.

Der Rabbi nahm an den Sitzungen nicht teil und bekam den neuen Präsidenten kaum zu sehen. Über einen Monat wechselten sie kein Wort miteinander. Zum Gottesdienst am Freitagabend erschien Magnuson nicht, und beim täglichen Minjan ließ er sich schon gar nicht sehen. Und er hatte auch kein Büro in der Synagoge, wo der Rabbi höflichkeitshalber hätte hereinschauen können. Er überlegte, ob er Magnuson abends einmal anrufen und ihn fragen sollte, ob er kurz vorbeikommen könne. Aber dann sagte er zu Miriam: «Es ist seine Sache, mich anzusprechen. Wenn ich ihn anrufe, denkt er womöglich, ich will mich aufdrängen.»

«Aber er ist jetzt seit über einem Monat im Amt –»

«Und wennschon. Er ist vermutlich ein vielbeschäftigter Mann, und bisher hat sich eben nichts ergeben, was mich unmittelbar betrifft.»

Verschiedene Vorstandsmitglieder erzählten ihm das eine oder andere. Magnuson war offenbar beliebt, hauptsächlich weil er sich, entgegen der ursprünglichen Befürchtung, er könne kühl und unnahbar sein, umgänglich und liebenswürdig gab. Der wirtschaftliche und gesellschaftliche Graben zwischen den Gemeindemitgliedern und ihrem neuen Präsidenten blieb ihnen zwar bewußt, doch sie ließen das Magnuson weniger durch Zurückhaltung als durch eine Art kindlicher Hochachtung spüren, mit dem Ergebnis, daß er ihnen seinerseits eine fast väterliche Fürsorge entgegenbrachte.

Harry Berg, der einen aus drei Lebensmittelgeschäften bestehenden Filialbetrieb hatte, berichtete: «Ich erzähle Bud Green von dem Zores, den ich mit unserer Bank wegen eines Kredits habe. Howard bekommt das mit und sagt: ‹Versuchen Sie's doch in der Hauptstelle in Boston. Kann sein, daß die Filiale auf so was nicht so recht eingerichtet ist. Ich kenne den Leiter der Kreditabteilung.

Wenn Sie wollen, ruf ich ihn mal an.› Ja, gern, sag ich – und stellt euch vor, wie ich hinkomme, empfängt der Mann mich wie den reichen Onkel aus Übersee.»

Der Dermatologe Dr. Laurence Cohen, der gern ein bißchen an der Börse spekulierte, erzählte, wie er beiläufig eine Aktie erwähnt hatte, deren Wert sich angeblich in zwei Monaten verdoppeln sollte. «Ich hatte was von einem Übernahmeangebot läuten hören. Da zieht Howard ein Gesicht und meint, da sei er nicht so sicher. Ob er was wüßte, frag ich ihn, und er sagt klipp und klar, daß aus der Übernahme nichts wird. Also hab ich nicht gekauft, und die Aktien sind inzwischen um zwanzig Punkte gefallen.»

Al Rollins war davon überzeugt, daß Howard Magnuson seiner Tochter zu einem Platz an dem College ihrer Wahl verholfen hatte, «und noch dazu mit einem Teilstipendium», weil er an der richtigen Stelle ein gutes Wort für sie eingelegt hatte. Die einzige negative Beurteilung kam von Chester Kaplan, den der Rabbi beim täglichen Minjan sah. «Der Mann ist ein richtiger Goj, kommt am Schabbes nicht zu den Gottesdiensten, war noch nicht ein einziges Mal beim Minjan. Nicht mal am Yom Kippur. Ich –»

«Zu Yom Kippur war er in der Synagoge», unterbrach der Rabbi ihn rasch. «Ich habe ihn gesehen.»

«Vormittags vielleicht, auf eine Stunde. Und dann ist er zum Essen nach Hause gegangen, wollen wir wetten? Und so was ist Präsident.»

«Die meisten unserer Präsidenten waren nicht fromm», sagte der Rabbi. «Von Jacob Wasserman und Ihnen einmal abgesehen.»

«Schön, sie waren nicht fromm, aber sie sind zumindest in frommen Familien aufgewachsen, ihre Eltern haben noch auf Tradition gehalten. Sie waren nicht regelmäßig beim Minjan, aber zumindest zur Jahrzeit sind sie gekommen, wenn sie den Kaddisch sprechen mußten. Aber der hier läßt sich überhaupt nicht sehen. Hat er sich seit seinem Amtsantritt schon mal mit Ihnen beraten, Rabbi? Haben Sie überhaupt schon mit ihm gesprochen?»

«Nein, aber –»

«Na, was sag ich?» triumphierte Kaplan. «Da wird einer Vorsteher der Gemeinde und setzt sich nicht mal mit dem Rabbi zusammen.»

Der Rabbi lächelte. «Wenn es mich nicht stört, warum sollten dann Sie daran Anstoß nehmen?»

Aber am nächsten Sonntag sprach Howard Magnuson ihn dann doch von sich aus an. Kurz nach Ende der Vorstandssitzung klopfte es, und Magnuson betrat das Büro des Rabbi.

«Ich habe bei den Vorstandssitzungen mit Ihnen gerechnet, aber dort lassen Sie sich offenbar nicht mehr sehen», sagte er und nahm auf dem Besucherstuhl Platz.

«Ich bin nicht gekommen, weil ich nicht eingeladen war.»

«Brauchen Sie eine besondere Einladung?» fragte Magnuson leicht ironisch.

«Es muß keine besondere Einladung sein – aber eine Einladung täte schon not.» Der Rabbi lächelte.

«Das verstehe ich nicht.»

«Sehen Sie, ich bin nicht Mitglied des Vorstands und strenggenommen nicht einmal Mitarbeiter des Tempels, deshalb nehme ich an den Vorstandssitzungen nur auf Einladung des Präsidenten teil. Meist fordert mich der neue Vorsitzende zu Beginn seiner Amtszeit auf, zu den Sitzungen zu kommen. Aber das ist durchaus nicht die Regel. Es gab Vorsitzende, die mich gar nicht oder nur zu der einen oder anderen Sitzung eingeladen haben, wenn Fragen anstanden, zu denen ich ihrer Meinung nach etwas Zweckdienliches sagen konnte.»

«Das wußte ich nicht. Ich bin ja neu in diesem Spiel. Gut, daß Sie es mir sagen. Dann lade ich Sie also hiermit ein, an den Vorstandssitzungen teilzunehmen.»

«Besten Dank. Ich werde versuchen, regelmäßig zu erscheinen.»

Magnuson lächelte. «Mir liegt nämlich Ihre Stellenbeschreibung noch nicht vor, sonst hätte ich daraus vielleicht ersehen, daß Sie an den Vorstandssitzungen nur auf besondere Einladung teilnehmen. Arbeiten Sie noch daran?»

«Nein, ich hatte nicht die Absicht, Ihnen eine Stellenbeschreibung zu geben. Ich habe Ihr Schreiben nicht auf mich bezogen, weil ich nicht bei der Synagoge angestellt bin.»

«Nein? Beziehen Sie nicht Ihr Gehalt von uns?»

«Doch, aber das ist mehr im Sinne einer Beihilfe. Ich bin Rabbi der jüdischen Gemeinde von Barnard's Crossing und für die gesamte jüdische Bevölkerung da, ob sie nun Mitglieder der Synagoge sind oder nicht.»

«Sie sehen sich also als Berater, in der Art eines Wirtschaftsprüfers oder juristischen Beistands in einer Firma, nur daß Sie ein regelmäßiges Einkommen beziehen.»

«Ja, so ähnlich, allerdings mit dem Unterschied, daß die nur tätig werden, wenn man an sie herantritt, während ich von mir aus aktiv werden kann. Sollte der Vorstand etwas vorschlagen, was nach meiner Auffassung unseren Gesetzen oder unserer Tradition zuwiderläuft – die Entscheidung darüber liegt übrigens bei mir –, würde ich es verbieten.»

«Und was geschieht, wenn wir – das heißt die Synagogenverwaltung – uns über Ihre Weisungen hinwegsetzen? Verklagen könnten Sie uns wohl kaum.»

«Nicht bei einem weltlichen Gericht, aber ich könnte mich an ein Rabbinergericht wenden. Vermutlich würde ich mich aber von einer solchen Entscheidung lediglich durch meinen Rücktritt distanzieren. Bei einer Grundsatzfrage könnte ich Sie bei der Rabbinerverwaltung anzeigen oder die Sache vor der ganzen jüdischen Gemeinde zur Sprache bringen.»

«Das war mir neu. Aber so was geschieht wohl nicht oft, wie?»

Der Rabbi lächelte belustigt. «Nein, allerdings nicht. Es ist sehr selten.»

Magnuson sah den Rabbi fragend an. «Ist das alles oder gehört noch mehr dazu?»

«Sehr viel mehr. Ich habe die Oberaufsicht über die Schule und die Gottesdienste. Ich lehre in Vorträgen und Predigten unsere Tradition. Ich vertrete bei Kontakten mit der Stadt häufig die jüdische Gemeinde. Einmal habe ich auch Rabbinergericht gehalten und auf Grund des vorliegenden Beweismaterials in einer rein weltlichen Angelegenheit ein Urteil gefällt. Ja, und dann bin ich auch noch so etwas wie der hiesige Hort der Gelehrsamkeit. Dazu kommen die Dienstleistungen, die man normalerweise von einem Rabbi erwartet – Eheschließungen, Scheidungen, Konversionen, Beerdigungen.»

«Da haben Sie ja wirklich alle Hände voll zu tun, Rabbi.»

Neben Ironie lag in Magnusons Stimme auch ein gut Teil Respekt. «Schön, daß Sie mir das alles so genau geschildert haben. Damit haben Sie mir praktisch Ihre Stellenbeschreibung mündlich gegeben.»

«Gern geschehen. Aber da wir zusammenarbeiten müssen, hätte ich auch ganz gern – nein, keine Stellenbeschreibung, aber in etwa eine Vorstellung, wie Sie zu unserer Synagoge und der Gemeinde stehen und was Sie für Pläne haben.»

Magnuson nickte. «Das ist nur recht und billig. Also gut. Ich bin Geschäftsmann – von der Philosophie und der Überzeugung her.»

Der Rabbi lächelte ein wenig. «Soll das heißen, daß Sie versuchen werden, die Synagoge zu einem gewinnbringenden Unternehmen auszubauen?»

Magnuson gab, um zu zeigen, daß er nicht gekränkt war, das Lächeln zurück. «Nein, Rabbi. Das soll heißen, daß ich Geschäftsmann in dem Sinne bin, daß ich die Probleme geschäftsmäßig angehe, so wie ein Wissenschaftler sie vermutlich wissenschaftlich angehen würde. Deshalb habe ich von den Angestellten Stellenbeschreibungen erbeten. Ich werde Organisationspläne ausarbeiten lassen –»

«Und Sie glauben, das bringt uns weiter?»

«Schaden kann es nie, glauben Sie mir. Nur ein Beispiel: Um die Religionsschule kümmern sich ein Schulausschuß, ein Schulleiter und der Rabbi. Was passiert, wenn Schüler oder Eltern eine Beschwerde haben? Wenden sie sich an den Rabbi, an Brooks, an den Schulausschuß, vielleicht gar an mich? Es ist viel wert, solche Sachen ganz klar festzulegen. Ich habe mal eine Firma übernommen, die nur drei Mitarbeiter hatte.» Er hielt zur Verdeutlichung drei Finger hoch. «Jawohl, ganze drei. Und sie steckte tief in den roten Zahlen. Ich ging die Sache nach meiner Methode an, stellte klar, wer für was verantwortlich war, und ein halbes Jahr später machte das Unternehmen Gewinn, und der Mitarbeiterstab war auf zwanzig Personen angewachsen. Während aber viele, ja, vielleicht die meisten Geschäftsleute nur auf den Profit starren, sind mir auch andere Dinge wichtig. Ich wollte ein besseres Betriebsklima schaffen, wollte diesen drei Mitarbeitern den Weg zu Wachstum und Fortschritt weisen.»

«Verstehe.»

«Für mich ist der Profit nur ein Indiz dafür, daß ich auf dem richtigen Weg bin. Es ist der Beweis für den Erfolg der Methode.» Er lehnte sich zurück. «Als mein Vater und seine Partner 1929 das Warenhaus in Boston verkauften, hatten sie einen Haufen Bargeld zur Verfügung. In England hätte mein Vater vielleicht Land gekauft und sich als Gutsbesitzer, als Landadeliger niedergelassen. So was ist in den Staaten nicht üblich. Statt dessen begannen Magnuson

& Beck Unternehmen aufzukaufen, und wir wurden zu dem, was man heute einen Mischkonzern nennt. Wir hatten Glück – nicht nur, weil wir noch vor dem großen Bankenkrach verkauft, sondern weil wir hinterher Bargeld zur Verfügung hatten. Wir haben eine Menge Geld verdient. Als meine Brüder und ich mündig wurden, konnten wir frei wählen, welchen Weg wir gehen wollten. Mein ältester Bruder, Myron, entschied sich fürs Nichtstun.»

«Fürs Nichtstun?»

«Er lebt in Paris, geht ins Theater und in Museen, macht Reisen und Besuche bei seinen vielen Freunden und Bekannten. Er ist unverheiratet.»

«Muß ziemlich anstrengend sein», sagte der Rabbi.

Magnuson nickte. «Ganz meine Meinung. Aber ihm scheint's Spaß zu machen. Ich denke mir, daß er nach Frankreich gegangen ist, weil man für diese Lebensweise dort mehr Verständnis hat als hier. Mein zweiter Bruder, Lawrence, ist Mediziner in New York. Ich beschloß, Geschäftsmann zu werden, aber lege mein Geld nur in Projekten an, die mich interessieren. So habe ich zum Beispiel ein kleines Baseball-Team, weil ich Spaß am Baseball habe. Bisher wirft es noch keinen Gewinn ab», setzte er fast etwas verlegen hinzu. «Vielleicht ist meine Methode für Baseball doch weniger geeignet.»

«Und was ist aus Beck geworden?» fragte der Rabbi.

Magnuson lachte. «Ich habe sie geheiratet. Marcus Beck hatte nur die eine Tochter, Sophia. Wir sind zusammen aufgewachsen und waren, wie man so schön sagt, füreinander bestimmt. Es heißt ja, daß so etwas im allgemeinen nicht funktioniert, aber bei uns hat es geklappt.»

«Haben Sie Kinder, Mr. Magnuson?»

«Eine Tochter», erwiderte er mit unverkennbarem Stolz. «Sie hat ihr Examen in Bryn Mawr mit *magna cum laude* gemacht und dann an der London School of Economics Politische Wissenschaft studiert. Sie interessiert sich für Politik.»

«Sie scheinen nicht unzufrieden mit ihr zu sein», sagte der Rabbi lächelnd.

Magnuson strahlte. «Sie ist unser Lebensinhalt.»

«Interessiert sie sich für die Synagoge?»

Magnuson schüttelte den Kopf. «Das ist bei den jungen Leuten heutzutage nicht mehr üblich. Gewiß, als Kind ist sie zur Sonntagsschule gegangen, aber ich glaube nicht, daß davon viel hängengeblieben ist, obgleich sie ihre Großmutter mütterlicherseits sehr gern gehabt hat – und die Becks traditionsbewußter waren, als ich es bin. Meine Schwiegermutter hatte kein getrenntes Geschirr für Fleisch und Milchernes, sie war nicht fanatisch, vermutlich hätte ihre Köchin sich das auch gar nicht gefallen lassen. Aber wenn wir zum Essen hinkamen, hatte sie, wenn Fleisch aufgetragen wurde, nie Butter auf dem Tisch. Doch wenn wir Laura mitbrachten, bestand sie darauf, daß das Kind ein Glas Milch bekam. Ein bißchen widersprüchlich, wie? Sophia hat sie immer damit aufgezogen.» Er lächelte verlegen, offenbar dämmerte es ihm, daß ein Rabbi seine großzügige Auslegung der Essensvorschriften nicht so lustig finden mochte. Rasch wechselte er das Thema. «Haben Sie Kinder, Rabbi?»

«Zwei. Jonathan geht nächstes Jahr aufs College, und Hepsibah kommt in die Oberschule.»

«Machen sie Ihnen Ärger?»

«Natürlich. Dazu hat man die Kinder ja.»

«Wie soll ich das verstehen?»

Der Rabbi lachte in sich hinein. «Ich habe natürlich nur Spaß gemacht. Aber ich habe oft den Eindruck, daß die Unverheirateten und die kinderlosen Ehepaare in meinem Bekanntenkreis sich über einen fehlenden Hemdenknopf oder einen schmutzigen Aschenbecher oder etwas ähnlich Albernes ebenso aufregen wie ich, wenn eins meiner Kinder Fieber hat. Ich denke mir, daß jedem von uns sein Teil Kummer und Sorgen zugemessen ist, und wenn die Sorgen sich nicht auf etwas Sinnvolles richten können wie auf ein krankes Kind, kreisen sie eben um dumme, triviale Dinge. Ich glaube, Kinder geben uns ein Gefühl für Verhältnismäßigkeit.»

«Was für Ärger haben Sie denn mit ihnen?»

«Nichts Ernstes. Hepsibah ist in einem Alter, in dem die Meinung der Gleichaltrigen furchtbar wichtig ist, besonders was Garderobenfragen und die Wahl der einschlägigen Discos und dergleichen angeht. Aber das trifft hauptsächlich ihre Mutter. Und Jonathan macht sich Gedanken über seinen künftigen Beruf. Letztes Jahr wollte er Profi-Baseballspieler werden.»

«Ist er begabt? Dann könnte ich vielleicht was für ihn tun. Wie gesagt, mir gehört ein Baseballclub ...»

Der Rabbi lächelte. «Das Angebot kommt zu spät. Dieses Jahr

will er Gehirnchirurg werden. Allerdings weiß ich nicht genau, ob das noch der neueste Stand ist.»

«Verstehe. Aber versuchen Sie nicht, ihn in eine bestimmte Richtung zu lenken?»

Der Rabbi schüttelte den Kopf. «Die Weisen sagten, jeder Vater habe vier Pflichten seinem Sohn gegenüber. Er müsse ihn beschneiden lassen, ihn die Thora lehren, ihn ein Handwerk lernen lassen und ihn verheiraten. Der ersten Aufgabe bin ich natürlich nachgekommen, und die anderen drei Forderungen interpretiere ich großzügig. Eine geisteswissenschaftlich ausgerichtete Schulbildung ist wohl mit der Lehre der Thora zu vereinbaren, und ein Universitätsstudium sehe ich als einen möglichen Ersatz für ein Handwerk. Ich fürchte allerdings, daß er sich die Ehefrau nicht von mir aussuchen lassen würde.»

«Aber bei der Berufswahl – machen Sie da nicht Ihren Einfluß geltend? Würden Sie es gern sehen, wenn er Rabbi werden würde?»

«Nur wenn das seine eigene Entscheidung wäre. Es ist heutzutage nicht so einfach, Kinder zu lenken und zu leiten.»

«Mag sein. Ich versuche es trotzdem immer wieder. Aber ich bin wohl auch ein eher autoritärer Typ. Auch den Tempel gedenke ich zu lenken und zu leiten, ihn zu meiner Sache zu machen.»

«Und wie stellen Sie sich das vor?» fragte der Rabbi.

«Es ist mein Ziel, die Bedingungen für Arbeit und Gottesdienst zu verbessern. Und ich möchte mehr von unseren Leuten anlocken. Ich wünschte mir, daß alle unsere jüdischen Mitbürger Mitglieder unserer jüdischen Gemeinde werden.»

«Dagegen ist gewiß nichts einzuwenden», sagte der Rabbi unverbindlich.

«Und ich dulde in einem Unternehmen, das ich leite, keinen Streit.» Magnuson lächelte. Es war ein liebenswürdiges Lächeln, aber der Rabbi witterte in den Worten und in dem Lächeln etwas wie eine Herausforderung und eine leise Warnung.

# 13

Der Drucker nahm seine Brille ab, holte eine andere aus einem Fach des Rollsekretärs und besah sich das Foto, das Tony D'Angelo ihm hinhielt. Dann legte er es sorgsam weg und nahm das Blatt zur Hand, das Tony ihm reichte. Oben stand in Großbuchstaben: KOMITEE BESORGTER BÜRGER. Darunter war die anläßlich des Festbanketts gemachte Aufnahme angeklammert, unter den einzelnen Personen standen die Namen mit Angabe der Vergehen, für die sie verurteilt worden waren: Schwerer Diebstahl, Gewaltverbrechen, Verschwörung zum Betrug. Nur bei einem Mann fehlten der Name und sonstige Angaben.

Der Drucker nickte vor sich hin, dann sah er auf. «Arbeiten Sie noch für Moriarty?»

«Für den Alten, meinen Sie? Na, daß ich nicht gegen ihn arbeite, ist mal sicher», sagte Tony munter.

«Und was wollen Sie jetzt von mir?»

«Ich möchte das hier als Briefbogen gedruckt haben. Ein Blatt, das man einmal falten und in einen Briefumschlag stecken kann.» Er sah sich auf den verstaubten Regalen um, dann griff er nach einem bedruckten Formular. «Etwa in der Größe, aber gutes Papier. Es darf nicht billig aussehen. Das mit den ‹Besorgten Bürgern› kann in die rechte obere Ecke. Klar?»

Der Drucker nickte.

«Das Bild und die Unterschriften hätte ich gern auf der oberen Hälfte des Blattes, direkt über dem Falz. Darunter, unter dem Falz, noch eine Zeile. ‹Kennen Sie die Freunde von Ihrem Senator?›»

«Ihres», sagte der Drucker. «‹Ihres Senators› muß es heißen.»

«Wie? Meinetwegen, Ihres Senators. Oder was halten Sie davon: ‹Was für Freunde hat Ihr Senator?›»

«Das wäre noch besser.»

«Na gut, dann setzen Sie es so.» Er sah zu, wie der Drucker die Änderung mit Bleistift vermerkte. «Was meinen Sie, ob man die Unterschriften mit einem Kästchen umrandet und dann einen Pfeil auf die betreffenden Leute deuten läßt?»

«Machen kann man das natürlich, aber wenn ich die Unterschrift direkt unter die Person setze, ist es eigentlich nicht nötig, der Bezug ist ja klar.» Er besah sich noch einmal das Blatt und das

Foto und streckte einen mit Druckerschwärze verfärbten Finger aus. «Und was ist mit dem?»

«Den lassen wir frei. Kennen Sie ihn?»

Der Drucker schüttelte den Kopf.

«Noch nie was von Tommy Baggio gehört?»

Wieder verneinte der Drucker stumm.

«Er kandidiert für den Senat von Massachusetts.»

«Und das schmeckt euch nicht, wie?»

«Genau. Da ist nur eins – er braucht ein Bärtchen, einen kleinen Hitlerschnurrbart.» Er zog den Zeitungsausschnitt mit Baggios Bild aus der Tasche. «So sieht er jetzt aus. Können Sie ihm wieder zu dem Schnurrbart verhelfen?»

Der Drucker besah sich kurz den Ausschnitt und das Foto. «Kein Problem.»

«Okay. Was wird mich die ganze Sache kosten?»

«Mit Umschlägen?»

«Ja, Umschläge brauchen wir auch. Und auf denen muß in der linken oberen Ecke ‹Komitee Besorgter Bürger› stehen.»

«Keine Adresse?»

«Nein. Nur der Name. Kostenpunkt?»

«Wie hoch soll die Auflage denn sein?»

«Das weiß ich jetzt noch nicht so genau. Ich sag Ihnen was. Machen Sie das Layout und geben Sie mir einen Probeabzug, bis dahin kann ich Ihnen dann sagen, wieviel Sie drucken sollen.»

«Ist gemacht.»

An der Tür blieb Tony noch einmal stehen. «Mir ist da noch was eingefallen. Wir könnten auch einfach drunterschreiben: Kennen Sie den? Das ist nicht so sehr nach der Holzhammermethode.»

«Ich setze mal beides, dann entscheiden Sie, welcher Text Ihnen besser gefällt.»

«Ist ja bestens.»

## 14

Howard Magnuson deutete auf die Papiere, die auf dem Schreibtisch in seinem Arbeitszimmer ausgebreitet waren. «Ich hab mal ein paar Leute in meinem Bostoner Büro an unsere Gehaltsskala gesetzt», sagte er zu Morris Halperin. «Mich interessierte der Vergleich mit anderen religiösen Institutionen. Da sind ein paar ganz erstaunliche Sachen herausgekommen. Wußten Sie, daß wir alles in allem unseren Leuten sehr viel mehr zahlen als unsere christlichen Freunde ihren Mitarbeitern?»

Halperin nickte. Er hatte das unbehagliche Gefühl, daß ihm der Geschäftsgeist, von dem Magnuson so oft und gern redete, jetzt in Aktion vorgeführt werden sollte. Wenn die Synagogengehälter allgemein höher lagen als die Gehälter, die von den Kirchen gezahlt wurden, lag es auf der Hand, daß sich durch Kürzungen Einsparungen erzielen ließen. Er versuchte, die Frage herunterzuspielen.

«Das ist wie bei dem berühmten Vergleich von Äpfeln und Birnen», meinte er. «Die Arbeit unserer Lehrer in den Religionsschulen, die Fachkräfte sind und die ganze Woche über arbeiten, läßt sich einfach nicht mit der Tätigkeit von Sonntagsschullehrern in den Kirchen vergleichen, die nur eine Stunde unterrichten und in der Mehrzahl interessierte Laien sind. Bei unserem Kantor fällt mir überhaupt keine vergleichbare kirchliche Position ein. Am ehesten entspricht sie noch dem des Chorleiters, aber ganz deckt sich das auch nicht.»

«Ich dachte hauptsächlich an den Rabbi», sagte Magnuson. «Eine Parallele zwischen dem Rabbi und einem protestantischen Pfarrer oder katholischen Priester zu ziehen ist doch bestimmt zulässig.»

«Nur oberflächlich betrachtet», wandte Halperin ein. «Der Pfarrer oder Priester hat eine innere Berufung, er wird auserwählt, das Wort Gottes zu predigen, etwa wie der Prophet Jona.»

«Und weiter?»

«Und deshalb ist er in der Lage eines Menschen, der sich eifrig bemüht, eine nicht sehr gefragte Ware an den Mann zu bringen. Wir haben es hier mit einem Käufermarkt zu tun.»

«Und der Rabbi?»

«Der hat keinen göttlichen Befehl. Er wird Rabbi, wie jemand Jurist oder Mediziner wird, und er geht in eine Gemeinde, weil die ihm einen Vertrag angeboten hat. Deshalb regelt hier das Gesetz von Angebot und Nachfrage den Markt, und Rabbis gibt es eben nicht wie Sand am Meer.»

«Sie scheinen sich auf dem Gebiet recht gut auszukennen.»

Halperin feixte. «Kunststück! Wir haben selber einen Rabbi in der Familie. Meinen kleinen Bruder.»

«Aha. Ja, also den Vergleich mit den Kirchen habe ich eigentlich eher am Rande erwähnt. Was mich hauptsächlich interessiert, ist der Unterschied zwischen den einzelnen Synagogen. Da sind zunächst einmal Abweichungen zwischen den reformierten, den konservativen und den orthodoxen Gemeinden.»

«Das ist klar, denn da kommt es sehr auf die Größe und die finanziellen Verhältnisse der Gemeinde an. Die orthodoxen Gemeinden sind eher klein. Manchmal sind es die Reste einer Gemeinde, die in der Stadt geblieben sind, während die anderen die Abwanderung in die Vororte mitgemacht haben.»

«Das ist mir klar. Trotzdem ist es überraschend. Die Gehälter der Lehrer in den Religionsschulen sind – wenn man die Unterschiede zwischen Groß- und Kleinstädten berücksichtigt – auffallend gleich. Bei den Kantorengehältern dagegen sind die Unterschiede erheblich.»

«Auch die Unterschiede der Stimmen sind erheblich», wandte Halperin ein.

«Gewiß. Aber die Gehälter der Rabbis wiederum liegen – wenn man Größe und sozialen Status der Gemeinden und dergleichen in Rechnung stellt – mehr oder weniger auf einer Ebene.»

«Ach, wirklich?»

«Und deshalb wundere ich mich über das Gehalt, das wir Rabbi Small zahlen. Es liegt beträchtlich unter dem anderer Rabbis in vergleichbaren Stellungen.»

«Das könnte daran liegen, daß er nie um Gehaltserhöhung gebeten hat.»

«Was andere Rabbis sehr wohl tun, wollen Sie sagen ...»

«Ja, entweder sie selbst oder ihre Clique.»

«Ihre Clique? Wie darf ich das verstehen?»

Halperin lehnte sich zurück. «Zum Thema Rabbi muß ich Ihnen wohl noch das eine oder andere beibringen, Mr. Magnuson. Der Rabbi ist, wie viele Mitarbeiter im öffentlichen Dienst – Bürgermeister etwa oder Schulleiter –, in einer etwas prekären Situation. In der Gemeinde gibt's immer ein paar Leute, die mit ihm nicht können. Weil sie mit seinem Vorgänger befreundet waren, oder weil ihre Frauen die Rabbitzin für eingebildet halten, weil ihnen seine Frisur nicht gefällt oder aus irgendeinem anderen der tausend Gründe, warum manche Leute einander nicht leiden können. Er hat einen Dienstvertrag, aber so ein Dienstvertrag ist nicht viel wert.

Wenn sie ihn loswerden wollen, brauchen sie ihm – Vertrag hin, Vertrag her – nur das Leben so schwer wie möglich zu machen. Und weil er schon durch irgendeine Bemerkung in einer Predigt Diskussionen auslösen kann, gibt es immer irgendwelche Grüppchen, die ihn gern loswerden würden. Wenn der Mann klug ist, versucht er deshalb, sobald er neu in eine Gemeinde kommt, ein paar Freunde und Parteigänger zu gewinnen, möglichst natürlich aus dem Kreis der einflußreichen Gemeindemitglieder.»

«Verstehe.»

«Das ist dann seine Clique, die hinter ihm steht und ihn bei Auseinandersetzungen unterstützt. Gehaltsfragen zum Beispiel sind Fragen der Clique. Wenn der Rabbi sich scheut, selbst um Gehaltserhöhung zu bitten oder um ein Sabbatjahr in Israel oder dergleichen, bringt die Clique das im Vorstand zur Sprache.»

«Ja, das ist mir jetzt klar. Und wer gehört zu Rabbi Smalls Clique?»

«Das ist es ja eben – er hat keine. Gewiß, es gibt Leute, die ihn mögen, aber das hindert Rabbi Small nicht daran, ihnen zu widersprechen oder sich in einer Frage, an der ihm besonders viel liegt, gegen sie zu stellen. Ein anderer Rabbi würde die Opposition mit Samthandschuhen anfassen, würde Kompromisse anstreben, um des lieben Friedens willen und um seine Anhänger nicht gegen den Strich zu bürsten – aber nicht Rabbi Small. Man könnte sagen, daß ihm jedes politische Gespür fehlt. Man könnte aber auch sagen, daß ihm solche Sachen völlig schnuppe sind.»

Magnuson nickte. «Es ist wohl am gescheitesten, wenn ich jetzt schnellstens dafür sorge, daß Rabbi Small eine Gehaltserhöhung bekommt.»

Halperin sah ihn verdutzt an.

«Und zwar nicht nur eine symbolische Gehaltserhöhung», fuhr Magnuson fort, «sondern einen ordentlichen Batzen, der ihn auf die gleiche Stufe mit anderen Rabbis in vergleichbaren Gemeinden stellt. Ich dachte an einen Zuschlag von 6000 im Jahr.»

«Aber ... Nein, das verstehe ich beim besten Willen nicht.»

Magnuson lächelte zufrieden. «Zum Thema Unternehmensführung muß ich Ihnen wohl noch das eine oder andere beibringen, Mr. Halperin. Bei der Übernahme eines Unternehmens ist es wichtig, daß die gesamte Führungsmannschaft in der von Ihnen gewünschten Richtung marschiert. Wenn Sie das Gefühl haben, daß einer aus dem Team nicht mitzieht, trennen Sie sich von ihm. Das Dumme daran ist, daß Sie auf diese Weise unter Umständen sehr fähige Leute verlieren. Also versuchen Sie, den Betreffenden für sich zu gewinnen. Manchmal hilft leichter Druck. Wenn das klappt, ist nichts dagegen zu sagen, aber nach meiner Erfahrung ist es besser, wenn Sie dem Mann mehr Geld geben. Falls es ein Gentleman ist, wird er nie vergessen, daß er Ihnen etwas schuldet.»

«Und Sie glauben, der Vorstand macht mit?»

«Ich denke schon. Auf Ihre Stimme und Ihre Unterstützung kann ich wohl zählen.»

«Natürlich.»

«Dann ist ja alles in Ordnung.» Er griff zum Telefon. «So, und jetzt rufe ich den Rabbi an.»

«Sie wollen es ihm sagen, ehe wir darüber abgestimmt haben?»

«Natürlich nicht. Ich will ihm nur sagen, daß es mir lieber wäre, wenn er nicht zur nächsten Vorstandssitzung käme.»

## 15

Tony D'Angelo sah Al Cashs Sekretärin nach, einer achtenswerten Dame um die Sechzig, die seit vielen Jahren für Cash arbeitete und die soeben das Prescott Building am Central Square von Lynn verlassen hatte. Dann stieg er die Stufen hinauf und betrat Cashs Makler- und Versicherungsbüro.

Unaufgefordert ließ er sich auf dem Besucherstuhl nieder. «Tag, Al», sagte er aufgeräumt.

«Äh ... guten Tag ...» gab Cash verblüfft zurück. «Was wollen Sie denn hier?»

«Bin mit meiner Teuren einkaufen. Begleiten Sie Ihre Frau auch ab und zu, wenn sie einkaufen geht? Frauen holen sich nicht einfach, was sie brauchen, auch wenn sie genau das sehen, worauf sie aus sind. Sie klappern erst noch alle anderen Geschäfte ab, ob ihnen nicht irgendwo was doch noch besser gefällt. Und deshalb hab ich zu ihr gesagt: Wir treffen uns später, Schätzchen. Ja, und weil ich jetzt ein bißchen Zeit hatte und gerade in der Gegend war, hab ich mir gesagt, gehst du mal vorbei und sagst guten Tag.»

«Ich habe Sie länger nicht im Parlament gesehen», meinte Cash.

D'Angelo nickte. «Ja, ich hab mich da ein bißchen rar gemacht.»

«Schickt Moriarty Sie?»

«Der Alte? Sagen wir so: Geschickt hat er mich nicht ...» D'Angelo bedachte Cash mit einem verschwörerischen Lächeln.

«Verstehe. Er will sich nicht engagieren. Okay, was liegt an?»

D'Angelos Lächeln erlosch. Er beugte sich vor und sah den Mann hinter dem Schreibtisch scharf an. «Sie sind in einem Dreierrennen. Wär's Ihnen lieber, wenn's ein Zweierrennen wäre?»

«Und wer wären die zwei?»

«Sie und Scofield.»

«Sie meinen, Baggio könnte aussteigen? Haben Sie was gegen ihn in der Hand?»

D'Angelo verschränkte die Arme und schwieg.

«Warum hängt sich Moriarty in die republikanische Politik rein?» fragte Cash argwöhnisch.

«Von Reinhängen kann keine Rede sein. Aber die Sache ist für ihn unter Umständen nicht uninteressant.»

«Hm. Und was für ein Interesse hat Moriarty daran, daß ich gewinne? Ich hab gegen die Hafenvorlage gestimmt und – ach so, er will, daß ich gegen eine Wiederaufnahme der Sache stimme, wie?»

«Sie können stimmen, wie Sie wollen.»

«Das kapier ich nicht.»

«Was gibt's da zu kapieren?»

«Das will ich Ihnen sagen. Warum sollte Moriarty – ja, ich weiß, Sie sagen, daß er da nicht drinhängt, aber wir wissen es schließlich beide besser –, warum sollte ihm daran liegen, daß ich bei den Vorwahlen durchkomme, wo es noch nicht mal seine Partei ist? Und wo er ganz genau weiß, daß ich in den meisten Fällen gegen ihn stimme? Zumal ich es war, der den Kampf gegen die Hafenvorlage angeführt hatte und beinah gewonnen hätte. Und daß ich für eine Wiederaufnahme bin und gute Chancen habe, sie durchzuboxen. Hat er sich mit Atlantic Dredging angelegt, und will er ihnen jetzt zeigen, daß er ihre lausige Hafenvorlage durchbringen oder scheitern lassen kann, ganz wie er will? Weht daher der Wind? Soll Atlantic Dredging merken, daß er nicht ihr Eigentum ist?»

«Nur weil er für die Hafenvorlage gestimmt hat, läßt er sich noch längst nicht von Atlantic Dredging rumkommandieren», sagte D'Angelo ungerührt. «Genausowenig, wie Sie sich von Northeast Fisheries rumkommandieren lassen, weil Sie dagegen gestimmt haben.»

«Ich habe mit Northeast Fisheries nicht das mindeste zu tun», erklärte Cash böse.

«Eben, sag ich ja», meinte D'Angelo freundlich. «Der Alte hat mit Atlantic Dredging ebensowenig zu tun wie Sie mit Northeast Fisheries.»

«Wieso will er mir dann umsonst einen Gefallen tun?» Ihm kam ein Gedanke. «Oder hat er's auf Baggio abgesehen?»

«Daß es umsonst ist, hab ich nicht gesagt», meinte D'Angelo. «Es kostet Sie schon 'ne Kleinigkeit.»

«Wieviel?»

«Nicht aufregend. Ein paar tausend Dollar für Auslagen.»

«Was verstehen Sie unter ein paar tausend?»

D'Angelo hob vielsagend die Schultern: «Drei, vier, höchstens fünf. Kommt drauf an.»

«Jetzt geht mir allmählich ein Seifensieder auf. Aus irgendeinem Grund wollt ihr Baggio nicht. Was ihr gegen ihn habt, begreif ich allerdings nicht. Er ist ein Niemand. Es sei denn, daß ihr seinen Schwager im Wahlausschuß im Auge habt – vielleicht wegen der *paisanos*, die er steuert. Also kommt ihr zu mir, damit ich euch helfe, ihn loszuwerden. Warum? Weil es auf gar keinen Fall so aussehen darf, als ob der gute Moriarty bei der Kandidatenauswahl der Opposition mitmischt. Und deshalb kommen Sie nicht als sein Vertreter zu mir, sondern auf eigene Faust mit einem hübsch ausgekochten Gaunerstück.» Er rieb sich die Hände. «Also gut – was haben Sie für ein As im Ärmel?»

«Ich habe ein Foto.»

## 16

Ein paarmal war Laura drauf und dran gewesen, das Handtuch zu werfen. Im Grunde war es schiere Dickköpfigkeit, die sie noch bei der Stange hielt. Sie hatte sich das alles so schön ausgemalt, und sie mochte nicht zugeben, daß sie sich vielleicht doch verrechnet hatte. In ihren Augen war Scofield genau der richtige Kandidat, und unter den gegebenen Umständen konnte er gewinnen. Aber er schien gar nicht scharf darauf zu sein. Und das hatte sie nicht vorausgesehen.

Auch die Neugier ließ ihr keine Ruhe. Warum war er so uninteressiert – nicht nur im Wahlkampf, sondern scheinbar auch an ihr? Gewiß, sie hatte ihn auf Distanz gehalten, weil sie während des Wahlkampfs Wert auf eine eher sachliche Beziehung legte. Trotzdem fuchste es sie, daß er keine Anstalten gemacht hatte, sie ein bißchen näher kennenzulernen. Daß es keine andere Frau in seinem Leben gab, stand für sie fest. War er vielleicht nicht ganz normal, war er homosexuell? Man hörte heutzutage so viel davon. Wenn das stimmte, war er allerdings für ihre langfristigen Pläne nicht der richtige Mann. Durch seine Interesselosigkeit hatte auch für sie der Wahlkampf an Reiz verloren. Trotzdem war sie fest entschlossen, bis zur Wahl durchzuhalten.

Und dann – wenige Wochen vor der Vorwahl – geschah es. Am frühen Nachmittag kam er ins Wahlkampfbüro und verkündete: «Ich kann diese Wahl gewinnen, Laura. Sagen Sie mir, was ich tun soll, und ich tu's.»

«Phantastisch. Zunächst einmal müssen wir dafür sorgen, daß Sie bekannt werden. In der Stadt kennt man zwar Ihren Namen, aber nicht Sie persönlich. Sie müssen unter die Leute gehen, zu Versammlungen, Hearings, Podiumsdiskussionen, Vorträgen. Wenn es hinterher eine Diskussion gibt oder die Zuhörer Fragen stellen können, stehen Sie auf und sagen etwas. Es ist üblich, daß die Diskussionsteilnehmer nach ihren Namen gefragt werden, und dann sagen Sie: ‹Ich bin John Scofield und kandidiere für den Senat. Ich möchte darauf hinweisen, daß ...› Oder: ‹Ich möchte den Vortragenden fragen ...› Ich kann Ihnen Einladungen in Privathäuser verschaffen, zu zwanglosen Zusammenkünften in kleinen Gruppen. Wir haben da eine Menge Anfragen vorliegen. Später müssen Sie in den großen Geschäften Werbematerial verteilen. Vielleicht macht Ihnen das nachher sogar Spaß.»

Sie musterte ihn kritisch. «Eins müssen wir möglichst bald festlegen. Nennen wir Sie John oder Jack?»

«Wo liegt da der Unterschied?»

«Jack ist ein ganz anderer Typ als John. Er zieht sich anders an, und er redet anders. Machen wir mal die Probe aufs Exempel.» Sie verwandelte sich in den Leiter einer Wahlversammlung und ging ans andere Ende des Zimmers. «Der Redner ist bereit, Fragen aus dem Publikum zu beantworten. Ja, der Herr dort in der Ecke. Sie haben eine Frage? Würden Sie sich bitte vorstellen ...»

Er amüsierte sich über das Rollenspiel. «Mein Name ist John Scofield, und ich möchte fragen –»

«Hm ... Nein. Jetzt die andere Version. Der Herr dort in der Ecke. Würden Sie sich bitte vorstellen?»

Noch immer belustigt sagte er: «Ich bin Jack Scofield und kandidiere im Bezirk Essex für den Senat ...»

«Klingt entschieden besser», unterbrach sie ihn. «Von jetzt ab sind Sie Jack Scofield. John wirkt einfach zu spießig. Dieser Schlips und dieser Anzug ...»

«Was stört Sie daran?»

«Sehr passend für eine Beerdigung, aber ...»

«Ich war heute auf dem Gericht, Richter Levitt ist ein sehr konservativer Typ.»

«Na schön, im Gerichtssaal können Sie ja weiter John Scofield sein, aber überall sonst sind Sie Jack und ziehen sich entsprechend an. Ein bißchen salopper.»

«Jeans?»

«Aber nein. Vergessen Sie nicht, daß Sie die konservative Linie vertreten. ‹Unser Motto: Bewährtes bewahren.› Ich schlage graue Flanellhosen und Tweedsakko vor. Und ein Hemd mit Button-down-Kragen.»

«Einverstanden.» Er war jetzt offenbar ganz bei der Sache. «Das sollten wir heute abend gleich ausprobieren», befand Laura. «Im Rathaus ist ein Hearing über die Eintragungen in die Wählerlisten. Sie möchten den Schlußtermin um zwei Wochen vorverlegen. Ich bin dafür, daß wir Einspruch erheben. Vermutlich werden nicht viele kommen, höchstens zwei Dutzend, aber es ist eine gute Übung. Fahren Sie heim und ziehen Sie sich um, wir treffen uns dann dort.»

«Wann fängt die Sache an?»

«Um acht.»

«Dann könnten wir doch vorher zusammen essen.»

«Ich bin zum Abendessen verabredet», schwindelte sie rasch. Er sollte ruhig merken, daß sie nicht so leicht zu haben war. Als er ein langes Gesicht zog, gab sie nach. «Wir können ja hinterher noch irgendwo was trinken.»

Bei dem Hearing bekam er tatsächlich eine Chance, sein Sprüchlein aufzusagen. «Ich bin Jack Scofield und kandidiere in diesem Bezirk für den Senat, deshalb liegt mir das Thema dieser Veranstaltung besonders am Herzen. Ich möchte darauf hinweisen, daß –»

Er hatte seine Sache gut gemacht, fand Laura. Leider waren auch Kandidaten für andere Ämter da, die ihn in der Diskussion angriffen, und dabei mußte er einige Federn lassen.

Als sie sich danach auf einen Kaffee zusammensetzten, sagte er: «Heute abend habe ich nicht so gut ausgesehen, was?»

«Die anderen waren vorbereitet, Sie nicht.»

«Mit anderen Worten – ich bin ein Trottel», sagte er bitter.

«Unsinn. Aber Sie dürfen sich nicht darauf verlassen, daß Ihnen im kritischen Augenblick schon das Richtige einfallen wird – und dazu neigen Sie ein bißchen. Sie brauchen gut durchdachte Stellungnahmen zu allen wichtigen Wahlthemen. Ich bereite Ihnen gleich morgen früh was vor.»

Er sah sie mit unverhohlener Bewunderung an. «So was wie Sie gibt's wirklich nicht noch mal, Laura.»

## 17

Der Rabbi legte den Hörer auf, und da Miriam ihn fragend ansah, sagte er: «Das war unser Präsident, Mr. Magnuson.»

«Was wollte er denn?»

«Er hat mich gebeten, am Sonntag nicht zur Vorstandssitzung zu kommen. Nett, daß er früh genug angerufen hat. Wenn ich will, kann ich mir also für den Sonntagvormittag etwas anderes vornehmen.»

«Hat er gesagt, weshalb er dich nicht dabei haben will?»

«Nein. Aber wahrscheinlich will er etwas besprechen, was ich nicht hören soll.»

«Du meinst – er will über dich sprechen?»

«Kann schon sein.» Er setzte sich wieder und griff nach seinem Buch.

Aber Miriam ließ der Anruf keine Ruhe. «Kommst du gut mit ihm zurecht, David?»

«Mit Magnuson? Eigentlich schon. Ich bin wenig mit ihm zusammen. Länger hat er eigentlich nur damals mit mir gesprochen, als er in mein Büro gekommen ist. Da wollte er wissen, warum ich nicht zu den Vorstandssitzungen erscheine. Danach habe ich ihn bei den Vorstandssitzungen gesehen, aber sonst nicht.»

«Ist bei diesen Sitzungen irgendwas Besonderes passiert? Was dich betrifft, meine ich.»

«Nichts Außergewöhnliches, soweit ich mich erinnere. Warum?»

Miriam ließ nicht locker. «Hast du vielleicht in der Diskussion mal gegen Magnuson Partei ergriffen?»

«Ich habe mich an der Diskussion gar nicht beteiligt. Richtig, einmal habe ich gesagt, die Vorstandsmitglieder müßten eigentlich alle zum Freitagabendgottesdienst kommen, aber –»

«Das ist es», erklärte sie entschieden.

«Wie meinst du das?»

«Howard Magnuson hat das als persönliche Kritik aufgefaßt, weil er am Freitagabend nie zum Gottesdienst kommt.»

«Und auch sonst nicht ...»

«Eben», sagte sie triumphierend. «Er hatte das Gefühl, von dir kritisiert zu werden.»

«In dieser Hinsicht hatte er damit wohl recht, aber –»

«Du hast es offenbar immer noch nicht begriffen, David. Einen Howard Magnuson kritisiert man nicht. Gewiß, du schon, aber ... Ich will damit sagen, daß Typen wie Magnuson nicht gewöhnt sind, von Leuten kritisiert zu werden, die sie als ihre Untergebenen betrachten. Du hast dir diese Freiheit genommen – wahrscheinlich nicht nur dieses eine Mal –, und dagegen will er jetzt etwas tun.»

«Was kann er schon dagegen tun? Meinst du, er legt dem Vorstand eine Entschließung vor, daß der Rabbi nie etwas sagen darf, was eine Kritik an seinem Präsidenten darstellt?»

«Du hast gut lachen, David. Aber ich mache mir ernstliche Sorgen. Ich brauche dir nicht zu sagen, daß du hier nicht auf Lebenszeit angestellt bist, sondern daß der Vertrag jedes Jahr verlängert werden muß.»

«Das entspricht meinem Wunsch. Damit bleibt die Gemeinde frei in ihrer Entscheidung, aber dasselbe gilt auch für mich.»

«Und was ist, wenn sie den Vertrag nicht verlängern?»

Er zuckte die Schultern. «Dann sehe ich mich nach einer anderen Stellung um. Und nach dem, was man so hört, kann ich mich dabei nur verbessern. Eine größere Synagoge in einer größeren Stadt vielleicht, oder eine Großstadtgemeinde mit verständnisvolleren Mitgliedern. Die Reaktion auf meinen Artikel im *Quarterly* war recht schmeichelhaft, ich bekomme noch immer Zuschriften.»

«Warum machst du dir dann nicht ernstlich Gedanken über einen Stellungswechsel? Du könntest dich schon immer umsehen...»

«Erstens, weil es mir hier in Barnard's Crossing gefällt. Und zweitens, weil ich das Gefühl habe, hier gebraucht zu werden. Es ist nicht einfach, und es gibt häufig Streit. Ständig will mich die eine oder andere Clique unter Druck setzen. Ich sehe meine Aufgabe darin, die Tradition aufrechtzuerhalten. An einem anderen Ort, in einer älteren, etablierteren Gemeinde, wäre das Leben leichter, aber weniger befriedigend.»

Das war am Mittwochabend gewesen. Miriam brachte das Thema zwar nicht noch einmal zur Sprache, aber an den Fragen, die sie stellte, merkte der Rabbi, daß es sie noch beschäftigte. War Kaplan beim Minjan gewesen? Hatte er was gesagt? Morton Brooks wußte doch meist, was sich tat, hatte er etwas erwähnt? Schließlich fragte er sie geradeheraus, was sie quälte.

«Quälen ist nicht das richtige Wort. Oder – ja, vielleicht doch. Ich glaube schon, daß du notfalls eine andere Stellung bekommen könntest. Mir gefällt es auch hier, und es wäre mir lieber, wenn es nicht sein müßte. Aber wenn du Ärger mit dem Präsidenten hast...»

«Es ist doch nicht das erste Mal, daß ich Ärger mit dem Präsidenten habe, wie du es ausdrückst. Auseinandersetzungen hat es mit fast allen mal gegeben.»

«Aber Magnuson ist aus anderem Holz geschnitzt, David. Bei den anderen hast du gewußt, woran du bist. Es ging immer um irgendeine Grundsatzfrage, und du hattest recht und sie unrecht. Bei Auseinandersetzungen hat die Gemeinde immer zu dir gehalten. Du hast ihnen immer klarmachen können, daß es gegen unsere Tradition war und warum du dich dagegen sperren mußtest. Die anderen Vorsitzenden haben sich Gedanken über die Synagoge und über unsere Religion gemacht, David. Sie waren Juden...»

«Und das ist Magnuson nicht?»

«Doch, natürlich ist er das, aber die Synagoge ist ihm schnuppe. Für ihn ist sie ein Unternehmen, das er leiten will. Und es kann sein, daß er dich raushaben will, weil – weil du ihm dabei im Wege stehst.

Und wenn er dich raushaben will, kriegt er dich raus, auch ohne unmittelbaren Anlaß. Er braucht nur den Vorstand dazu zu bringen, daß er deinen Vertrag nicht verlängert. Ist dir eigentlich klar, daß er in Kürze abläuft?»

«Nein, daran hatte ich noch gar nicht gedacht. Vielleicht ist das die Erklärung. Howard Magnuson ist Geschäftsmann und achtet auf Details. Da mein Vertrag in Kürze abläuft, wird er den Vorstand darüber abstimmen lassen. Daß er das in meiner Anwesenheit nicht tun möchte, ist ja verständlich.»

Als Miriam ihn am Sonntag zum morgendlichen Minjan weckte, räkelte er sich genüßlich. «Ich glaube, das schenke ich mir heute. Ich spreche meine Morgengebete zu Hause.»

«Ist was, David? Fühlst du dich nicht wohl?»

«Alles in Ordnung. Pure Faulheit. Ich möchte mich einfach auch mal ein bißchen verwöhnen.»

Als sie, nachdem er gebetet hatte, beim Frühstück saßen, ließ er sich zu einer näheren Erklärung herbei. «Die Sitzung fängt gleich nach dem Minjan an. Die Vorstandsmitglieder, die beim Minjan waren, schlendern einfach den Gang entlang ins Vorstandszimmer, wo die anderen, die nicht beim Minjan waren, unter ihnen meist Magnuson, schon warten. Nach ein paar Minuten eröffnet er dann die Sitzung. Wenn ich nach dem Minjan in die andere Richtung gehe, zur Treppe, die zu meinem Büro führt, fragt bestimmt jemand, ob ich nicht zur Sitzung kommen will. Ich glaube kaum, daß sie Ruhe geben würden, wenn ich einfach nein sage, sie würden vermutlich den Grund wissen wollen, und es ist mir ein bißchen peinlich, wenn ich dann zugeben muß, daß man mich gebeten hat, nicht zu erscheinen.»

«Aber wenn es sich, wie du gesagt hast, um eine förmliche Abstimmung über die Verlängerung deines Vertrags handelt, könnten sie das doch zuerst erledigen und dann bei dir im Büro anrufen und dich herunterholen.»

«Gewiß. Aber ich möchte nicht, daß es aussieht, als müßte ich immer nach ihrer Pfeife tanzen. Außerdem laufen unsere Vorstandssitzungen nicht einmal unter Magnuson, der redlich versucht, ein bißchen Zug hineinzubringen, so glatt ab. Bei uns wird mehr geredet als erledigt. Auch wenn Magnuson die Frage gleich nach den Ausschußberichten zur Abstimmung stellen würde, um die Sache hinter sich zu haben, würden sie trotzdem endlos darüber diskutieren, auch wenn es eine reine Routinesache ist. Keiner läßt sich die Chance entgehen, etwas über mich zu sagen, wie ich in dieser oder jener Sache danebengegriffen, wie ich dies getan und jenes gelassen habe ...»

«Hast du denn überhaupt keine Freunde im Vorstand, David?»

«Wie man's nimmt. Im Grunde komme ich mit den meisten, ja, eigentlich mit allen Vorstandsmitgliedern klar. Aber eine Clique, eine Gruppe, die hinter dem Rabbi steht, die habe ich nicht.»

«Vielleicht ist das ein Fehler. Denk an das, was Rabbi Bernstein gesagt hat ...»

«Saul Bernstein war schon im Seminar ein geschickter Taktiker, für ihn ist es ganz selbstverständlich, die Kontakte zu den richtigen Leuten zu pflegen, mit ihnen zu essen, mit ihnen auszugehen. Wie soll ich das machen? Es gibt überhaupt nur drei oder vier, in deren Haus ich essen könnte. Die anderen haben keine koschere Küche. Außerdem ist das ein Geschäft auf Gegenseitigkeit. Wenn du Unterstützung für die eigenen Vorhaben erwartest, mußt du deinerseits auch ihre Projekte unterstützen. Nein, ich gehe lieber meinen eigenen Weg.»

Das klang leicht gereizt. Sie sprachen nicht zum erstenmal über diese Frage. Miriam wechselte wohlweislich das Thema. «Wann, glaubst du, wirst du Bescheid bekommen? Ob sie dir einen Brief schicken?»

«Da Magnuson es so genau mit Formalitäten nimmt, werden sie mir ihre Entscheidung wohl schriftlich mitteilen. Aber ich rechne damit, daß mich gegen Mittag oder gleich nach Schluß der Sitzung der Sekretär anruft.»

Aber es war nicht der Sekretär, der anrief, sondern Magnuson höchstpersönlich. «Rabbi? Hier Magnuson. Ich freue mich, Ihnen mitteilen zu können, daß wir soeben beschlossen haben, Ihr Gehalt mit sofortiger Wirkung um 6000 Dollar jährlich zu erhöhen.»

«Das – das ist wirklich sehr freundlich. Herzlichen Dank. Wirklich eine großzügige Geste ...»

«Nur gute Unternehmenstaktik, Rabbi. Es gehört zu meinen festen Grundsätzen, meine Leute – besonders wichtige Leute – nicht unterzubezahlen.»

«Ein sehr löblicher Grundsatz. Nochmals besten Dank.»

Er brauchte es Miriam nicht erst zu sagen, denn sie stand neben ihm und hatte mitgehört. «Das ist doch großartig, David. Du, es ist mir jetzt richtig peinlich, was ich alles über ihn gesagt habe ... Denn bestimmt hast du das nur ihm zu verdanken.»

«Ja, das glaube ich auch.»

Sie betrachtete ihn forschend. «Besonders begeistert scheinst du nicht zu sein.»

«Doch, aber ...»

«Aber?»

«Irgendwie habe ich das Gefühl, daß der Präsident jetzt meint, ich gehöre in sein Team.»

## 18

In der Woche vor den Vorwahlen überredete Laura Scofield dazu, seine Praxis in Salem zu schließen und sich ganztägig dem Wahlkampf zu widmen. Schon frühmorgens schleppte sie ihn in Revere oder Lynn auf die Bahnhöfe, zu den Pendlern, die nach Boston fuhren. Er ging auf die auf dem Bahnsteig Wartenden zu, streckte die Hand aus und sagte: «Guten Morgen. Ich bin Jack Scofield, einer der republikanischen Kandidaten für den Senat, und würde mich über Ihre Unterstützung freuen.» Dann drückte er dem Angesprochenen eine Karte in die Hand, auf der sein Bild prangte sowie der Slogan «Unser Motto: Bewährtes bewahren!»

Meist nickten die Leute nur oder murmelten etwas und nahmen die Karte, nur um sie verstohlen wieder fallenzulassen, sobald sie sich unbeobachtet glaubten. Zuerst entmutigte ihn der Anblick der vielen Karten, die auf dem Bahnsteig herumlagen, wenn der Zug abgefahren war, aber nach einer Weile nahm er das nicht mehr so schwer.

Manchmal sagte einer: «Ich wollte Sie sowieso wählen.» Dann drückte Scofield ihm die Hand und sagte: «Vielen Dank. Sagen Sie es bitte auch Ihren Freunden.» Selten einmal erklärte einer: «Tut mir leid, aber ich stimme für Cash (oder Baggio).» Für solche Fälle hatte Laura ihm eine feststehende Antwort eingetrichtert: «Ein guter Mann. Hauptsache, wir kriegen einen Republikaner durch.»

«Wenn er sagt, daß er Demokrat ist, lassen Sie sich nicht auf Diskussionen ein», hatte sie ihn instruiert. «Strecken Sie ihm die Karte hin und sagen Sie: ‹Falls Sie es sich noch anders überlegen, würde ich mich über Ihre Unterstützung freuen.› Vermeiden Sie Streitgespräche. Sie stimmen den Mann doch nicht um, vertun nur Ihre Zeit und lassen sich die Chance entgehen, mit anderen Wählern zu sprechen. Und bleiben Sie in Bewegung. Warten Sie nicht, bis jemand zu Ihnen kommt, gehen Sie auf die Leute zu.»

Danach ging es in die Geschäftsstraßen und Supermärkte. Hier war eine etwas andere Technik angesagt. «Dort haben Sie es hauptsächlich mit Frauen zu tun», erläuterte Laura. «Denen strecken Sie nicht die Hand hin, sondern geben Ihnen nur die Karte. Und versuchen Sie, die Kundinnen beim Betreten des Ladens anzusprechen, nicht am Ausgang, wenn sie schwere Tüten schleppen. Und nicht vergessen: Immer in Bewegung bleiben. Lassen Sie sich nicht blokkieren.»

«Blockieren?»

Sie warf ihm einen nachdenklichen Blick zu. «Manche dieser Frauen sind ein bißchen ... ausgehungert. Vom Gefühl her, meine ich.»

Am liebsten hätte er geantwortet – leichthin, halb im Scherz –, daß er in dieser Hinsicht auch ein bißchen ausgehungert sei. Aber er zögerte, und die Chance war vertan. Insgeheim hatte er gehörigen Respekt vor Laura. Sie war so stolz, so selbstsicher – und so reich. Die Mädchen, mit denen er während des Studiums ausgegangen war oder die er in Lokalen kennengelernt hatte, waren für ihn Puppen oder Bienen, für die er sich eigentlich nur sexuell interessiert hatte. Aber Laura war eine Dame, Laura war Klasse. Falls er die Wahl gewann, sah die Sache natürlich anders aus ...

In den ersten beiden Tagen chauffierte sie ihn in ihrem Wagen, um sicherzugehen, daß er auch an seinem Bestimmungsort eintraf, um ihn zu beobachten und sich ein Urteil über seinen Auftritt zu bilden. Abends setzte sie Versammlungen für ihn an, manchmal zwei oder drei an einem Tag, kurze Besuche in Privathäusern, wo er eine kleine Rede hielt, ein paar Fragen beantwortete und dann auf ein Zeichen von ihr sagte: «Tut mir leid, Leute, aber ich habe einen unheimlich vollen Terminkalender.» Und dann nickte er zu Laura hinüber und setzte hinzu: «Der Boss wird schon ungeduldig, ich muß los.» Zu diesen Veranstaltungen fuhr er mit dem eigenen Wagen, auf den er inzwischen das Schild montiert hatte. «Es ist sehr günstig, wenn Ihr Wagen vor einem dieser Häuser gesehen wird», hatte Laura ihm erklärt.

Gegen Ende des Wahlkampfes machte Scofield sich Gedanken darüber, daß sie keine ausreichende Organisation hinter sich hatten. «Die anderen beiden Kandidaten haben haufenweise Leute, die sich in den Wahlbezirken herumdrücken, Werbematerial verteilen und die Leute zum Wahllokal treiben.»

«Haben wir auch», beruhigte ihn Laura.

«Und woher?»

«Ich habe mit den Republikanern von Barnard's Crossing geredet», antwortete sie vergnügt, «und habe ihnen klargemacht, daß Sie der einzige Lokalmatador sind. Theoretisch soll die Partei ja neutral bleiben, bis in den Vorwahlen über den republikanischen Kandidaten endgültig entschieden worden ist, aber ich habe die Leute davon überzeugt, daß es für sie vorteilhaft wäre, wenn Sie durchkämen. Ich habe mich auch mit Josiah Bradley, dem derzeitigen Senator – oder vielmehr mit seinen Leuten –, in Verbindung gesetzt, und die haben auch ein paar Anhänger mobilisiert. Keine Angst, wir haben genug Truppen, um die Wahllokale zu besetzen.»

Er sah sie staunend an. «Also darauf wäre ich im Leben nicht gekommen.»

«Brauchen Sie auch nicht. Wofür haben Sie ihren Wahlkampfmanager? Sie brauchen nur ins Rennen zu gehen.»

«Und Sie sind der Jockey, ja?»

Sie lächelte. «So ungefähr.»

Für Dienstag waren die Vorwahlen angesetzt. Am Samstag davor fand Laura in der Post ein Flugblatt des ‹Komitees Besorgter Bürger›. Es zeigte ein schlecht reproduziertes Foto, auf dem eine Gruppe von sechs Männern zu sehen war, die an einem Tisch, offenbar in einem Bankettsaal, saßen. Unter fünf Figuren standen die Namen und ein Hinweis auf eine Verurteilung wegen eines schweren Vergehens. Der sechste Mann am Tisch – unverkennbar Thomas Baggio – war nicht benannt, aber eingekreist. Unter dem Foto stand eine einzige Zeile: «Kennen Sie den?»

Sie trommelte mit den Fingern auf die Schreibtischplatte. Als Scofield kam, zeigte sie ihm das Blatt. «Haben Sie das schon gesehen? Das fand ich heute früh in der Post.»

Er warf einen Blick darauf. «Das ist doch Tommy Baggio?»

«Natürlich ist es Baggio. Ein ganz mieser Trick. Haben Sie schon mal was vom ‹Komitee Besorgter Bürger› gehört?»

Er schüttelte nachdenklich den Kopf.

«Ich auch nicht, und das wäre mir bestimmt zu Ohren gekommen. Nein, das Gremium ist offenbar frei erfunden.»

«Wer hat das wohl verschickt, was meinen Sie?»

«Vielleicht Cashs Leute.» Sie holte den Umschlag aus dem Papierkorb. «In Revere abgestempelt. Es könnte auch einer von Baggios politischen Gegnern in seinem eigenen Revier sein. Und da die Wahl schon am Dienstag ist, kann er kaum noch etwas dagegen unternehmen, der arme Kerl. Selbst wenn er versucht, auf einer Pressekonferenz ein Dementi in die Welt zu setzen, käme er damit wahrscheinlich erst am Dienstag in die Lokalpresse. Und ob sie es in Boston überhaupt bringen würden, wage ich zu bezweifeln.»

«Aber es ist ein Foto, und Bilder lügen nicht.»

«Das ist doch unwichtig. Wahrscheinlich war es irgendeine Benefizveranstaltung oder ein Festbankett. Baggio ist Berufspolitiker, er wird ständig zu solchen Sachen eingeladen. Irgendeiner sagt zu ihm: Der Soundso ist gerade aus dem Krankenhaus gekommen – oder kriegt einen neuen Job an der Westküste oder ist zum Vorsitzenden des Verbandes linkshändiger Handelsvertreter gewählt worden –, und wir geben ein Essen für ihn. Können Sie nicht hinkommen und ein paar Worte sagen? Also geht er hin, schwingt eine kurze Begrüßungsrede, läßt sich fotografieren und zieht wieder ab. Die Leute sind für ihn Wähler, und das ist für so einen Mann Grund genug, sich dort sehen zu lassen.»

«Ja, das leuchtet mir ein.»

Laura kam ein Gedanke. «Also, ich finde, wir sollten was unternehmen.»

«Was denn?»

«Irgendwie können wir die Sache nicht auf sich beruhen lassen, wir müssen Stellung beziehen. Vielleicht zahlt es sich für uns sogar noch aus. Ich sag Ihnen was: Wir werden dieses Machwerk schärfstens verurteilen. Sie geben eine Erklärung ab, daß Sie diese Art, Politik zu betreiben, strikt ablehnen und glauben, nein, überzeugt davon sind, daß Thomas Baggio ein ehrenwerter Mann ist. Ich rufe gleich das Lokalblatt an, vielleicht bekommen wir es noch in die Montagsausgabe.»

Er überlegte einen Augenblick, dann nickte er. «Einverstanden. Entwerfen Sie einen Text, den können Sie dann gleich telefonisch durchgeben.»

## 19

Millie Hanson legte sechs brutzelnde Speckstreifen auf ein Blatt Küchenkrepp, legte ein zweites darüber und tupfte sie trocken. Sie tat drei Streifen auf jeden Teller neben den Zimttoast, zögerte, dann packte sie einen Streifen auf den anderen Teller. Speck macht dick, und sie mußte auf ihre Figur achten. Sie ging mit den beiden Tellern zum Tisch und stellte den mit den vier Speckscheiben vor Tony hin.

«Danke, Baby. Ich hab einen unheimlichen Hunger.» Er breitete seine Papierserviette aus, griff nach der Flasche mit dem Ahornsirup und goß ihn freigebig über seinen Toast. «Wann bist du gestern abend gekommen?»

«Nach zwei. Du weißt ja, Samstag abend ...»

«Viel los, was?»

«Kann man wohl sagen. Die haben mich ganz verrückt gemacht. Du, ich hab diesen Typ gesehen. Zusammen mit zwei anderen ...»

«Welchen Typ, Baby?»

«Der in der Zeitung war, du weißt schon. Du hattest ein Foto von 'ner Gangstergruppe bei einem Bankett, und von einem war ein Bild in der Zeitung, und du hast gesagt, er hat für irgendwas kandidiert.»

«Baggio? Tommy Baggio?»

«Stimmt, Tommy haben sie ihn genannt.»

«Bist du sicher, daß er es war?»

«Ganz sicher. Er hat genauso ausgesehen wie in der Zeitung.»

«Hast du sonst noch einen erkannt?»

«Einer hatte rote Haare, den haben sie mit Mike angeredet, der kommt öfter mal zu uns, aber den anderen kannte ich nicht.»

«Schielt er ein bißchen, der mit den roten Haaren? Dann ist es Mike Springer, Baggios Wahlkampfmanager. Hast du zufällig aufgeschnappt, was so geredet worden ist?» fragte er beiläufig.

«Sie haben sehr leise gesprochen, fast geflüstert. Und wenn ich ihnen die Gläser gebracht habe oder neue Salzbrezeln oder so, haben sie aufgehört zu reden. Aber als sie schon ein bißchen angegangen waren, haben sie sich nicht mehr so vorgesehen, und einmal hab ich gehört, wie der Rotfuchs fragt: ‹Und woher haben sie das Bild?› Und Baggio sagt: ‹Und ich sage dir, da will mir einer was anhängen. Ich war überhaupt nicht da, das kann ich beschwören.›»

«Mehr hast du nicht mitgekriegt?»

«Ich sag doch, es war schwer was los gestern abend. Ständig

mußte ich zur Theke. Ich hatte alle Nischen auf der linken Seite und drei Tische, die haben mich ganz schön auf Trab gehalten. Ich hab nur noch Bruchstücke aufgeschnappt, es ging um irgendeinen Wahlausschuß. Und einmal hab ich gehört, wie dieser Baggio sagte, er wird mit seinem Schwager mal Fraktur reden. Was meinst du, ob der ihm was anhängen wollte? Der Schwager?»

Tony hob die Schultern wie einer, der völlig im dunkeln tappt. «Bei den Politikern in Revere kann man das nie wissen. Die würden ihrer eigenen Mutter die Ehre abschneiden.»

Ihr kam ein neuer Gedanke. «Du hast doch damit nichts zu tun gehabt, Tony?»

«Ich? Wie kommst du denn darauf?»

«Na ja, weil du doch dieses Foto geschossen hast, und sie haben über ein Bild gesprochen.»

Tonys Gesicht verhärtete sich. «Hör mal zu, Baby. Vergiß, daß ich dir dieses Foto gezeigt habe, klar?»

«Klar, du kennst mich doch, aber –»

«Ohne Wenn und Aber. Vergiß, daß du es je gesehen hast.» Er lächelte. «Weißt du, dieses Foto haben bestimmt fünf oder zehn Leute geschossen. Ich wette, daß zehn bis zwanzig Leute ihre Kameras dabei hatten. Es war, wie gesagt, 'ne reine Herrengesellschaft, und wir hatten was von 'ner Vorstellung läuten hören. Alle hatten Weiber erwartet, und als sich herausstellte, daß es damit nichts war, haben sie einfach draufgehalten und abgedrückt. Kann doch sein, daß einer versucht hat, Baggio unter Druck zu setzen. Oder daß er mit dem Bild zu jemandem gegangen ist, der Baggio nicht mag, weil er sich davon einen Vorteil verspricht.»

«Aber du würdest so was doch nicht tun, Tony, oder?»

«Ich? In 'nem Kaff wie Revere mach ich doch keinen Finger krumm.»

«Weißt du, wenn man in einem Nachtklub arbeitet, hört man so allerlei. Und ich hab keine Lust, meine ganze Freizeit dranzuhängen, um einen zu pflegen, der sich beide Beine gebrochen hat.»

Er breitete – ganz die harmlos-ehrliche Haut – die Arme aus. «Komm, Baby. Du hast mitgekriegt, wie sie über ein Foto geredet haben. Vielleicht war's 'ne Aufnahme in 'nem Motel, mit 'nem Flittchen, das nicht seine Frau war. Was geht's uns an? So, und jetzt gieß mir noch 'ne Tasse Kaffee ein und schlag dir die ganze Geschichte aus dem Kopf.»

## 20

«Kann ich den Wagen haben, Dad?»

Der Rabbi sah seinen Sohn überrascht an. «Am Montagabend?»

«Er will zu Alice», ließ sich Hepsibah vernehmen. «Sie hat ihn vorhin angerufen.»

«Ma?» Jonathans Protest verriet langes brüderliches Leiden.

«Wie oft soll ich es dir noch sagen, Hepsibah?» Miriam seufzte.

«Es ist keine Verabredung», erläuterte Jonathan. «Es ist so was wie eine Hausaufgabe. Für Staatsbürgerkunde.»

«Eine Hausaufgabe?» wiederholte der Rabbi argwöhnisch.

«Na ja, morgen sind doch die Vorwahlen, und in der Stadt sind zwei Wahlversammlungen, da hat Mr. Cronin gesagt, wir sollen hingehen, dann können wir in der Schule darüber reden.»

«Daß die Wahl schon morgen ist, war mir gar nicht klar», sagte Rabbi Small. «Wo sind denn die Versammlungen?»

«Eine große ist im Rathaus, und hinten an der Main Street haben sie ein Podium aufgestellt, da ist demnach auch was los.»

«Ganz interessant», sagte der Rabbi. «Vielleicht komme ich mit.»

«Ich auch», sagte Hepsibah.

«Nein.» Die Ablehnung des Rabbi kam fast automatisch.

«Nein», bestätigte Miriam. «Du hast noch Hausarbeiten und mußt früh ins Bett. Gestern ist es spät geworden.»

«Nichts zu machen», bekräftigte Jonathan. «Diese Klette hätte mir gerade noch gefehlt.»

Gegen halb acht verließen der Rabbi und Jonathan das Haus in der Maple Street.

«Kann ich fahren?» fragte Jonathan. Der Rabbi gab ihm die Schlüssel und setzte sich auf den Beifahrersitz.

«Am besten fährst du die Main Street hinunter bis zur Foster», meinte er. «Da finden wir bestimmt einen Parkplatz.»

Sie parkten und gingen in Richtung Rathaus. Aber als ihr Ziel in Sicht kam, fragte Jonathan: «Willst du zum Rathaus, Dad? Ich wollte gern mal in die andere Sache reinhören. Wir können uns ja hinterher treffen.»

Der Rabbi zögerte. Vermutlich hatte es sich in der Oberschule herumgesprochen, daß die Wahlversammlung unter freiem Himmel mehr Spaß versprach. «Na gut. Aber sobald dort Schluß ist, kommst du zum Rathaus, verstanden? Oder besser noch – wir treffen uns dort um zehn ...»

«Och, Dad ...»

«Na gut, um halb elf, aber nicht später.»

Der Saal im Rathaus war fast bis auf den letzten Platz besetzt, es ging laut und undiszipliniert zu. Immer wieder standen Zuhörer auf, um mit Bekannten zu reden oder einfach nur, um sich die Beine zu vertreten. Unterhaltungen wurden ohne Rücksicht auf den jeweiligen Redner in normaler Lautstärke geführt, und die Redner ihrerseits ließen sich weder von dem Stimmengewirr im Saal noch von dem Lärm der hinter ihnen auf dem Podium Sitzenden beeindrucken. Einige Leute hatten Wahlplakate an langen Stangen mitgebracht und trommelten damit – ob zustimmend oder ablehnend, war schwer auszumachen – auf den Boden.

«Wie die Nationalversammlung der Demokraten, was?» ließ sich eine Stimme hinter dem Rabbi vernehmen. Er wandte sich um. Es war Polizeichef Lanigan, ein Mann mit breiten Schultern, rundem roten Gesicht und weißem Haar, das so kurz geschoren war, daß die rosa Kopfhaut durchschimmerte. Er und der Rabbi kannten sich seit David Smalls Amtsantritt in Barnard's Crossing, und sie waren gute Freunde geworden. Mehr als einmal hatte er dem Rabbi in Fragen, die der jüdischen Gemeinde am Herzen lagen, einen Tip geben können. Aber auch er hatte schon häufig den Rat des Rabbi in Anspruch genommen. «Sie hätte ich hier nicht erwartet, Rabbi», meinte der Polizeichef. «Andererseits – verständlich ist es schon, daß Sie sich die Sache mal anhören wollten.»

«Ich bin mit Jonathan gekommen, er ist gerade auf der anderen Versammlung. Eine Hausaufgabe für Staatsbürgerkunde, sagt er. Erstaunlich, was heutzutage in der Oberschule alles aufs Tapet kommt. Ein schrecklicher Lärm, nicht?»

«Ja, viel Lärm um nichts gewissermaßen. In meiner Jugend sind sie mit Fackeln durch die Straßen gezogen – mit diesen roten Dingern, wie man sie in Autozubehörläden kriegt. Die durften meist die Kinder tragen, und deshalb haben die Bälger überhaupt bei den Umzügen mitgemacht. Aber dann hat der Magistrat sie verboten, wegen der Feuergefahr, und da war natürlich Schluß mit den Umzügen – und mit dem Spaß. Nachdem die Feuerwerksknallerei am 4. Juli untersagt worden war, gab's denselben Effekt.»

«Aber die Leute scheinen sich trotzdem ganz gut zu amüsieren. Hört eigentlich überhaupt jemand den Rednern zu?»

«Ach wo. Es ist einfach eine Chance, in letzter Minute noch ein bißchen Wahlkampf zu machen.»

«Ja, aber –»

«Von den Kandidaten wird erwartet, daß sie sich sehen lassen. Wer nicht kommt, bringt sich um seine Popularität. Wenn die Kandidaten für die Staatsämter sprechen, wird es meist ruhiger.»

«Sie meinen, Constant und Belize kommen auch?»

«Nein, hier wird ja sowieso hauptsächlich republikanisch gewählt, im westlichen Teil des Staates können sie sich nützlicher machen. Aber die Kandidaten für das Amt des stellvertretenden Gouverneurs dürften aufkreuzen, und Duffy, einer der Bewerber um den Posten des Justizministers.»

Das Stimmengewirr verebbte, als Jeremiah Duffy ans Rednerpult trat. Man hörte ihm achtungsvoll zu, der Beifall war beträchtlich.

Der Rabbi sah auf die Uhr. «Es ist fast halb elf. Jonathan wartet schon auf mich, oder er muß jede Minute auftauchen.»

«Hier ist sowieso gleich Schluß. Ich komme mit», sagte Lanigan. «Was halten Sie von Duffys Vorschlag, einen Fonds für die Opfer von Raubüberfällen und dergleichen zu gründen?»

«Damit bin ich sehr einverstanden», sagte der Rabbi lächelnd. «Er kommt damit unseren Vorstellungen sehr nah.»

«Wie meinen Sie das?»

«Im Talmud waren Diebstahl, Raub, Überfall und dergleichen keine Straftaten, sondern Delikte, die sich gegen das Opfer richteten, und der Täter mußte nicht nur ersetzen, was er ihm weggenommen hatte, sondern noch eine zusätzliche Summe zahlen, manchmal den mehrfachen Wert des Diebesgutes.»

«Aber wenn es keine Straftat ist –»

«In den Staaten ist eine Straftat eine Handlung zum Schaden des Staates oder in England, wo unser Gewohnheitsrecht herstammt, eine Handlung zum Schaden der Krone. Es liegt auf der Hand, daß es sich dabei um eine juristische Fiktion handelt. Inwieweit ist der Staat oder ist in England Königin Elizabeth betroffen, wenn A dem B etwas wegnimmt? Aber es ist der Staat, der A vor Gericht stellt und ihn, wenn er für schuldig befunden wird, ins Gefängnis steckt. Was kostet die Unterbringung eines Häftlings?»

«Nach der neuesten Statistik etwa 20000 Dollar pro Jahr», sagte Lanigan grimmig.

«Wir alle zahlen also über unsere Steuern 20000 Dollar im Jahr für einen Verbrecher, der im Gefängnis verwahrt wird. Und was hat das Opfer davon? Der Talmud sieht vor, daß das Opfer entschädigt wird und der Täter die ihm auferlegte Strafe abarbeiten muß.»

«Wollen Sie sagen, daß Juden, fromme Juden meine ich, heute noch danach handeln?»

«Nein, denn es gibt ein übergeordnetes Gesetz im Talmud, *dina malchuta dina,* in dem festgelegt ist, daß die gesetzlichen Bestimmungen des Landes, in dem wir leben, Vorrang haben.»

«Trotzdem – es ist eine bedenkenswerte Idee. Ich frage mich nur, wie das zum Beispiel bei Überfällen von Geldtransportern funktionieren würde. Die Leute würden den Schaden ihr Leben lang abarbeiten müssen. Wie hat Ihnen übrigens Jack Scofield gefallen?»

«Welcher war das?»

«Der hiesige Kandidat für den Senat. Der große Blonde.»

«Der ist mir gar nicht aufgefallen, es waren so viele Redner. Warum?»

«Na, ich habe mir gedacht, daß Ihre Leute die Werbetrommel für ihn rühren würden.»

Ehe der Rabbi den Polizeichef fragen konnte, was er wohl damit gemeint hatte, tauchte Jonathan auf. «Dad», rief er.

«Komme schon, Jonathan.» Der Rabbi winkte Lanigan zu und ging zu seinem Sohn.

## 21

Als Laura am Montag nachmittag das Lokalblatt aufschlug, stellte sie befriedigt fest, daß die Redaktion ihre Erklärung gebracht hatte, in der das Flugblatt des ‹Komitees Besorgter Bürger› scharf verurteilt wurde. Die Schlagzeile lautete: «Scofield beklagt schmutzige Tricks. Nennt Baggio ehrenwerten Mann.» Der Vorsitzende des republikanischen Ausschusses von Barnard's Crossing rief an. «Sehr anständig von Scofield, diese Erklärung abzugeben», sagte er. «Wir sind schließlich alle gute Republikaner, interne Streitigkeiten können wir uns nicht leisten.» Auch Baggios Zentrale meldete sich. «Ich rufe im Namen von Thomas Baggio an, er dankt Mr. Scofield für seine Erklärung. Wir haben eine förmliche Beschwerde beim Wahlausschuß eingereicht, aber ich wollte Ihnen ausdrücklich sagen, daß wir Scofields Unterstützung zu schätzen wissen.»

«Haben Sie etwas von Al Cash gehört?» fragte Laura.

«Kein Wort.»

«Vielleicht hat er das Flugblatt nicht gesehen», meinte sie. «Bei uns war es am Samstag in der Post.»

«Vielleicht.» Das klang recht skeptisch.

Am späten Nachmittag kam Scofield, und sie sah an seinen blanken Augen, daß er sich schon ein, zwei Drinks genehmigt hatte.

Als sie Bericht erstatten wollte, winkte er ab. «Was halten Sie davon, daß wir irgendwo nett essen und – und uns einen schönen Abend machen?»

«Nicht heute», sagte sie entschieden. «Haben Sie vergessen, daß Sie zu einer Versammlung müssen?»

«Richtig. Kommen Sie auch?»

«Vielleicht.»

Er merkte, daß Widerspruch sinnlos gewesen wäre. «Meinetwegen», murrte er und zog ab. Er hielt es einfach nicht mehr aus, im gleichen Raum mit ihr zu sein.

An diesem Nachmittag war ihm klargeworden, daß er Laura begehrte, ja, daß er sie brauchte. Und daß dies vielleicht seine letzte Chance war, denn es war durchaus möglich, daß er sie nach einer Wahlniederlage nie wiedersehen würde. Sie würde die in so einem Fall üblichen Phrasen von sich geben: Daß sie sich wacker geschlagen hatten und daß er vielleicht beim nächstenmal mehr Glück haben würde. Dann würden sie sich die Hand schütteln und sich verabschieden, und das war dann das Ende. Sie hatte seinem Leben Sinn, Richtung und Ziel gegeben, und wenn er verlor, würde er morgen allein sein und nichts mit sich anzufangen wissen. Und deshalb hatte er sich für heute abend mit ein paar Drinks präpariert. Die Versammlung hatte er total vergessen. Jetzt ist sie böse auf mich, dachte er.

Falls er allerdings morgen gewinnen sollte ...

Der Dienstag war ein klarer, frischer Tag. Scofield traf frühzeitig in der Wahlkampfzentrale ein, aber Laura war trotzdem vor ihm da. «Was soll ich machen?» fragte er sachlich. Er hatte beschlossen, weder die Versammlung zu erwähnen noch die Tatsache, daß sie sich dort nicht hatte sehen lassen.

«Haben Sie schon gewählt?»

«Herrje, das hätte ich fast vergessen ...»

«Dann machen Sie das zuerst. Dann kommen Sie wieder her, holen sich einen Stoß Werbekarten und machen eine Runde durch den Bezirk. Dabei können Sie gleich nachsehen, ob unsere Leute vor den Wahllokalen stehen. Bei denen bedanken Sie sich sehr für ihre Hilfe, und falls ihnen das Werbematerial ausgegangen ist, liefern Sie ihnen Nachschub.»

«Wird gemacht.» Er wandte sich zum Gehen.

«Und halten Sie die Ohren steif», rief sie ihm nach. «Das Wetter arbeitet für uns.»

Er blieb stehen. «Wieso?»

«Regen wäre günstig für Cash und Baggio gewesen. Ihre Organisation ist groß genug, um die Wähler auch bei Wind und Wetter zur Urne zu bringen. Aber bei Sonnenschein gehen auch die Leute wählen, die eher gleichgültig sind.»

«Da haben Sie recht. Waren Sie schon wählen?»

«Natürlich.»

«Und wem haben Sie Ihre Stimme gegeben?»

«Tommy Baggio natürlich. Es war Liebe auf den ersten Blick.»

Er ging zu Fuß zum Wahllokal und überlegte, ob die Bemerkung vielleicht ein Wink mit dem Zaunpfahl gewesen war. Unterwegs sprachen ihn mehrere Passanten an, wünschten ihm Glück oder riefen ihm zu, daß sie gerade für ihn gestimmt hatten. Einer redete ihn gar als Herr Senator an.

Er war den ganzen Vormittag unterwegs. Als er kurz nach zwölf zurückkam, hatte Laura eine große elektrische Kaffeemaschine aufgestellt, daneben standen große Schachteln mit gemischten Krapfen. Im Papierkorb häuften sich Pappbecher und zerknüllte Papierservietten, auch unter dem Tisch rollten mehrere benutzte Becher herum.

Er schenkte sich Kaffee ein und suchte sich einen Krapfen aus. Kauend berichtete er: «Ich habe alle Wahllokale abgehakt. Die Wahlbeteiligung läßt zu wünschen übrig, das hört man überall. Aber bei Vorwahlen war das wohl nicht anders zu erwarten. Bei Ihnen muß ja mächtig Betrieb gewesen sein.»

«Ich kann mich nicht beklagen.»

«Wollen wir ein bißchen aufräumen?»

«Nein, lassen Sie nur alles, wie es ist. Es macht einen schön geschäftigen Eindruck.»

«Sind viele Wagen angefordert worden?»

«Es hielt sich in Grenzen. Die meisten rufen wohl lieber die Kandidaten für die Staatsämter an.» Das Telefon läutete.

Laura meldete sich. «Wahlzentrale Scofield. Ja, ein schöner Tag für die Wahl. Sieht aus, als ob wir einiges an Stimmen zusammenbekommen. Wen hätten Sie lieber als Gouverneur, Constant oder Belize? Ja, er ist ein guter Mann. Sie sind beide gut und stramme Republikaner. Wie war die Adresse? In Ordnung, wir schicken gleich einen Wagen vorbei.»

«Was war denn das?» fragte Scofield. «Wieso interessieren Sie sich dafür, wen die lieber als Gouverneur sehen würden?»

«Ich muß doch wissen, wen ich wegen des Wagens anrufen soll. Sie ist für Constant. Also rufe ich Constants Leute an, die haben viel mehr Wagen als wir.»

Er sah sie verblüfft und bewundernd an. «Wollen wir nicht rasch was essen gehen?»

«Dann wäre ja die Zentrale unbesetzt. Nein, gehen Sie nur. Mir können Sie einen Hamburger mitbringen. Ohne Senf.»

«Und dann?»

«Dann klappern Sie noch mal die Wahllokale ab. Das ist jetzt das Wichtigste: Daß Ihre Leute merken, Sie setzen sich für sie ein. Das müssen Sie schon persönlich erledigen. Und wenn Sie durch sind, fangen Sie wieder von vorn an.»

«Ich mach ja alles, was Sie wollen. Aber heute abend essen wir zusammen.»

«Wenn die Wahllokale schließen.»

«Aber das ist erst um acht», protestierte er.

«Wenn Sie am Verhungern sind, können Sie sich ja noch einen Krapfen nehmen.»

Er zog ab und tauchte erst um halb acht wieder auf. Doch jetzt drängte er zum Aufbruch.

«Aber wir müssen warten, bis die Wahllokale schließen.»

«Wie viele Anrufe sind in der letzten halben Stunde gekommen?»

«Nur zwei», räumte sie ein. «Aber –»

«Nichts aber. Wenn sich hier niemand meldet, versuchen sie's bei den Kandidaten für die Staatsämter – wenn sie sich nicht gleich dahin wenden. Und falls jetzt noch jemand anruft und einen Wagen haben will, sind die Wahllokale dicht, bis sie dort angekommen sind.»

Das klang vernünftig. Und er wirkte so überraschend energisch, daß sie klein beigab. «Sollen wir das Licht ausmachen? Oder sollen wir einen Zettel ins Fenster hängen, daß wir später wiederkommen?»

«Wozu?»

«Manche Leute setzen sich gern in eine Wahlzentrale, um auf die Ergebnisse zu warten.»

«Aber nicht bei uns. Die gehen zu den Parteizentralen. Machen Sie das Licht aus.» Draußen fragte er: «Können wir Ihren Wagen nehmen? Meiner hat das Schild auf dem Dach, und ich würde ganz gern eine Weile den Wahlkampf vergessen. Ich habe gedacht, wir suchen uns was auf der Route 128, außerhalb unseres Bezirks.»

Als sie das Restaurant betraten, stellte sich heraus, daß er einen Tisch reserviert hatte, aber Laura war seltsamerweise gar nicht einmal ungehalten darüber. Er bestellte Cocktails und sagte dem Ober, sie würden das Essen erst nach dem Aperitif aussuchen. Dann wandte er sich an Laura. «Heute abend möchte ich gern in aller Ruhe essen.»

Es war fast zehn, als sie mit dem Kaffee fertig waren. «In den Elf-Uhr-Nachrichten werden die Ergebnisse kommen», sagte er. «Schauen wir sie uns bei mir an?»

«Einverstanden.»

Er hatte ein Apartment in einem der oberen Stockwerke von Waterfront Towers, einem der wenigen Hochhausblocks von Barnard's Crossing. Die Möblierung war dürftig: Ein breites Bett, zwei moderne Polstersessel ohne Armlehne, ein sachlicher Schreibtisch mit einem Stuhl, ein Tisch mit Fernseher.

Während er sich mit Eiswürfeln und der Whiskeyflasche zu schaffen machte, schaltete Laura den Fernseher ein. Die vorhergehende Sendung ging gerade zu Ende. Sie trat ans Fenster und sah auf den Hafen hinunter. «Hübsche Aussicht.»

«Hm.» Er reichte ihr ein hohes Glas und setzte sich in einen Sessel vor dem Fernseher, während sie stehenblieb und nachdenklich einen Schluck nahm.

Die Vorwahlen waren der Aufmacher der Nachrichtensendung. Außer den beiden Moderatoren waren noch zwei «Experten» im

Studio, politische Reporter von Bostoner Zeitungen, die sich über die Bedeutung der Wahl äußern sollten.

«... noch nicht alle Wahlbezirke ausgezählt ... es sieht jedoch so aus, als hätte Constant einen entscheidenden Vorsprung vor Belize ... im Rennen um das Amt des Justizministers ...» Zahlen klickten auf der Anzeigetafel, die Experten wurden aufgefordert, das Wahlergebnis in diesem oder jenem Bezirk zu erläutern. Die Wahlbeteiligung lag niedrig, wie meist bei Vorwahlen, und man merkte, daß die Moderatoren bemüht waren, die Zeit zu strecken, und jede Zahlenänderung benutzten, um Spannung zu erzeugen. Es war fast Mitternacht, als einer der Moderatoren sagte: «Und jetzt die regionalen Ämter ... Der derzeitige demokratische Kandidat für den Senat blieb erwartungsgemäß im ersten Bezirk ungeschlagen, aber bei der Nominierung der Republikaner scheint es ein Kopf-an-Kopf-Rennen zu geben ... Im zweiten Bezirk ... Der dritte Bezirk, Essex, geht gewöhnlich an die Republikaner, und die Nominierung ist dort praktisch gleichbedeutend mit der Wahl. Drei Kandidaten haben sich beworben ...»

Scofield lehnte sich vor, und Laura stellte das Glas aufs Fensterbrett.

«... Das Rennen machte mit einer ansehnlichen Mehrheit Jack Scofield. Es wird also ein neues Gesicht im Senat geben ...»

Scofield lehnte sich fassungslos zurück. Laura streckte beide Arme zur Decke und stieß ein Freudengeheul aus. Dann setzte sie sich auf Scofields Schoß und legte ihre Lippen an die seinen. Als sie wieder aufstehen wollte, hielt er sie fest.

«Nein!» Hier sprach der gewählte republikanische Kandidat für den Senat von Massachusetts.

Sie wehrte sich nicht und machte keinen Versuch mehr, aufzustehen. Als sie seine Hand unter ihrem Kleid, auf ihrem Schenkel, spürte, seufzte sie nur zufrieden.

Als sie später, entspannt und befriedigt, zusammen im Bett lagen, sagte er: «Weißt du, ein bißchen Angst habe ich schon. Ich verstehe im Grunde gar nichts von Politik, und ich bin einer der wenigen Neuen. Man wird mir alle möglichen Fragen stellen ...»

«Das muß ich mir überlegen. Kommen Sie morgen noch einmal vorbei.»

«Wie bitte?» fragte er verblüfft.

«Das wirst du ihnen sagen, wenn du nicht weißt, wie du dich

verhalten sollst. Inzwischen besprechen wir die Sache und überlegen uns eine Stellungnahme.»

«Du wirst mir dabei helfen?»

«Natürlich. Ich werde dir die Geschäfte führen. Nach ein, zwei Amtszeiten als Senator kommt der nächste Schritt.»

Er dachte an das Bild von Pferd und Jockey. «Willst du etwa mit mir nach Washington reiten?»

«Ganz recht, Herr Abgeordneter. Und wenn die Zeit gekommen ist, versuchen wir es später beim Senat in Washington. Wer weiß, vielleicht reite ich dich noch ins Weiße Haus hinein.»

«Das Weiße Haus?» Er wollte sich ausschütten vor Lachen. «Stell dir vor, ich, John Scofield, als Präsident der Vereinigten Staaten. Und was bist dann du?»

«Die First Lady natürlich.»

«Meine First Lady bist du jetzt schon», sagte er ernst. «Machen wir es offiziell?»

«Selbstverständlich.»

«Wann?»

«Nach der Wahl.»

«Warum nicht gleich? Wozu noch warten?»

«Das wäre eine schlechte Taktik. Ich bin Jüdin, wir müssen uns also von einem Rabbi trauen lassen. Es gibt genug engstirnige Menschen, die so was in den falschen Hals bekommen und aus lauter Bosheit die anderen wählen würden.»

«Wieso müssen wir uns von einem Rabbi trauen lassen?»

«Weil die Familie der Braut die Hochzeit ausrichtet. Du kannst von meinem Vater nicht erwarten, daß er mit einem protestantischen Pfarrer verhandelt.»

«Und wie wäre es mit einem Friedensrichter oder einem Standesbeamten? Ich weiß –»

«Nein», sagte sie mit Nachdruck. «Das würde meine Leute kränken, und mir wäre es auch nicht recht. Da hätte ich nicht das Gefühl, richtig verheiratet zu sein.»

«Ganz wie du willst, mein Schatz.»

# 22

Morris Halperin nieste. Einmal. Und noch einmal.

«Kriegst du einen Schnupfen, Morris?» fragte seine Frau.

«Nein.» Er atmete mühsam durch die Nase. «Ich hab ihn schon.»

«Vielleicht gehst du dann heute lieber nicht zur Sitzung. Schluck zwei von deinen Tabletten und leg dich ins Bett.»

«Das mit den Tabletten ist eine gute Idee, aber die Sitzung kann ich unmöglich schwänzen. Wenn ich nach Hause komme, nehme ich noch zwei und lege mich dann gleich hin.»

«Du mußt es ja wissen.» Sie ging zum Medizinschränkchen. «Es sind nur noch zwei da.»

«Ich hol mir Nachschub in der Apotheke.»

Der Magistrat trat jeden Mittwochabend zu einer Sitzung zusammen, an der Morris Halperin als Stadtsyndikus teilnehmen mußte. Vor der öffentlichen Sitzung trafen sich die fünf Magistratsmitglieder eine Viertelstunde oder zwanzig Minuten in ihrem Büro, das gerade groß genug für fünf Schreibtische war, um die Tagesordnung der bevorstehenden Sitzung zu besprechen und die Reihenfolge der Fälle festzulegen. Gewöhnlich kam dann Morris Halperin dazu, um sie notfalls juristisch zu beraten.

Auf der Fahrt zum Rathaus hatte Halperin den Eindruck, daß die Tabletten ihm einen klaren Kopf verschafft hatten. Aber kaum saß er in dem stickigen Magistratszimmer, als er wieder niesen mußte.

«Ein Schnupfen im Anzug, Morris?» fragte Tom Bradshaw, der Vorsitzende.

«Eher in der Nase», gab Halperin etwas gereizt zurück.

«Weißt du was? Dagegen ist ein kräftiger Schluck genau das richtige.» Bradshaw langte ins untere Schreibtischfach und holte eine Flasche und ein Glas heraus. Er schenkte ein und reichte Halperin das Glas.

«Du, ich weiß nicht, ich hab gerade zwei Tabletten geschluckt.»

«Runter damit. Wirst staunen, wie gut dir das tut.»

Zunächst schien der Alkohol tatsächlich seine Wirkung zu tun. Morris fühlte sich etwas besser, aber im Sitzungsraum brach ihm der Schweiß aus, obgleich es dort nicht übertrieben warm war. Seine Nase schwoll zu, und alle Glieder taten ihm weh. Als die Sitzung gegen zehn zu Ende war, verzichtete er darauf, wie sonst mit den Kollegen im *Ship's Galley* ein Glas zu trinken. Er entschuldigte sich. Er wolle gleich heimfahren und sich hinlegen, sagte er.

«Gieß dir tüchtig einen hinter die Binde», riet ihm Tom Bradshaw. «Dann trinkst du noch einen heißen Tee mit Schuß, und morgen bist du wieder topfit.»

Auf der Heimfahrt kam Halperin an einer geschlossenen Apotheke vorbei, die ihn daran erinnerte, daß ihm die Schnupfentabletten ausgegangen waren. In Lynn gab es einen Drugstore, der abends lange geöffnet war. Es war zwar ein Umweg, aber die zusätzliche Viertelstunde würde sich lohnen.

Halperin ließ sich ein Glas Wasser geben, um gleich zwei Tabletten zu nehmen. «Fahren Sie heim, Mr. Halperin?» fragte der Drugstorebesitzer, der ihn kannte. «Ich meine, Sie wollen nicht noch weiter, nach Boston oder so?»

«Nein, ich fahre jetzt gleich nach Hause und leg mich ins Bett. Warum?»

«Weil die Tabletten Antihistamin enthalten, das macht unter Umständen müde.»

«Ach so. Nein, ich fahre sofort heim.»

Millie Hanson blickte von ihrem Romanheftchen hoch, als Tony D'Angelo zum Dielenschrank ging und sein Jackett vom Bügel nahm.

«Wohin willst du denn noch, Schatz?»

«Moos holen.»

«Bleibst du lange?»

Er zog die Jacke über. «Glaub ich nicht.»

Sie fragte lieber nicht weiter. Millie war zwar neugierig, hatte aber das Gefühl, daß es vermutlich für sie besser war, wenn sie über Dinge, zu denen Tony sich nicht äußern mochte, gar nichts wußte. Sie horchte auf das Schlagen der Wagentür und das Startgeräusch des Motors, dann rückte sie die Kissen zurecht, legte sich auf die Couch und war bald völlig von dem Schicksal der hübschen Krankenschwester Mary McTeague gefesselt, die sich rechtschaffen plagen muß, um es ihrer nörgelnden Patientin, der alten Lady Haversham, recht zu machen und gleichzeitig ihre Netze nach deren gutaussehendem Sohn, Lord Haversham, auszuwerfen.

Tony fuhr durch Revere und Lynn bis zu dem Schild «Sie befinden sich jetzt in Barnard's Crossing». Dort nahm er Gas weg und fuhr so weit wie möglich nach rechts. Dann sah er das Straßenschild: Glen Lane. Die schmale Einmündung zwischen Büschen und Bäumen war in der Dunkelheit leicht zu übersehen. Er fuhr etwa 100 Meter die kurvenreiche Straße entlang und parkte in einer Schneise am Straßenrand. Er schaltete das Licht aus und wartete.

Die vorausgesagte Müdigkeit hatte sich bei Morris Halperin tatsächlich eingestellt. Immer wieder überholten ihn andere Wagen, und die Scheinwerfer entgegenkommender Fahrzeuge blendeten ihn. Ein paarmal war er wütend angehupt worden, weil er den Fuß vom Gaspedal genommen und unerwartet langsamer geworden oder vielleicht auch, weil er aus der Spur geraten war. Deshalb hatte er beschlossen, die Fernstraße zu verlassen und über die Glen Lane heimzufahren. Es war eine Abkürzung, und er hatte dort, was ihm noch wichtiger war, die Straße für sich.

Er schaltete das Fernlicht ein und fuhr gemächlich weiter. Plötzlich geriet er in ein Schlagloch, das Vorderende des Wagens federte nach oben, und es kam ihm vor, als habe er auf der Straße eine Gestalt liegen sehen. Er bremste scharf und hielt an. Dann kurbelte er das Fenster herunter und sah zurück. Tatsächlich, da lag jemand auf der Fahrbahn. Er stieg aus, kniete nieder und wußte nicht recht, was er jetzt tun sollte.

Leise, fast flüsternd sagte er: «Hey, alles in Ordnung?» Pause. «Hören Sie mich?»

Warum kommt denn niemand, dachte er. Einer von uns könnte dann bei dem armen Teufel bleiben und der andere die Polizei verständigen und Hilfe holen. Dabei war ihm im Grunde klar, daß er um diese Zeit mit so einem glücklichen Zufall kaum rechnen konnte. Nachts wurde die Glen Lane fast nie als Durchfahrtsstraße benutzt.

Er setzte sich wieder in den Wagen und fuhr bis zur Einmündung der Glen Lane in die Maple Street. Er hatte sich überlegt, ob er irgendwo klingeln, seine Lage schildern und von dort aus telefonieren sollte. Aber die Häuser schienen alle dunkel zu sein, nur hier und da drang unter den heruntergelassenen Rolläden in den Obergeschossen noch ein Lichtschein.

Nur in einem Haus, fast schon an der Main Street, waren noch alle Fenster hell. Es war Rabbi Smalls Haus, aber dort mochte er nicht klingeln. Er war – wohl wegen der Tabletten, vielleicht aber auch wegen des Whiskeys – nicht mehr ganz sicher auf den Beinen. Zwar hatte er nur ein Glas getrunken, und das schon vor etlichen Stunden, aber es war denkbar, daß der Alkohol die Wirkung der Tabletten verstärkt hatte. Und am Ende hielt ihn der Rabbi noch für betrunken.

Entschlossen setzte er seinen Weg die Maple Street entlang fort. Als er in die Main Street einbog, sah er einen Streifenwagen. Er hupte, der Wagen verlangsamte die Fahrt und hielt an. Ein Polizist stieg aus, kam zu ihm herüber und richtete seine Taschenlampe auf ihn. «Ach, Sie sind's, Mr. Halperin. Ist was passiert?»

«Auf der Glen Lane liegt ein Mann auf der Fahrbahn, direkt hinter der Anhöhe. Ich ... ich glaube, er ist tot.»

«Glen Lane? Okay, wir sehen mal nach.»

Sergeant Dunstable hockte sich neben den Mann auf der Straße und schob ihm seine dicken Finger unter den Kragen. «Ich schätze, er ist tot, aber ganz sicher bin ich nicht. Ich sag drüben Bescheid, stell du inzwischen Warnleuchten quer über die Fahrbahn, sonst kommt am Ende noch jemand hier reingedonnert und fährt uns alles kaputt.»

«Alles klar.» Knowland, sein Kollege, kramte auf dem Rücksitz herum. «Und was machen wir am anderen Ende?»

«Das erledigen wir, wenn ich Bescheid gesagt habe.»

Aber als Knowland zum Wagen zurückkam, war der Sergeant noch da und leuchtete mit seiner Taschenlampe den Boden ab. «Eindeutig Fahrerflucht. Schau dir die vielen Splitter an, die stammen von einem Scheinwerfer. Nichts anfassen, klar? Die Jungs vom Labor vollbringen manchmal wahre Wunderdinge mit dem Zeug, was sie so auflesen. Sie müssen gleich hier sein.»

Während sie die kleine Anhöhe hinuntergingen, erfaßte der hin und her gehende Strahl von Dunstables Taschenlampe das in der Schneise geparkte Fahrzeug.

«Sein Wagen?» fragte Knowland.

«Möchte ich annehmen. Er ist wohl ausgestiegen, weil er mal mußte.» Der Sergeant drehte sich um und deutete mit der Taschenlampe nach oben. «Wahrscheinlich war er dort hinter der Baumgruppe.»

«Aber hier stehen doch überall Büsche, er brauchte ja bloß die Tür aufzumachen und sich zur Seite zu drehen ...»

Widerspruch von Untergebenen, besonders wenn es sich um

einen Bill Knowland handelte, schätzte der Sergeant ganz und gar nicht.

«Es gibt eben Leute, die beschmutzen nicht gern das eigene Nest», sagte er sehr von oben herab.

## 23

Sophia Magnuson setzte sich auf die Bettkante und sah zu, wie ihre Tochter sich vor der Frisierkommode das Haar bürstete. «Du hast dich in den letzten Wochen ziemlich rar gemacht», sagte sie zu Lauras Spiegelbild.

«Es war doch Wahlkampf», gab Laura zurück, ohne sich umzudrehen. «Aber der beruhigt sich jetzt allmählich. Natürlich steht die eigentliche Wahl noch aus, aber nachdem wir bei der Vorwahl durchgekommen sind, ist die Wahl selbst nur noch halb so wild. Der Bezirk ist fest in republikanischer Hand. Däumchen drehen können wir natürlich nicht, es gibt noch einen Haufen Arbeit, aber es läuft alles gut, und wir machen uns nicht mehr verrückt.»

«Du redest, als ob ...»

Laura wandte sich um und sah ihre Mutter an. «Als ob ich selbst kandidiere, meinst du? Da ist schon was dran. Wir sind ein Team, Jack Scofield und ich. Ohne mich hätte er die Vorwahlen nie gewonnen, und das weiß er auch. Wahrscheinlich wäre er ohne mich schon längst ausgestiegen. Aber ohne ihn käme auch ich nicht weit.»

«Da sehe ich noch nicht ganz klar», sagte Mrs. Magnuson. «Zuerst, als du mit dieser Sache angefangen hast, haben wir gedacht, dein Vater und ich, daß es dir um praktische Erfahrungen geht, gewissermaßen als Ergänzung zu dem theoretischen Wissen aus dem Studium. So hast du es uns jedenfalls erklärt. Dein Vater hat gemeint, du würdest dabei vielleicht ein paar interessante junge Männer kennenlernen, allmählich zur Ruhe kommen und –»

«– und heiraten?»

«Nicht der schlechteste Beruf für eine Frau», sagte Mrs. Magnuson gelassen.

«Komm, Mutter! Wir schreiben das Jahr 1984!»

«Wie gesagt, dein Vater hat sich das so gedacht. Er ist ziemlich konservativ. Wie die meisten Männer.»

«Und du bist nicht seiner Meinung?»

«Sagen wir so: Ich habe akzeptiert, daß sich manche Dinge geändert haben. Daß du dich beruflich in der Politik engagierst, dagegen habe ich nichts, ebensowenig, wie ich etwas gegen eine Karriere im juristischen oder medizinischen Bereich einzuwenden hätte. Aber du mußt zugeben, daß die Politik ein risikoreiches Geschäft ist. Da kannst du machen, was du willst – wenn du die Wahl verlierst, war alles umsonst, und du stehst wieder ganz am Anfang.»

«Genau deshalb habe ich ja diesen Weg gewählt», sagte Laura eifrig. «An einer eigenen Kandidatur liegt mir nichts, weil mir nichts an Ruhm und Ehre liegt. Außerdem geht eine Frau, die sich zur Wahl stellt, von vornherein mit einem gewaltigen Handikap an den Start. Ihre Stimme eignet sich nicht für politische Reden. Wenn sie so richtig in Schwung ist, fängt sie an zu kreischen. Außerdem geraten Frauen, die sich heute um ein politisches Amt bewerben, unweigerlich in den Sog der Frauenbewegung, und das möchte ich nicht. Ich will einfach etwas Wichtiges und Lohnendes machen.»

«Mit anderen Worten – dir geht es um Macht und Einfluß.»

«Warum nicht? Macht sollten immer diejenigen haben, die es verstehen, klug damit umzugehen.»

Mrs. Magnuson lächelte. «Du meinst Menschen, die Spaß an der Macht haben.»

Laura gab das Lächeln zurück. «Auch so kann man es sagen. Und deshalb kam ich auf die Idee, mich mit einem Politiker zusammenzutun, den ich lenken und leiten kann. Nicht, daß ich das von Anfang an so genau geplant hätte ... Ursprünglich wollte ich nur bei einem Wahlkampf helfen und mich dabei möglichst unentbehrlich machen. Aber dann lernte ich Jack Scofield kennen, und alles klappte besser, als ich es mir je erträumt hätte. Er war genau der Richtige. Erstens stand er ganz allein –»

«Wie meinst du das?»

«Er hatte keine politischen Anhänger, keine Lobby, die ihn zu ihrem Aushängeschild gemacht hatte, also hatte ich keine Konkurrenz. Besser noch, er war Junggeselle, es gab keine Ehefrau, mit der ich mich hätte auseinandersetzen müssen, ich konnte ihn ohne weiteres vereinnahmen. Und was das Beste war – er hatte keine festgelegte Meinung, kein Wahlprogramm, keine speziellen Anliegen, keinen Grund für seine Kandidatur außer der unbestimmten Vorstellung, daß dabei einiges an Publicity für ihn abfallen könnte. Er wollte seiner zur Zeit nicht gerade lukrativen Anwaltspraxis ein bißchen auf die Sprünge helfen.»

«Und um Macht und Einfluß geht es ihm nicht?»

Laura überlegte, dann schüttelte sie den Kopf. «Das glaube ich nicht, jedenfalls nicht in dem Sinn, daß er gern Befehle gibt. Als Befehlsempfänger fühlt er sich entschieden wohler. Oder sagen wir so: als derjenige, der Vorschläge entgegennimmt.»

«Und du hast ihm angeboten, den Wahlkampf für ihn zu führen, ihn zu unterstützen – finanziell, meine ich?»

Laura lachte. «Nein, nein, so war das nicht. Wir kamen ins Gespräch, ich machte ein paar Vorschläge, und ehe er noch recht wußte, was los war, hatte ich eine Wahlkampfzentrale eingerichtet. Dadurch entstanden natürlich Unkosten, und das machte ihm Sorgen. Leute, die nicht viel Geld haben, regen sich meist schrecklich auf, wenn sie Schulden machen müssen.»

«Besitzt er denn überhaupt nichts?»

«Ein paar Tausender, die er hütet wie ein Knicker. Wenn ich irgendwo für ihn eine Rede arrangiert hatte, ist er hingegangen, weil er hoffte, es würden dabei vielleicht Wahlkampfspenden herausspringen.» Sie lachte. «So habe ich ihn am Arbeiten gehalten.»

Mrs. Magnuson lächelte verständnisvoll. «Aber wenn er die Wahl gewinnt –»

«Das steht so gut wie fest, nachdem wir bei den Vorwahlen durchgekommen sind.»

«– geht er nach Boston, nicht wahr? Und du?»

«Ich führe ihm in Boston die Geschäfte.»

«Du willst also bei ihm bleiben?»

«Natürlich. Ich will ihn als Kongreßabgeordneten nach Washington bringen, später vielleicht sogar in den Senat.»

«Aber wenn er Junggeselle ist, denkt er vielleicht mal ans Heiraten und –»

«Er wird natürlich mich heiraten. Du glaubst doch nicht, ich lasse mir von einer anderen Frau das Konzept verderben?»

«Das heißt, er hat dir einen Antrag gemacht.»

Laura lächelte. «Das ist heute nicht mehr üblich. Man trifft eine Art stillschweigende Abmachung.»

Mrs. Magnuson öffnete und schloß verlegen die Hände. «Laura, hast du – ich meine, warst du mit ihm intim?»

«Natürlich. Würde ich ihn sonst heiraten wollen?»

Die Jugend von heute kennt keine Zurückhaltung mehr, dachte Mrs. Magnuson. Sie sehen das wie eine Probefahrt vor dem Autokauf. Aber vielleicht, überlegte sie, ist das wirklich etwas Ähnliches, vielleicht nicht einmal das Schlechteste. «Liebst du ihn?» fragte sie.

«Du meinst so, daß ich das große Zittern kriege, wenn ich nur an ihn denke? Wie damals in meinem ersten Collegejahr, als ich mich in den Matheprof verknallt hatte? Nein, und das ist auch gut so. Aber ich habe ihn sehr gern, wir ergänzen uns, und ich denke mir, daß es eine gute Ehe werden kann. Und wir werden Kinder haben. Politisch sind sie ein Plus, und auf Wahlkampffotos machen sie sich immer sehr wirkungsvoll.» Sie lächelte verschmitzt.

Mrs. Magnuson zögerte einen Augenblick. «Er weiß, daß du Jüdin bist?»

«Natürlich.»

«Und es stört ihn nicht?»

«Ich bitte dich, Mum! Wen stört das heute noch?»

«Es könnte deinen Vater stören. Er ist schließlich Präsident der jüdischen Gemeinde.»

«Keine Angst, wir werden für die Trauung einen Rabbi nehmen. Das habe ich Jack von Anfang an klargemacht. Da die Familie der Braut die Trauung ausrichtet, meine ich, daß wir es auf unsere Art machen sollten.»

«Du meinst, er wäre bereit zu konvertieren?»

«Aber nein. Selbst wenn er wollte, wäre ich dagegen. Es wäre politisch ein Handikap für ihn. Ich würde ihn ebensowenig konvertieren lassen, wie ich selbst konvertieren würde.»

«Dann weiß ich nicht, ob der Rabbi es machen würde», meinte Mrs. Magnuson zweifelnd. «Ich glaube, es gibt eine jüdische Bestimmung, die dagegenspricht.»

«Das ist doch Unsinn. Ich war vor zwei Jahren Brautjungfer bei der Trauung von Tody Berman. Der Bräutigam war Christ, und sie hatten einen Rabbi mit einem schönen Bart, der den nötigen Hokuspokus veranstaltete. Allerdings fällt mir jetzt ein, daß Toby gesagt hat, sie hätten ihn etxra von außerhalb holen müssen, er saß irgendwo in New Hampshire.»

«Ich werde mal mit Vater darüber reden. Vielleicht lädst du Scofield demnächst mal zum Abendessen ein?»

«Gern.» Laura freute sich. «Er wird dir bestimmt gefallen, und Dad auch.»

«Hoffentlich. Doch, bestimmt wird er uns gefallen.» Mrs. Magnuson stand auf. An der Tür zögerte sie. «Hast du auch mal an eine standesamtliche Trauung gedacht? Dein Vater ist ganz gut mit Richter Pearsall vom Obersten Gerichtshof von Massachusetts bekannt.»

Laura machte schmale Lippen. Ihre Mutter kannte diesen Ausdruck. Sie wußte, daß dann nichts und niemand mehr Laura von ihrem Entschluß abbringen konnte. «Es ist meine Hochzeit, und da bestimme ich. Und es ist ganz gut, wenn Jack das von vornherein klar ist.»

## 24

Cesare Orlando, Polizeichef von Revere und von seinen Freunden Chezzie genannt, hielt es im Interesse regionalen Einvernehmens für geboten, Chief Lanigan persönlich Bericht zu erstatten. «Hugh? Hier Chezzie Orlando. Wollte dir nur sagen, daß wir diesem Fall von Fahrerflucht nachgegangen sind. Ich hab Detective Lance geschickt. Kennst du den? Sieht aus wie ein Bestattungsunternehmer. Sehr gut in solchen Sachen. Mitfühlende Seele.»

«Da habt ihr bestimmt oft Verwendung für ihn», meinte Lanigan.

«Komm, komm, Hugh. Vergiß nicht, daß wir eine Großstadt sind und kein Provinznest wie ihr. Also Lance ist zu der Adresse gezogen. Ein Apartmenthaus, so eine Art Wohnhotel. Nicht übermäßig sauber, aber sonst ganz anständig. Besonderen Ärger gibt's dort eigentlich nicht. Meist Durchgangspublikum, aber etliche Leute wohnen schon seit Jahren dort.»

«Verstehe.»

«Eine Frau hat ihm aufgemacht. Machte einen ganz ordentlichen Eindruck, nicht aufgetakelt, so um die Fünfunddreißig, vielleicht ein bißchen älter. Sie lebten seit ein paar Monaten zusammen, sie und das Opfer, dieser Tony D'Angelo. Heutzutage ist das praktisch wie verheiratet.»

«Hat sie auch einen Namen?» Lanigan griff nach einem Block.

«Hab ich den noch nicht gesagt? Mildred Hanson. Sie hat es sich gern gefallen lassen, daß die Nachbarn sie Mrs. D'Angelo nannten.

Scheint eine anständige Frau zu sein, meint Lance. Er ist mit ihr zur Leichenhalle gefahren, und sie hat ihn identifiziert.»

«Habt Ihr Näheres über ihn erfahren?»

«Sie meint, er sei von New York gekommen.»

«Und wovon lebte er?»

«Das wußte sie nicht. Er hatte irgendwas mit Politik zu tun.»

«Und da kanntest du ihn nicht, Chezzie?» fragte Lanigan.

«Bei uns hat er sich nicht betätigt. Er spielte sozusagen in der Oberliga, in Boston. Und obgleich es ja eigentlich dein Job ist und nicht meiner, hab ich ein paar Spezis angerufen, Italianos, um dir einen Gefallen zu tun.»

«Danke, Chezzie, bist ein echter Kumpel.»

«Na ja, ich sag immer, eine Hand wäscht die andere. Also kurzum, er war ein Mann für die politische Dreckarbeit.»

«Für wen?»

«Eigentlich freiberuflich, aber er hat viel für Moriarty von den Demokraten gemacht.»

«Noch was?»

«Komm, Hugh, es geht hier nicht um Mord. Es war ein Fall von Fahrerflucht. Ach ja, eins wollte ich noch fragen. Deine Leute haben ihn durchsucht. Was haben sie an Geld bei ihm gefunden?»

«Nur ein paar Kröten. Moment – ja, hier haben wir's. 27 Dollar in der Brieftasche, ein bißchen Kleingeld, 52 Cents in der rechten Hosentasche. Warum?»

«Die Frau hat angedeutet, er habe einen Haufen Geld bei sich gehabt – oder hätte es bei sich haben müssen.»

«Hm. Wo ist sie jetzt?»

«Soweit ich weiß, ist sie da wohnen geblieben. Die Miete ist bis zum Monatsende bezahlt.»

«Hat sie denn Geld? Wovon will sie leben?»

«Sie ist Kellnerin. Im *Blue Moon,* das ist eine Bar.»

«Schönen Dank, Chezzie. Sag mir Bescheid, wenn du noch was hörst.»

«Du kennst mich doch, Hugh.»

Detective Sergeant Dunstable war nicht etwa faul oder arbeitsscheu, aber er hatte etwas gegen sinnlose Tätigkeiten. Und deshalb sagte er, als er seinen Auftrag bekam: «Herrje, Lieutenant, da müßte ja einer bescheuert sein, wenn er den Scheinwerfer, der bei einer

Fahrerflucht zu Bruch gegangen ist, in 'ner hiesigen Werkstatt reparieren läßt.»

«Vielleicht war er ja wirklich bescheuert. Besoffen vielleicht. Fährt den Mann über den Haufen und denkt, es war nur 'ne Bodenwelle. Und du weißt ja, daß die Fahrbahn in der Glen Lane mehr Löcher hat als ein Schweizer Käse. Also fährt er heim und legt sich schlafen. Und wie er am nächsten Morgen zum Wagen kommt, sieht er, daß ein Scheinwerfer kaputt ist.»

«Ja, aber –»

«Und deshalb würde es ganz schön komisch aussehen, wenn wir uns nicht die Mühe machen würden, an den Tankstellen rumzufragen, ob irgendwo ein Scheinwerfer ausgetauscht worden ist. Stell dir vor, einer vom Magistrat ruft bei Hugh Lanigan an, und der muß ihm sagen: ‹Sergeant Dunstable hat gemeint, da müßte einer schon bescheuert sein, wenn er den Scheinwerfer nach einer Fahrerflucht am Ort reparieren läßt, und deshalb hab ich in den hiesigen Werkstätten gar nicht erst nachfragen lassen.›»

«Ich dachte ja bloß, Lieutenant ...»

In der ersten Werkstatt schüttelte der Besitzer den Kopf. «Wegen Fahrerflucht, wie? Da müßte ja einer bescheuert sein, den Scheinwerfer am Ort austauschen zu lassen, wenn er Fahrerflucht gemacht hat ...»

«Wo haben Sie denn das aufgeschnappt?»

«Bill Knowland hat's heute vormittag im Coffeeshop erzählt.»

«Na ja, es ist eine Routinesache, aber sicher ist sicher», sagte der Sergeant zugeknöpft.

«Versuchen Sie's mal bei Grately», rief der Besitzer ihm nach.

Beim vierten Anlauf wurde Sergeant Dunstable fündig. Mr. Glossop von *Glossop's Automotive and Gas* runzelte die sonnengebleichten Brauen. «Ja, ich hab gestern einen Scheinwerfer ausgetauscht.»

«Gestern? Wissen Sie das genau?»

Glossop nahm die Füße von der Schreibtischplatte und setzte sich auf. In dem gegerbten Gesicht wetterleuchtete Zorn. «Klar, weiß ich das genau. Wie oft kommt das schon vor, daß ich 'nen Scheinwerfer austausche?»

«War es ein Bekannter?»

Glossop schüttelte den Kopf. «Schwarzer Chevy, dreiundsiebziger Modell, bißchen angegammelt, aber gekannt hab ich ihn nicht.»

Sein Gehilfe, Tom Blakeley, ein großer, rothaariger junger Mann, der gerade einen Wagen aufgetankt hatte und hereinkam, um einen Beleg für die Kreditkarte auszustellen, ließ sich vernehmen. «Ich kenne ihn, Sergeant.»

«Ach nee. Und wie heißt er?»

«Kennen ist vielleicht zuviel gesagt, aber ich hab ihn hier schon gesehen. Moment, Sergeant.»

Er holte sich draußen die Unterschrift des Kunden, und Glossop nahm seinen Bericht wieder auf. «Er fuhr am späten Nachmittag vor und ließ auftanken. Da hab ich den kaputten Scheinwerfer gesehen und hab ihn gefragt, ob er ihn nicht austauschen will.» Er sah zur Decke. «Vielleicht war das ein kleiner Verkaufstrick ... Na ja, ich hab angedeutet, daß ihr gerade dabei seid, alle Wagen zu überprüfen, ob die Ausrüstung in Ordnung ist, Beleuchtung und so, und wenn ihr ihn bei Dunkelheit mit nur einem Scheinwerfer schnappt ... Warum sollen wir eigentlich das ganze Geschäft den Warenhäusern überlassen?»

«Klar, die Kleinen wollen auch was haben.»

«Sag ich doch. Ja, also, da ist er ausgestiegen und hat sich's angesehen und gemeint, da muß wohl ein Stein gegengeflogen sein, und ich soll ihn ruhig austauschen. Also hab ich den Rand abgeschraubt und den Scheinwerferrest rausgenommen –»

«Und wo ist der jetzt?»

«Da drüben in der Abfalltonne.»

Tom Blakeley war zurückgekommen. «Ja, wie gesagt, Sergeant, persönlich kenn ich ihn nicht, aber gesehen hab ich ihn hier schon. Ich glaube, er wohnt noch nicht lange bei uns. Fast so groß wie ich, einsachtzig, würde ich sagen, aber eher schmal. Er wohnt in der Maple Lane, ziemlich weit unten, fast an der Glen Lane. Ich hab den Wagen da schon stehen sehen. Ich glaub, es ist das letzte Haus. Er hat einen Sticker an der Rückscheibe, Northeastern University, wahrscheinlich studiert er in Boston.»

Der Sergeant ging zur Abfalltonne und stocherte ein bißchen darin herum. Als er zurückkam, sagte er: «Ich möchte mal telefonieren. Sie sollen jemand vom Revier schicken und die Tonne abholen.»

«Abholen? Was soll denn das heißen?» fragte Glossop.

«Nur vorübergehend. Sie kriegen das Ding ja zurück. Sie wird bei uns leergemacht.»

«Und was machen wir inzwischen?»

«Draußen ist 'ne Kiste, die nehmen wir», befand Blakeley und holte sie. Als er zurückkam, fragte Glossop ihn neugierig: «Was hast du denn in der Maple Street zu suchen?»

Blakeley feixte. «Ach, ich hab da 'ne Freundin wohnen.»

Auf dem Revier erstattete der Sergeant Chief Lanigan Bericht. «Der Bursche wohnt in der Maple Street, Ecke Glen Lane. Kramer heißt er. Soll ich ihn herbringen?»

«Nein, wir warten, bis wir Bescheid vom Labor haben. Wenn die Scherben zueinander passen, holen wir ihn uns. Gut gemacht, Sergeant.»

Sergeant Dunstable griente selbstzufrieden. «Ganz normale kriminalistische Ermittlung.»

## 25

«Na, wie findest du ihn?» Mrs. Magnuson schloß die Schlafzimmertür hinter sich.

Howard Magnuson nahm den Schlips ab. «Macht einen netten Eindruck», sagte er hinhaltend.

«Und er ist offenbar unsterblich in Laura verliebt», sagte Mrs. Magnuson. «Er hat sie ja während des Essens kaum aus den Augen gelassen.»

«Das ist mir auch aufgefallen. Selbst wenn er mit mir sprach, hat er ständig zu ihr hingesehen. Verliebt, sagst du. Na ja, schon möglich. Mir schien es allerdings eher, als ob er sich von ihr die Stichworte holte.»

Mrs. Magnuson nahm Scofield in Schutz. «Er war in einem fremden Haus. Daß er da nicht ins Fettnäpfchen treten wollte, ist ja verständlich.»

«Das verstehe ich ja auch.» Er bemühte sich ehrlich, etwas wie Freude in sich aufkommen zu lassen. Aber es ging ihm gegen den Strich, sich selbst etwas vorzumachen, und deshalb fügte er hinzu: «Aber du mußt zugeben, daß er nicht gerade aussieht, als ob er Bäume ausreißen könnte.»

«Woher willst du das wissen?»

«Wenn ich Laura recht verstanden habe, ist er in die Politik gegangen, weil er mit seiner Anwaltspraxis nicht auf einen grünen Zweig gekommen ist. Die paar tausend Dollar, die er geerbt hat, liegen auf einem Sparbuch. Er fährt einen pinkfarbenen Wagen, weil er den billig gekriegt hat. Er –»

Mrs. Magnuson versuchte es anders. «Und weshalb muß einer Bäume ausreißen können, um ein guter Ehemann zu werden? Nimm eine junge Frau wie unsere Laura. Entschlossen, willensstark, meinetwegen auch eigensinnig. Was passiert, wenn sie einen energischen, zielstrebigen Mann heiratet? Die beiden machen sich gegenseitig die Hölle heiß. Vielleicht ist Laura klüger als du – jedenfalls was die Wahl des Ehemanns angeht. Ich könnte mir durchaus vorstellen, daß der Mann, den Laura braucht, großzügig und flexibel sein müßte ...!»

«Ein Trottel und ein Schwächling also ...»

«Wäre das so ein Unglück? Sie wird ihn lenken und leiten, er weiß, daß er sie braucht und wird ihr dankbar und ergeben sein. Er hat kein Geld, sagst du. Dafür hat Laura Geld, und eines Tages wird sie noch viel mehr haben. Sie wünscht sich eine politische Karriere, und zu der wird er ihr verhelfen. Dank ihrer Ratschläge und ihrer Lenkung dürfte er ein erfolgreicher Senator werden. Nach ein oder zwei Amtsperioden wird er sich für den Kongreß aufstellen lassen, wird durchkommen, und die beiden werden nach Washington gehen. Wenn du dir für deine Tochter ein erfolgreiches, erfülltes Leben wünschst, müßtest du dich eigentlich über ihre Wahl freuen. Hat sie, nur weil sie eine Frau ist, nicht das Recht auf eine Karriere?»

«Ja, schon, aber verflixt noch mal –»

«Weißt du, was geschehen würde, wenn sie den Typ von Mann heimbringen würde, der dir als Ehemann für sie vorschwebt? Einen vielversprechenden jungen Arzt oder Wissenschaftler, einen Anwalt, Geschäftsmann oder Ingenieur? Dann wäre er es, der erfolgreich Karriere macht, und sie müßte zu Hause sitzen und Essen für seine Freunde und Bekannten geben. Sie wäre Hausfrau und sonst nichts. Er hätte ein interessantes Leben, und sie dürfte sich mit dem Innenarchitekten über die Farbe ihrer Vorhänge beraten. Laura ist der Sohn, den wir nie hatten, und danach haben wir ihre Erziehung ausgerichtet. Als ihre Freundinnen sich im Internat den letzten Schliff holten, hast du darauf bestanden, daß Laura aufs

College geht. Wäre sie ein Mann, wärst du stolz und glücklich, wenn er in die Politik gehen würde.»

«Ja, aber –»

«Stell dir mal vor, sie wäre ein Mann und würde ein weibliches Gegenstück von Scofield heimbringen. Du würdest dich amüsieren, weil sie ihre paar Pimperlinge auf ein Sparbuch legt, sich ein pinkfarbenes Auto kauft, nur weil sie es billig bekommen konnte, und sich von deinem Sohn die Stichworte holt, ehe sie was sagt.»

«Und was ist mit Kindern?»

«Sie wird sich welche anschaffen.»

«Das meine ich nicht. Kinder schlagen bekanntlich ihren Eltern nach. Sie können nach Laura kommen oder nach ihm, oder sie können eine Mischung werden. Wünschst du dir wirklich Enkel mit Scofields Charakter und Scofields Intelligenzgrad?»

Sie war einen Augenblick perplex, faßte sich aber schnell wieder. «Würdest du dir darüber Gedanken machen, wenn Laura unser Sohn Larry wäre und ein Mädchen wie Scofield mitbringen würde? Du würdest dir, wenn überhaupt, nur überlegen, ob sie gesund genug ist, um Kinder zu kriegen. Gesund genug sieht er aus – und das andere ist einfach Glückssache.»

Magnuson seufzte. «Du hast gewonnen, Sophia, wie meist. Hoffentlich läuft bei den beiden alles so gut, wie es bei uns gelaufen ist.»

Sie machte ein böses Gesicht. «Willst du damit sagen, daß ich versuche, dich zu bevormunden? Du weißt genau, daß bei uns die Entscheidungen von dir getroffen werden.»

«Ja, du berätst mich nur, aber deine Ratschläge sind unheimlich überzeugend. Wahrscheinlich macht es Laura ebenso, vielleicht machen das alle Frauen. Hat sie dir gesagt, wann sie heiraten will?»

Seine Frau schüttelte den Kopf. «Von einem bestimmten Datum war noch nicht die Rede. Aber es sollte wohl gleich nach der Wahl sein.»

«Das ist ja nur noch ein Monat. Da muß ich mich beeilen.»

«Du? Was gibt es denn dabei für dich zu tun?»

«Ich muß mit dem Rabbi klarkommen, und ich habe das Gefühl, daß das gar nicht so einfach sein wird.»

*«A guter réwe ...*

… mus kenen dem finften schúlchen-órech ojch», sagt ein jiddisches Sprichwort. Gemeint ist, daß ein guter Rabbi außer seiner sonstigen Gelehrsamkeit auch den Umgang mit Menschen studieren soll.

Sehr oft sind es gerade die praktischen Dinge, die das Leben erleichtern und bereichern.

## 26

Paul Kramer sah die beiden Besucher, die vor der Haustür standen, fragend an. Der eine schlug die lederne Schutzhülle mit der Dienstmarke auf und stellte sich vor. «Sergeant Dunstable, Polizei von Barnard's Crossing.» Er nickte seinem Begleiter zu. «Officer Norton. Dürfen wir hereinkommen?»

«Warum nicht? Meine Eltern sind allerdings nicht da.»

«Ist das Ihr Wagen, der auf der Glen Lane steht? Der schwarze Chevy?»

«Ja, das ist mein Wagen.»

«Stand der letzte Nacht auch da?»

«Ja.»

«Und in der Nacht davor?»

«Ja.» Dann ging ihm ein Licht auf. «Richtig, das Parken auf der Straße ist ja ab Anfang November verboten. Aber ich dachte, das gilt für die Glen Lane nicht, weil das ja gar keine richtige Straße ist. Außerdem steht der Wagen sozusagen auf dem Gehsteig, wenn dort ein Gehsteig wäre.»

«Und warum stellen Sie den Wagen nicht in die Garage oder in die Einfahrt?» erkundigte sich Dunstable.

«Weil meine Batterie manchmal spinnt, besonders wenn es in der Nacht geregnet hat, und dann tu ich mich ziemlich schwer mit dem Starten. Deshalb parke ich auf der kleinen Anhöhe auf der Glen Lane, da brauche ich den Wagen zum Starten nur bergab rollen zu lassen.»

«Schließen Sie den Wagen ab, wenn Sie ihn abends parken?»

«Aber ja.» Er lachte nervös auf. «Wenn ich es nicht vergesse. Ich fahre jeden Morgen zur Uni und parke auf der Huntingdon Avenue. Da schließe ich immer ab, weil da schon eine Menge Wagen gestohlen worden sind. Hier weiß ich, daß es nicht so kritisch ist, wer würde schon einen klapprigen dreiundsiebziger Chevy klauen? Aber ich hab es mir so angewöhnt.»

«War er am Mittwochabend abgeschlossen?»

«Ich glaube wohl.» Er überlegte. «Ja, bestimmt sogar. Warum? Was war denn am Mittwoch?»

«Das wissen Sie nicht? Es hat im *Lynn Express* gestanden.»

«Den lese ich nicht, ich lese nur die Bostoner Blätter.»

«Auf der Glen Lane hat es einen Unfall mit Fahrerflucht gegeben.»

«Und was hat das mit mir zu tun?»

«Sie haben gestern einen kaputten Scheinwerfer auswechseln lassen, nicht?»

«Stimmt. Ich war fast den ganzen Tag in Boston, da muß es passiert sein. Vielleicht ist auch auf der Heimfahrt oder schon auf dem Hinweg nach Boston ein Stein dagegengeprallt. Ich habe es erst gemerkt, als der Tankwart mich darauf angesprochen hat.»

«Und wo waren Sie Mittwoch nacht?»

«Zu Hause, ich habe für eine Klausur gelernt. Ich bin nicht mal zum Essen weggegangen, sondern habe mir hier was gemacht.»

«Tja, dann würde ich sagen, Sie kommen mal mit zu Chief Lanigan, dem können Sie alles erzählen.»

«In Ordnung, ich fahre Ihnen nach.»

«Nein. Sie fahren mit mir. Geben Sie Officer Norton die Schlüssel, er bringt Ihren Wagen zum Revier.»

Der junge Mann zögerte. «Ist das ... bin ich verhaftet?»

«Ich habe keinen Haftbefehl», sagte Sergeant Dunstable auffällig beiläufig. «Der Chief hat nur gesagt, ich soll Sie zum Revier bringen. Wenn Sie natürlich nicht wollen, fahr ich zurück und melde ihm das, vielleicht stellt er dann einen Haftbefehl aus oder läßt sich einen vom Gericht ausstellen.»

Paul überlegte rasch. Es konnte sich nur um einen Irrtum handeln. Da war jemand von einem Betrunkenen über den Haufen gefahren worden, am Tatort hatte man Glas gefunden, und die Polizei begann zu ermitteln. Sie waren gekommen, weil er seinen Scheinwerfer hatte austauschen lassen. Vielleicht wurden gerade jetzt von der Polizei in Lynn, in Revere oder sogar in Boston noch andere vernommen. Er würde ihnen klarmachen, daß er zu dieser Zeit gar nicht auf der Straße gewesen war. Vielleicht würden sie ein Protokoll aufsetzen, das er unterschreiben mußte. Und damit war die Sache dann erledigt.

«Na schön», sagte er. «Fahren wir.»

Aber so einfach war die Sache nicht. Chief Lanigan war nicht da, als sie zum Revier kamen. Paul Kramer setzte sich auf eine Bank, wo ein Sergeant ihn im Auge behalten konnte, und wartete. Gelegentlich stand er auf, um sich die Beine zu vertreten oder eine alte Zeitung aus dem Papierkorb in der Ecke zu angeln. Als er sich wieder mal erhob und zur Tür ging, fragte ihn der Sergeant, wohin er wolle.

«Ich wollte mal sehen, ob ich hier irgendwo 'ne Tasse Kaffee kriege.»

«Der Chief kann jede Minute kommen. Es wär ihm nicht recht, wenn Sie dann nicht da sind. Einen Kaffee wollen Sie? Mal sehn, was sich tun läßt.»

Der Sergeant ließ Kaffee und sogar einen Krapfen aus dem Dienstraum kommen. Paul hatte nicht das Gefühl, eingesperrt zu sein, und man hatte ihm nicht gesagt, daß er das Gebäude nicht verlassen dürfe. Aber sie hatten seine Wagenschlüssel, und ohne sie wäre es sinnlos zu gehen. Erst nach sieben tauchte Chief Lanigan auf und bat ihn in sein Büro.

Paul setzte sich auf den Besucherstuhl, während Lanigan telefonierte, Akten durchlas und unterschrieb. Dann erst wandte er sich dem Jungen zu. Er verschränkte die Hände hinter dem Kopf und wippte in seinem Drehstuhl vor und zurück. Dann lächelte er. «So, nun legen Sie mal los.»

«Ich weiß ja nicht, was Sie hören wollen.»

«Erzählen Sie mir einfach, wie es war.»

«Ich weiß nur das, was mir der Sergeant gesagt hat. Daß es auf der Glen Lane Mittwoch nacht einen Unfall mit Fahrerflucht gegeben hat. Aber da war ich zu Hause, ich bin nicht weg gewesen.»

«Wie ist Ihr Scheinwerfer zu Bruch gegangen?»

«Das weiß ich nicht. Ich fahre jeden Tag nach Boston und parke in der Huntingdon Avenue oder in der Fenway oder wo gerade Platz ist. Wenn ich dann wieder zu meinem Wagen komme, ist es mir schon passiert, daß der Kotflügel eingedrückt oder zerkratzt war. Aber denken Sie, da steckt einem einer mal einen Zettel an die Windschutzscheibe, damit man sich zusammensetzen und den Schaden regeln kann? Nein, die fahren einfach weg, als ob nichts gewesen ist. Es kann also gut sein, daß jemand am Donnerstag oder vielleicht schon am Mittwoch meinen Scheinwerfer zusammengefahren hat. Vielleicht hab ich auch beim Fahren einen Stein dagegengeschleudert. Ich weiß es nicht.»

«Wenn es am Mittwoch passiert wäre – hätten Sie es dann nicht am Donnerstag auf der Fahrt nach Boston gemerkt?»

«Ich mach nicht jedesmal große Inspektion, wenn ich mich in den Wagen setze. Ich schau mir den Wagen nicht von vorn an. Wenn ich bei Dunkelheit gefahren wäre und die Scheinwerfer angemacht hätte, hätte ich's natürlich gemerkt. Aber nicht frühmorgens.»

Lanigan nickte. «Klingt vernünftig.» Er wippte eine Weile nachdenklich. «Wo sind Ihre Eltern?»

«Verreist.»

«Ja, aber wo stecken sie?»

«Das weiß ich nicht, sie machen eine Fahrt ins Blaue.»

«Sie könnten Ihre Eltern also nicht erreichen?»

«Sie haben gesagt, daß sie alle paar Tage mal anrufen, heute abend zum Beispiel wollten sie sich melden.»

«Schön, dann will ich Ihnen jetzt sagen, was anliegt. Das Unfallopfer ist gestorben, und dadurch ist es ein Fall von Totschlag, und das ist eine ernste Sache. Eine Sache, mit der sich die Kriminalpolizei des Staates und das Büro des District Attorney befassen wird. Neben der Leiche wurden Scherben gefunden, Scherben eines Scheinwerfers, der beim Aufprall zu Bruch gegangen ist. Wissen Sie, was wir mit solchen Scherben machen?»

«Ich hab mal im Fernsehen einen Krimi gesehen, da haben die Cops – ich meine die Polizeibeamten – die Stücke zusammengebastelt wie in einem Puzzle.»

«Genau das tun wir. Wir legen die Stücke zusammen, und wenn sie passen, kleben wir sie. Sie haben Ihren Scheinwerfer bei Glossop austauschen lassen. Die Reste des alten Glaskörpers haben Sie in die Abfalltonne geworfen. Einer unserer Leute hat die Stücke herausgeholt, und wir haben sie zusammengeklebt.» Lanigan hob mahnend einen Zeigefinger. «Und siehe da, die beiden Teile paßten ganz genau aneinander.»

«Aber das ist unmöglich.»

«Stimmt. Falls es nicht Teile von ein und demselben Scheinwerfer waren.»

«Aber ich war die ganze Nacht zu Hause.»

Lanigan zuckte die Achseln und griff nach der Karte mit den Miranda-Vorschriften, die in einer Ecke seiner Schreibtischunterlage steckte.

«Ich möchte einen Anwalt haben.»

Lanigan nickte. «Ja, ich glaube, das wäre eine gute Idee.» Er schob das Telefon über den Schreibtisch. «Sie können gern telefonieren, ich geh auch solange raus, wenn Sie wollen.»

«Ich kenne aber keine Anwälte», sagte Paul verlegen. «Wir wohnen noch nicht lange hier. Ich hab gedacht – äh –»

«Daß wir Ihnen einen besorgen? Na ja, wenn Sie am Montag vor den Untersuchungsrichter kommen, wird er Ihnen einen Anwalt stellen, falls Sie bis dahin noch keinen haben. Aber –»

«Jetzt fällt mir was ein. Der Typ, der für den Senat kandidiert hat und bei den Vorwahlen durchgekommen ist –»

«Sie kennen Jack Scofield?»

«Nicht persönlich. Aber ich war mit meinen Eltern mal auf einer Party, da kam er herein und hat eine kurze Rede gehalten. Und er hat gesagt, wenn wir Hilfe brauchen, könnten wir uns jederzeit an ihn wenden. Mein Alter – mein Vater, meine ich – hat hinterher gesagt, daß er den Eindruck hat, Scofield war auf Mandanten ebenso scharf wie auf den Senatorenposten. Wenn ich den anrufe ... Sonst weiß ich keinen.»

«Rufen Sie ihn ruhig an. Aber seien Sie nicht enttäuscht, wenn er Sie abblitzen läßt.»

«Warum sollte er mich abblitzen lassen? Es ist doch sein Geschäft.»

«Ja, aber es ist eine Strafsache, deshalb könnte es sein, daß er erst mit Ihren Eltern sprechen will. Bei Strafsachen verlangen die Anwälte nämlich meist eine Vorauszahlung.»

## 27

Es war nach zehn, als der Rabbi und Miriam vom Freitagabendgottesdienst nach Hause kamen. Während der Rabbi sich noch mit dem Schlüssel mühte, hörten sie im Haus das Telefon läuten.

«Wahrscheinlich eine falsche Verbindung», sagte Miriam.

«Vielleicht ist es aber auch wichtig», meinte der Rabbi. «Wenn schon jemand am Sabbat anruft ...»

Noch im Mantel, hob er ab. Eine aufgeregte Frauenstimme schlug an sein Ohr. «Rabbi Small? Gott sei Dank, daß Sie da sind. Entschuldigen Sie bitte, daß ich noch so spät anrufe, aber ich – wir machen uns so große Sorgen. Wir wußten nicht, an wen wir uns wenden sollten, und dann fielen Sie uns ein. Ich bin Sally Kramer, wir wohnen in derselben Straße wie Sie, in dem Haus direkt an der Ecke Glen Lane. Ich hätte meine Nachbarn angerufen, aber die kenne ich nicht, das heißt, ich weiß nicht einmal, wie sie heißen. Sie kenne ich natürlich auch nicht persönlich, aber wir wollten so bald wie möglich in die Gemeinde eintreten und –»

«Worum geht es denn, Mrs. Kramer.»

Der Rabbi hörte eine Männerstimme. «Komm, laß mich mal ran. Hier Ben Kramer, Rabbi. Meine Frau ist ein bißchen nervös. Sehen Sie, wir haben Urlaub gemacht und wollten eine Weile auf gut Glück durchs Land gondeln. Unser Sohn Paul konnte nicht mitkommen, er studiert. Ich habe ihm gesagt, daß wir jeden Freitag so gegen sieben anrufen würden. Nun haben wir heute angerufen, aber es hat sich niemand gemeldet. Es kann natürlich sein, daß er mit dem Anruf nicht schon an diesem Freitag gerechnet hat, wir sind nämlich erst am Mittwoch losgefahren. Wahrscheinlich ist er ausgegangen. Aber meine Frau macht sich Sorgen.»

«Und was kann ich nun für Sie tun, Mr. Kramer?»

«Wenn Sie nur mal vorbeischauen und nachsehen könnten, ob der Wagen da ist. Es ist ein ziemlich klappriger schwarzer Chevy, ein dreiundsiebziger, glaube ich. Ja, und an der Rückscheibe ist ein Aufkleber von der Northeastern University. Wenn der Wagen da steht, ist er zu Hause, und Sie könnten ihm sagen, er soll mal zurückrufen. Wenn der Wagen nicht da ist – übrigens steht er wahrscheinlich nicht in der Garage oder in der Einfahrt, sondern Ecke Glen Lane –, ist er weggefahren, und meine Frau braucht sich keine Gedanken zu machen.»

«Schön. Und dann soll ich Sie noch einmal anrufen?»

«Ja. Ich gebe Ihnen die Nummer. Haben Sie Papier und Bleistift bei der Hand?»

«Ich schreibe am Sabbat nicht, Mr. Kramer. Aber wenn Sie mir die Nummer sagen, wiederhole ich sie, und falls ich sie vergessen sollte, wird meine Frau sie sich merken.»

«Wunderbar, Rabbi, da sind wir Ihnen wirklich sehr dankbar. Wann, meinen Sie, werden Sie dazu kommen, mal vorbeizuschauen?»

«Ich mache mich gleich auf den Weg.»

«Das ist wirklich sehr nett von Ihnen. So, hier kommt die Nummer.» Er sagte sie durch, und der Rabbi wiederholte sie laut, damit Miriam es mitbekam.

«Und dann höre ich so in einer halben, dreiviertel Stunde von Ihnen?»

«So lange wird es wohl nicht einmal dauern.»

«Großartig. Melden Sie es bitte als R-Gespräch an, ja?»

Der Rabbi ging bis zum Ende der Maple Street, sah sich um und war zwanzig Minuten später wieder da. Er wählte das Amt und nannte die Nummer. Miriams Hilfe brauchte er dazu nicht, denn er hatte sie während des kurzen Fußwegs immer wieder vor sich hingesagt.

Mrs. Kramer meldete sich.

«An der Ecke Glen Lane stand kein Wagen, Mrs. Kramer. Und auch in Ihrer Einfahrt nicht. Ich habe durchs Garagenfenster gesehen, und in der Garage stand ein kleiner grauer –»

«Das ist meiner. Dann ist er wahrscheinlich heute abend weggegangen.»

«In der Diele war Licht, und im Obergeschoß auch», fuhr der Rabbi fort. «Ich habe geklingelt – die Klingel hat im Haus angeschlagen, das habe ich genau gehört – und habe ziemlich laut geklopft, aber es hat sich niemand gemeldet. Meinen Sie, ich sollte –»

«Nein, das geht schon in Ordnung. Ich habe ihm gesagt, er soll in der Diele und im Schlafzimmer Licht brennen lassen, wenn er abends weggeht. Dann ist wahrscheinlich alles in Ordnung. Wenn –» Sie zögerte.

«Ja?»

«Wenn es Ihnen nicht zu viel Mühe macht und Sie es nicht vergessen, könnten Sie vielleicht in den nächsten Tagen einen Zettel durchstecken, damit Paul bestimmt da ist, wenn wir anrufen. Wir melden uns am nächsten Freitag.»

«Das läßt sich sicher machen, Mrs. Kramer.»

Die Samstagausgabe des Lokalblatts kam am späten Nachmittag, aber die Smalls lasen sie grundsätzlich erst, wenn der Sabbat zu Ende war. An diesem Samstag waren sie abends aus gewesen, und erst am Sonntag vormittag kam Miriam dazu, die Zeitung durchzublättern. Unter den Polizeimeldungen fand sie eine kurze Notiz, daß Paul Kramer, Maple Street, wegen des Unfalls mit Fahrerflucht, der sich am Mittwoch in der Glen Lane zugetragen hatte, verhaftet worden war. Sie zeigte die Meldung ihrem Mann.

«Sie haben ihn am Freitagnachmittag geholt. Das heißt, daß er im Revier war, während du bei ihm geklopft hast.»

«Hm.»

«Du mußt seinen Eltern Bescheid geben, David.»

«Aber wie denn?»

«Weißt du die Nummer nicht mehr?»

Er schüttelte den Kopf. «Die würde mir nichts nützen, sie sind bestimmt längst weitergefahren.»

«Aber die Leute, bei denen sie gewohnt haben ...»

«Es war ein Hotel oder ein Gasthaus oder so was. Als ich zurückrief, meldete sich eine Vermittlung.»

«Können wir denn gar nichts tun, David?»

«Ich könnte mal mit Chief Lanigan sprechen. Wenn es Fahrerflucht war, haben die Verhaftung vermutlich die Registry-Leute vorgenommen, aber er müßte etwas darüber wissen. Er sollte eigentlich zu Hause sein. Ich versuche es gleich mal.»

Als er ihn am Apparat hatte, fragte er: «Haben Ihre Leute Paul Kramer verhaftet?»

«Ganz recht.»

«Könnten Sie mir Näheres darüber sagen?»

«Was interessiert Sie an dem Fall, David? Mal abgesehen davon, daß er einer Ihrer Leute ist.»

«Das dürfte allein schon eine ausreichende Begründung sein. Aber außerdem haben mich seine Eltern angerufen.» Er erzählte, was sich am Freitagabend nach ihrer Rückkehr aus der Synagoge getan hatte.

«Hm», machte Lanigan. «Ich bin gerade auf dem Sprung zum Revier. Wollen wir uns dort treffen?»

## 28

Als Mitglied der Geschäftsführung im Verband Höherer Polizeibeamter hatte Cesare Orlando häufig Kontakt mit seinen Kollegen im Staat Massachusetts. Zur Zeit war er dabei, Redner und Teilnehmer für eine Tagung anzuwerben, die über Thanksgiving stattfinden sollte. Da sich die Begeisterung dafür bisher noch sehr in Grenzen hielt, war er dazu übergegangen, sich auf Umwegen an das Thema heranzupirschen. Als er Lanigan anrief, gratulierte er ihm deshalb zunächst zu seinem schnellen Erfolg bei der Aufklärung des Falles von Fahrerflucht.

«Wie hast du das geschafft, Hugh?»

«Durch gute kriminalistische Leistungen, für die unsere Polizei zu Recht bekannt ist, Chezzie.»

«Du könntest eine kurze Abhandlung über den Fall schreiben und sie in Boston vortragen.»

«Ich habe leider meinen Bleistift verlegt.»

Orlando lachte. «Wenn du brav bist, schenk ich dir einen, ich habe übrigens noch eine Neuigkeit zu dem Fall.»

«Schieß los.»

«Erinnerst du dich noch an dieses Flugblatt, das irgendwelche sogenannten guten Staatsbürger oder besorgten Bürger oder dergleichen zu den Vorwahlen verschickt haben? Tommy Baggio hat von Anfang an behauptet, daß ihm jemand damit was anhängen wollte, daß er überhaupt nicht auf diesem Bankett gewesen ist und daß er seine Wahlschlappe diesem Wisch zu verdanken hat. Er hat sich beim Wahlausschuß beschwert, und die haben zwei Detektive auf den Fall angesetzt.»

«Ach, geht man diesen Dingen also tatsächlich nach?»

«Du weißt ja, wie das ist, meist dauert es seine Zeit, aber im Wahlausschuß sitzt ein Schwager von ihm, und da sind sie sofort tätig geworden. Und weißt du, was rausgekommen ist? Hinter den besorgten Bürgern verbarg sich Tony D'Angelo, euer Unfallopfer.»

«Sehr praktisch», sagte Lanigan.

«Ich weiß, was du denkst, Hugh. Und ich will nicht leugnen, daß man einem Toten gern sämtliche unerledigten Fälle in die Schuhe schiebt. Während des Krieges, als ich bei der Versorgungstruppe war, haben wir das so ähnlich gemacht. Sobald ein Frachter gesunken war, haben wir ihn mit sämtlichen verlorenen oder verlegten Sachen bepackt, für die wir verantwortlich waren. Ich erinnere mich an einen Zehntausendtonner, der mit ungefähr hunderttausend Tonnen an Schreibtischen, Kränen, Schreibmaschinen und wer weiß was noch allem unterging. Aber die Sache mit Tony D'Angelo ist astrein. Sie haben den Drucker ausfindig gemacht, und der hat ausgepackt.»

«Und Tommy Baggio hat ihnen das abgekauft?» fragte Lanigan skeptisch.

«An den Beweisen kam er nicht vorbei. Aber er sagt, daß er diesen Tony D'Angelo in seinem ganzen Leben noch nicht gesehen hat. Er muß also für jemand anders gearbeitet haben. Er hat die Fiore-Brüder im Verdacht, weil er mal eine Anordnung durchgedrückt hat, die für Nachtklubs ein Uhr als Polizeistunde vorschreibt. Die fragen natürlich, wieso sie ihm bei der Wahl dazwischenfunken sollten, wo ihn die Stadt doch dann losgeworden wäre. So bleibt er Stadtrat und ist ihnen weiter ein Pfahl im Fleisch.»

«Klingt vernünftig. Und was hat die Frau dazu gesagt?»

«Die Frau? Ach, du meinst Mildred Hanson, mit der er zusammengelebt hat. Die ist weg. Aber dabei brauchst du dir nichts weiter zu denken. Frauen wie die sind ständig auf Achse.»

«Der Wahlausschuß hat den Fall also zu den Akten gelegt? Gut, daß ich's weiß. Schönen Dank für den Anruf, Chezzie.» Lächelnd legte er auf.

Eine knappe halbe Minute später läutete das Telefon schon wieder. «Du hast mich abgehängt», beklagte sich Orlando.

«Abgehängt?» wiederholte Lanigan harmlos. «Ich dachte, wir sind fertig, Chezzie?»

«Tu nicht so unschuldig. Du kommst doch zu der Tagung?»

«Warum muß es eigentlich immer Boston sein?»

«Was denn sonst? Barnard's Crossing vielleicht? Soll ich für dich und deine Frau ein Hotelzimmer reservieren?»

«Was soll ich mit einem Hotelzimmer anfangen, Chezzie? In dreißig, vierzig Minuten fahr ich mit dem Auto hin.»

«Ja, aber wir mußten beim *Statler* eine bestimmte Mindestabnahme an Zimmern garantieren.

«Nichts zu machen, Chezzie. Wenn's irgend geht, komm ich, aber Übernachtung ist nicht drin.»

«Aber für das Festbankett kann ich dich doch eintragen, oder?»

Lanigan gab nach. «Meinetwegen.»

## 29

«Die Jugend von heute!» Lanigan stieß den Satz hervor wie eine Obszönität. «Nichts lassen die sich sagen. Denken, daß sie alles besser wissen. Wir haben ihn in die Enge getrieben. Die Scherben, die am Tatort gefunden wurden, passen genau zu dem zerbrochenen Glas, das sie beim Ausbau des Scheinwerfers aus seinem Wagen geholt haben. Und es ist nicht nur dieselbe Glassorte. Die einzelnen Stücke passen zueinander wie in einem Puzzle. Aber er sagt, er hat sich den ganzen Abend und die ganze Nacht nicht aus dem Haus gerührt.»

«Vielleicht hat jemand anders seinen Wagen gefahren», meinte der Rabbi.

Lanigan schüttelte den Kopf. «Davon will er nichts wissen.»

«Ich meine ohne seine Erlaubnis.»

Wieder schüttelte Lanigan den Kopf. Diesmal griente er dazu. «Er schließt den Wagen ab, wenn er ihn stehenläßt. Und außerdem hat er noch so ein Patentschloß dran, mit dem man das Lenkrad blockieren kann. Da, wo er tagsüber meist parkt, auf der Huntingdon Avenue in Boston, in der Nähe der Uni, klauen sie offenbar wie die Raben.»

Der Rabbi nickte. «Das engt die Möglichkeiten erheblich ein, nicht? Das Opfer war zu Fuß unterwegs, ja? Wer war der Mann, und was hatte er mitten in der Nacht in der Glen Lane zu suchen? War es ein Vagabund oder –»

«Ja, das ist auch so eine Sache», meinte Lanigan. «Gerade hab ich mit dem Polizeichef von Revere telefoniert. Das Opfer war ein kleiner Gauner auf dem politischen Parkett. Der Chief meint, das Flugblatt, auf dem Baggio, einer der Kandidaten für den Senat, im Kreis von Gangstern auf einem Bankett zu sehen ist, hätte er in Umlauf gesetzt. Ja, und was er in der Glen Lane zu suchen hatte ... Wir sehen das so, daß er auf dem Weg nach Salem war und plötzlich ein menschliches Rühren fühlte. Da ist er in die Glen Lane eingebogen, ist ausgestiegen und hat ein paar Schritte gemacht, um sich zu erleichtern.»

«Hm.» Der Rabbi dachte nach. «Ich kann auch verstehen, daß jemand, der über eine dunkle Straße wie die Glen Lane fährt, nicht mit Fußgängern auf der Fahrbahn rechnet ...»

«Eben», sagte Lanigan. «Es ist denkbar, daß der Mann gerade in dem Augenblick aus dem Wald kam. Ich könnte mir sogar denken, daß ihn ein Tier erschreckt hat, ein Waschbär etwa, die gibt's ja bei uns, oder ein Stinktier, daß er aus dem Wald gerannt kam und direkt in den Wagen hineingelaufen ist. Ein Unfall mit Fahrerflucht besteht gewissermaßen aus zwei Akten. Da ist zunächst der Unfall selbst, der durchaus keine Absicht zu sein braucht. Trotzdem gehen wir davon aus, daß der Fahrer sich leichtsinnig verhalten hat. Wenn er getrunken hat, gilt das natürlich in verstärktem Maße. Der gesunde Menschenverstand sagt einem, daß in manchen Fällen das Opfer selber schuld ist und auch der umsichtigste Fahrer einen Unfall nicht hätte verhindern können. Aber juristisch gesehen, liegt die

Schuld zunächst mal beim Fahrer. Die Fahrerlaubnis wird automatisch suspendiert, und die Beweislast liegt beim Beschuldigten, also beim Fahrer, wenn er sie zurückhaben will.

Auch wenn das Opfer stirbt und es auf fahrlässige Tötung hinausläuft, sind die Strafen meist drakonisch. Im allgemeinen wird man die Fahrerlaubnis nur für eine bestimmte Zeit los. Aber die Flucht nach dem Unfall – das ist eine bewußte Entscheidung des Fahrers, eine verbrecherische und tadelnswerte Handlung. Er läßt sein Opfer, das vielleicht Schmerzen hat und dessen Zustand sich mit Sicherheit verschlechtert, wenn es nicht sofort ärztlich versorgt wird, einfach auf der Straße liegen.»

Lanigan lehnte sich, die Hände im Schoß gefaltet, in seinem Sessel zurück und sah seinen Besucher ein paar Sekunden nachdenklich an. Dann richtete er sich wieder auf. «So weit, so gut. Wir holen uns also den Jungen, und ich sage ihm, was an Beweisen gegen ihn vorliegt, aber er wird weder schikaniert noch eingeschüchtert. Und er leugnet. Behauptet, er hätte in der bewußten Nacht das Haus nicht verlassen, und will einen Anwalt haben.»

«Das ist sein gutes Recht», sagte der Rabbi besänftigend.

«Klar ist es sein gutes Recht», bestätigte Lanigan. «Und nach den Miranda-Vorschriften würde ich seine Aussage auch gar nicht aufnehmen, ohne daß ein Anwalt dabei ist. Aber ich sage Ihnen, Rabbi, der Bengel ist kalt wie eine Hundeschnauze. Wenn ich in seinem Alter aus irgendeinem Grund auf dem Revier gelandet wäre, ich hätte das große Flattern gekriegt, und wenn ich noch so unschuldig gewesen wäre. Schon deshalb, weil ich mich immer gefragt hätte, was wohl meine Eltern dazu sagen würden. Aber eine Verhaftung, das ist für diese jungen Leute heutzutage ein Klacks. Sie reißen sich förmlich drum. Wer geschnappt wird, ist ein Held. Es ist ein Beweis dafür, daß man sich für Ökologie oder Bürgerrechte oder gegen brutale Polizeimethoden oder für sonstwas Hohes und Edles engagiert hat. Die Tatsache der Verhaftung impliziert schon, daß man um einer guten Sache willen leidet.»

«Hat er sich einen Anwalt besorgen können?» fragte der Rabbi.

«Erstaunlicherweise ja.»

«Was ist daran so erstaunlich?»

«Bei Strafsachen verlangen die meisten Anwälte eine Vorauszahlung. Er hatte kein Geld, jedenfalls nicht so viel. Ein Anwalt, der schon was für die Familie gemacht hat, hätte den Fall vermutlich auch so übernommen, aber die Kramers sind neu am Ort, und der Junge kannte hier niemanden. Dann fiel ihm ein, daß Jack Scofield mal bei Leuten gesprochen hatte, bei denen sie eingeladen gewesen waren. Er rief ihn an, und was soll ich Ihnen sagen – Scofield übernimmt den Fall. Fand ich sehr anständig von ihm. Ob er bei der Stange bleibt, ist eine andere Frage.»

«Warum sollte er nicht bei der Stange bleiben?»

«Zu mir hat Scofield natürlich nichts gesagt, aber nachdem er mit dem Jungen geredet hatte, hat er ein Gesicht gemacht ... Na, ich hatte nicht den Eindruck, daß er besonders begeistert war. Vielleicht hat der Bengel ja versucht, drumrum zu reden, und so was ist immer heikel für den Anwalt. Die übliche Taktik ist in so einem Fall, die Tatsachen zuzugeben und sie so günstig wie möglich auszulegen. Daß das Opfer unvermutet aus dem Wald gekommen ist oder daß der Junge gehupt hat und D'Angelo in die falsche Richtung gehüpft ist. Der kann ja nichts mehr dazu sagen. Und daß er hinterher abgehauen ist – na, da könnte er ja sagen, daß er die Nerven verloren hat oder daß er heimgefahren ist und die Polizei anrufen wollte und plötzlich einen Blackout hatte. Also, da gibt es tausend Möglichkeiten. Aber wenn der Junge steif und fest behauptet, daß er das Haus nicht verlassen hat, fragt sich, was Scofield überhaupt für ihn tun kann.»

«Und was wird nun aus ihm?» fragte der Rabbi.

«Früher oder später, meinen Sie?»

«Nein, ich möchte wissen, wie es jetzt weitergeht. Er bekommt einen Haftprüfungstermin, ja?»

«Ganz recht. Am Montag vormittag. Wir werden, weil es sich um ein Tötungsdelikt handelt, beantragen, daß er weiter in Haft bleibt, oder werden zumindest eine hohe Kaution verlangen. Vermutlich wird der Richter ihn aber auf freien Fuß setzen, weil er studiert und kaum zu erwarten ist, daß er türmt. Das ist heutzutage so üblich. Wenn man sich's recht überlegt, hat eine Kaution den Reichen nie weh getan, nur den Armen.»

«Ich würde gern mit ihm sprechen», sagte der Rabbi bittend, als erwarte er Widerstand.

Aber Lanigan stimmte sofort zu. «Gern. Vielleicht schaffen Sie es, ihn zur Vernunft zu bringen. Sagen Sie mir Bescheid, was Sie erreicht haben.»

«Ich bin Rabbi Small, ein Nachbar von Ihnen.»

«Ja, gesehen habe ich Sie schon mal.»

«Ihre Eltern haben mich am Freitag noch spätabends angerufen, weil sie Sie nicht erreicht hatten.»

«Und Sie haben Ihnen erzählt, daß ich verhaftet worden bin.» Pauls Ton war nicht ausgesprochen feindselig, ließ aber erkennen, daß er in der normalen Konfrontation der Eltern- und Kindergeneration den Rabbi zur Elternpartei rechnete.

Der Rabbi spürte die Einstellung des Jungen, machte aber keine Anstalten, ihn eines Besseren zu belehren. «Nein, das wußte ich zu der Zeit noch nicht. Sonst hätte ich es ihnen natürlich erzählt, sie haben ein Recht darauf, es zu erfahren. Aber daß Sie in Haft sind, habe ich erst in der Zeitung gelesen.»

«Und da sind Sie gekommen, um –»

«Um Ihnen zu helfen, soweit ich kann, und um herauszubekommen, was sich wirklich abgespielt hat, für den Fall, daß Ihre Eltern sich noch einmal bei mir melden. Wollen Sie mir erzählen, was geschehen ist?»

«Damit Sie es an die Polizei weitergeben können?»

Der Rabbi überlegte. «Wir sitzen hier nicht im Beichtstuhl. Würden Sie mir sagen, Sie hätten ein Verbrechen begangen, würde ich das selbstverständlich der Polizei melden. Aber da man dort ohnehin der Meinung ist, Ihnen sei eine Straftat hieb- und stichfest nachzuweisen, dürfte alles andere keine große Rolle spielen. Es würde mich persönlich interessieren, was passiert ist – und es wäre auch im Interesse Ihrer Eltern. Falls Ihre Eltern noch einmal anrufen, möchte ich die Sache so günstig wie möglich darstellen.»

«Überhaupt nichts ist passiert.»

«Na gut. Dann sagen Sie mir, was Sie nach der Abreise Ihrer Eltern gemacht haben.»

«Meine Eltern sind am Mittwochvormittag so gegen acht Uhr morgens weggefahren. Etwa zwanzig Minuten später habe ich mich zur Uni aufgemacht. Mein letztes Seminar ging bis drei, und kurz nach vier bin ich wieder nach Barnard's Crossing zurück. Ich habe in der Glen Lane geparkt, wie immer. Es gibt da einen kleinen Buckel, so einen Haufen aus Sand und Kies, der vielleicht mal vom Straßenbau übriggeblieben ist, und wenn meine Batterie streikt, das macht sie nämlich manchmal, besonders, wenn es regnet, brauche ich den Wagen nur bergab rollen zu lassen, dann springt er wieder an. Meine Mutter hatte mir noch was zum Abendessen gemacht, das habe ich mir aus dem Kühlschrank geholt und aufgewärmt. Dann hab ich abgewaschen und mir meine Bücher vorgenommen. Für den nächsten Tag war eine Klausur angesetzt, und ich hatte eine Menge zu lesen. Gegen elf bin ich ins Bett gegangen. Am nächsten Morgen fuhren wir zur Uni –»

«Wir?»

Der Junge sah ihn verdutzt an. «Wir?» wiederholte er.

«Sie haben eben ‹wir› gesagt», meinte der Rabbi.

«Ach so. Ich und mein Auto.»

Der Rabbi nickte. «Und da ist Ihnen der zerbrochene Scheinwerfer nicht aufgefallen?»

«Schauen Sie sich immer Ihren Wagen von vorn an, ehe Sie sich ans Steuer setzen, Rabbi?»

«Ich glaube nicht.»

«Na schön, ich schrieb also die Klausur, ging zu den übrigen Seminaren, und gegen vier fuhr ich heim. Als ich nach Barnard's Crossing kam, merkte ich, daß der Sprit ziemlich unten war, und hielt an, um zu tanken. Und an der Tankstelle hat einer das mit dem Scheinwerfer gemerkt, und ich hab mir einen neuen einbauen lassen. Und am nächsten Tag standen zwei Cops vor der Tür, und ich war verhaftet. Ja, das war's auch schon.»

«Sie waren an dem Mittwoch, nachdem Sie aus Boston gekommen waren, zu Hause? Ab fünf etwa, sagten Sie?»

«Stimmt.»

«Wie erklären Sie es sich dann, daß Glas, das von Ihrem Scheinwerfer stammt, in der Glen Lane gefunden wurde?»

«Woher weiß ich, daß es Glas von meinem Scheinwerfer ist?» konterte Paul.

«Die Polizei hat die Splitter mit den Scherben verglichen, die man an der Tankstelle aus Ihrem Wagen geholt hatte.»

«Woher weiß ich, daß die Scherben in der Tankstelle wirklich aus meinem Wagen waren und nicht aus einem ganz anderen?»

«Soweit ich weiß, war es der einzige Scheinwerfer, den sie dort in den letzten Tagen ausgetauscht haben.»

«Und woher weiß ich, daß die Scherben wirklich zueinander passen? Haben Sie sich mal mit Anthropologie beschäftigt, Rabbi?»

Der Rabbi schüttelte, einigermaßen verblüfft über den plötzlichen Themenwechsel, den Kopf.

«Ich hab letztes Jahr Anthropologie I belegt. Da findet jemand einen Zahn, und zwei Meter weiter findet er ein Fragment eines Kieferknochens. Er paßt den Zahn in ein Loch im Kieferknochen ein. Allzugut sitzt er nicht – nicht so, als wenn ein Zahnarzt einen Zahn in ein Gebiß einsetzt –, aber er paßt gerade eben rein. Und schon weiß der Schlaukopf, daß der Typ damals fünf Fuß groß war, aufrecht ging, Jäger war und von Fleisch lebte. Und dann malt er Ihnen ein Bild von dem Mann und erzählt Ihnen seine ganze Lebensgeschichte. Schon mal vom Piltdown-Mann gehört? Da hat ein Witzbold das Schädeloberteil eines modernen Menschen auf den Kieferknochen eines Affen gesetzt. Oder umgekehrt, so genau erinnere ich mich nicht mehr. Und alle großen Tiere, die Biologen und Wissenschaftler, haben das Wunder angestarrt und eine Theorie nach der anderen ausgeknobelt. Und dann sind sie fünfzig Jahre später – fünfzig Jahre, man muß sich das mal vorstellen! – drauf gekommen, daß es eine Fälschung war.»

«Und Sie glauben, daß in Ihrem Fall etwas Ähnliches passiert sein könnte und die Polizei versucht, Ihnen was anzuhängen? Aber weshalb sollte sie das tun?»

«Ich will ja nicht behaupten, daß sie gegen mich persönlich was haben, obwohl wir neu in der Stadt sind und man hier ja als Ausländer gilt, wenn man nicht in Barnard's Crossing geboren ist. Aber ich könnte mir vorstellen, daß der Polizei daran liegt, den Fall zu klären, und daß sie, wenn's sein muß, eben auch mal was passend macht.»

«Haben Sie darüber mit Chief Lanigan gesprochen?»

«Je weniger ich sage, desto besser, hab ich mir gedacht. Jedenfalls, solange ich noch keinen Anwalt habe.»

«Er ist nicht dumm», sagte der Rabbi später zu Lanigan. «Und zu leugnen, daß sein Wagen an dem Unfall in der Glen Lane beteiligt war, würde eigentlich – wenn man bedenkt, was Sie an Beweisen gegen ihn in der Hand haben – von großer Dummheit zeugen.»

«Aber manche Leute benehmen sich nun mal furchtbar dumm, David, wenn Sie nach einer Straftat erwischt werden, auch wenn es sonst ganz schlaue Burschen sind.»

Der Rabbi ließ nicht locker. «Sie haben mich nicht richtig verstanden. Wenn es ihm nur darum ginge, die Verantwortung an der Fahrerflucht von sich abzuwälzen, könnte er einigermaßen überzeugend darlegen, daß er nichts davon gewußt hat. Überzeugen würde das deshalb, weil er seinen Wagen offen und für jedermann sichtbar am Ende der Glen Lane abgestellt hat und nicht in der Garage. Außerdem hat er den Scheinwerfer erst am nächsten Nachmittag austauschen lassen, und zwar in einer hiesigen Werkstatt, obgleich er einen neuen Scheinwerfer ohne weiteres auch im Kaufhaus hätte erstehen können, bei Sears in Boston etwa, dort wäre er überhaupt nicht aufgefallen, niemand hätte sich an ihn erinnert.»

«Gewiß, aber –»

«Aber er leugnet, daß er überhaupt in der Glen Lane war, und beteuert, daß er an diesem Abend das Haus gar nicht verlassen hat.»

«Und wie erklärt er, daß das Glas aus seinem Scheinwerfer genau zu den Splittern am Tatort paßt?»

Der Rabbi lächelte. «Das streitet er ab. Er bezweifelt, daß die Scherben tatsächlich zusammenpassen.»

«Sie passen zusammen, das dürfen Sie mir glauben.»

«Er meint, die Polizei hätte es auf ihn abgesehen, weil er neu in der Stadt ist.»

«Glauben Sie das, David?»

«Natürlich nicht.»

«Aber trotzdem meinen Sie, daß er die Wahrheit sagt. Können Sie mir mal verraten, wie sich das miteinander vereinbart?»

«Vielleicht hat jemand seinen Wagen benutzt, während er zu Hause saß.»

Der Chief schüttelte den Kopf. «Unmöglich. Er hat gesagt, daß sein Wagen abgeschlossen war, und er hat ein Lenkradschloß. Gewiß, das hätte der Dieb wohl knacken können, aber das hätte man hinterher gemerkt.»

«Ich dachte nicht an einen Dieb», meinte der Rabbi. «Aber nehmen wir an, jemand hätte den Wagen mit seiner Erlaubnis benutzt, den Unfall gebaut und Fahrerflucht begangen ...»

«Und warum hat er uns davon nichts gesagt?»

Der Rabbi zuckte die Schultern. «Vielleicht aus falsch verstandener Loyalität.» Er überlegte. «Oder aus Ritterlichkeit. Wenn es ein Mädchen war.»

«Haben Sie noch einen Grund? Abgesehen davon, daß Paul Kramer einfach nicht so dumm gewesen sein kann ...»

Der Rabbi zögerte einen Augenblick. «Keinen vernünftigen Grund, eigentlich nur eine Bemerkung, und die kann auch nur ein Versprecher gewesen sein. Als er mir erzählte, was er in den letzten Tagen gemacht hat, sagte er, er sei am Mittwoch den ganzen Abend zu Hause gewesen, um für eine Klausur zu lernen. Dann sagte er: ‹Am nächsten Tag fuhren wir zur Uni.› Als ich wegen des ‹wir› nachfragte, meinte er, er habe sich und seinen Wagen gemeint.»

«Durchaus möglich. Die Jungen reden von ihren Mühlen wie Cowboys – oder jedenfalls Kino-Cowboys – von ihren Gäulen.»

«Ja, aber später sagte er: ‹Auf dem Heimweg hielt ich an, um zu tanken.› Wenn er sonst immer von sich und seinem Wagen als ‹wir› sprach, wäre der Plural beim Tanken erst recht naheliegend gewesen.»

Lanigan griente. «Zugegeben, David – aber trotzdem ist es ziemlich dürftig. Was soll ich denn Ihrer Meinung nach tun?»

«Ich weiß nicht recht», sagte der Rabbi bedrückt. «Auf jeden Fall sollten Sie aufgeschlossen bleiben und die Möglichkeit im Auge behalten, daß er vielleicht am Mittwochabend noch jemanden im Wagen hatte.»

Lanigan schüttelte bedauernd den Kopf. «Für so eine Ermittlung habe ich nicht genug Personal. Ich kann meine Leute einfach nicht dransetzen, jeder noch so entfernten Möglichkeit nachzugehen. Wenn so was im Spiel ist, müßte er schon selbst die Karten auf den Tisch legen, denn im Augenblick sitzt er fest.»

## 31

Morris Halperin hatte sich Howard Magnuson gegenüber schon häufiger gefällig erwiesen, aber Magnuson hatte sich dafür mehr als großzügig revanchiert, indem er ihm mehrere lukrative Fälle hatte zukommen lassen. «Und denken Sie dran», hatte er gemahnt, «Sie tun sich keinen Gefallen damit, wenn Sie die hiesigen Gebühren berechnen. Sie haben es mit der Bostoner Filiale eines landesweiten Unternehmens zu tun, und für gute Arbeit zahlen die auch einen guten Preis.» Es war eine lohnende Geschäftsverbindung, und Halperin gab sich große Mühe, sie nicht abreißen zu lassen. Wenn Magnuson ihn sprechen wollte, war er immer für ihn da.

Es lag deshalb für Magnuson nahe, sich mit Halperin zu beraten, ehe er mit Rabbi Small Lauras Hochzeitspläne besprach. Die Halperins hatten zwar ins Kino gehen wollen, aber Morris beteuerte: «Nein, ich bin heute abend frei, ich kann jederzeit vorbeikommen.» Er brauchte auch seiner Frau keine Erklärungen abzugeben oder sich bei ihr zu entschuldigen. Auch sie wußte, wie wichtig die Verbindung mit Magnuson war, nicht nur wegen der finanziellen, sondern auch wegen der gesellschaftlichen Vorteile. Es lohnte sich, auf einen Film zu verzichten, wenn man im Telefongespräch mit einer Freundin einflechten konnte: «Eigentlich wollten wir ins Kino gehen, aber Howard Magnuson – ein Mandant von Morris, weißt du – wollte ihn in einer dringenden Angelegenheit sprechen, die keinen Aufschub duldete. Und du kennst ja Morris – seine Mandanten haben immer Vorrang.»

Magnuson seinerseits wußte sehr wohl, daß Halperin ihm dankbar war und auch Grund dazu hatte, ließ es sich aber immer angelegen sein, ihm zu zeigen, daß der Anwalt ihm mit seinen Besuchen einen großen Gefallen tat. Er begrüßte ihn mit betonter Herzlichkeit. «Hereinspaziert! Wirklich nett, daß Sie vorbeigekommen sind. Ich habe es einfach mal probiert ...»

«Und das hat ja auch geklappt, Howard. Ist mir ein Vergnügen.»

«Ich wollte Sie konsultieren, weil ... Nein, das ist schlecht ausgedrückt. Es geht nicht um juristische Fragen und auch nicht eigentlich um die Synagoge, wenn es auch am Rande etwas damit zu tun hat. Im Grunde ist es eine persönliche Angelegenheit, zu der ich gern Ihre Meinung hören würde.»

«Sie möchten einfach mal drüber sprechen.»

«Genau. Sehen Sie, meine Tochter Laura will heiraten.»

«Herzlichen Glückwunsch. *Massel tov.*»

«Äh ... ja, besten Dank. Aber es gibt da ein Problem. Der junge Mann ist kein Jude ...»

«Und er will konvertieren?»

«Nein, das heißt, ich glaube nicht. Nein, sogar ganz bestimmt nicht. Ich habe mit ihm noch nicht darüber gesprochen, aber wenn ich Laura recht verstanden habe, kommt das nicht in Frage. Sie hält es für politisch schädlich. Sagte ich schon, daß er Politiker ist? Was soll ich ein Geheimnis daraus machen – es ist John Scofield, der gerade zum republikanischen Kandidaten für den Senat gewählt worden ist. Laura meint, daß er gute Aussichten in der Politik hat und –» Er sah seinen Besucher fragend an.

Halperin nickte. «Ja, ich kenne John flüchtig. Und ich weiß natürlich, daß Ihre Tochter sich sehr für ihn eingesetzt hat. Juden haben es immer schwerer, in der Politik ihren Weg zu machen, zumindest hier in Massachusetts. In New York oder in Florida mag das anders sein. Ich kann verstehen, daß Ihre Tochter meint, es könnte ihm politisch schaden, wenn er konvertiert. Und daß sie konvertiert, möchten Sie sicher nicht ...»

«Laura möchte es nicht. Natürlich bin ich auch dagegen, aber Laura ist da ganz hart.»

«Bleibt also nur eine Ziviltrauung.»

«Und da liegt eben der Hase im Pfeffer. Laura besteht darauf, von einem Rabbi getraut zu werden. Nein, nicht der Religion wegen», setzte er hinzu, als Halperin die Augenbrauen hob. «Sie hat es ihrer Großmutter – meiner Schwiegermutter – versprochen, die einen recht großzügigen Treuhandfonds für sie angelegt hat.»

Halperin lehnte sich vor. Er witterte juristische Fußangeln. «Und das Vermögen war an die Bedingung gebunden, daß sie einen Juden heiratet?»

«Nicht direkt. Laura muß damals etwa sechzehn gewesen sein. Wir waren alle miteinander zu einer Hochzeit eingeladen – die Cousine meiner Frau heiratete einen Nichtjuden, einen feinen Menschen, und es ist eine gute Ehe geworden. Sie haben drei Kinder. Sie wurden von einem Pfarrer getraut, aber die Zeremonie war nicht an eine besondere Konfession gebunden. Ich meine, es war nicht von Jesus oder dergleichen die Rede, und die Trauung war auch nicht in der Kirche, sondern im Haus der Braut, genaugenommen im Garten. Meine Schwiegermutter hat sich aber trotzdem sehr darüber aufgeregt. Damals hat sie sich wohl Laura vorgenommen und verlangt, daß sie sich nur von einem Rabbi trauen lassen würde. Laura hat es ihr versprochen. Sie hing sehr an ihrer Großmutter Beck. Dann sagte ihr meine Schwiegermutter, daß sie einen Treuhandfonds für sie anlegen würde, über den sie verfügen könne, sobald sie einundzwanzig sei.»

«Und der war an die Bedingung geknüpft, daß sie sich von einem Rabbi trauen lassen würde?»

«Juristisch wohl nicht, aber seit Laura vor fünf oder sechs Jahren über das Geld verfügt, meint sie, daß sie moralisch dazu verpflichtet ist.»

«Ich weiß ja nicht, wieviel Ihre Tochter schon verbraucht hat, aber vermutlich würde es Ihnen nicht schwerfallen, das Geld zu ersetzen.»

«Darum geht es nicht. Laura ist von der Idee nicht abzubringen.»

«Verstehe. In Reformsynagogen gibt es manchmal Rabbis, die sich bereit finden, zusammen mit einem protestantischen oder katholischen Pfarrer eine sogenannte ökumenische Trauung vorzunehmen. Von konservativen Rabbis habe ich das noch nicht gehört. Und von orthodoxen natürlich schon gar nicht.»

«Und Rabbi Small ist natürlich konservativ», sagte Magnuson.

«Mit orthodoxen Tendenzen», ergänzte Halperin.

«Die Trauung brauchte nicht in der Synagoge stattzufinden.»

Halperin schüttelte den Kopf. «Das würde für Rabbi Small nichts ändern, er macht bestimmt nicht mit.»

«Aber verflixt noch mal, so was kommt doch bestimmt hin und wieder vor.»

«Freilich. Heutzutage ist es eigentlich sogar die Regel. Mein eigener Neffe –»

«– hat eine Nichtjüdin geheiratet?»

«Ja. Es war eine standesamtliche Trauung, das war natürlich unproblematisch. Aber meiner Familie war es trotzdem nicht recht. Dann war da Ben Josephs Nichte, und Marty Slobodkins Schwester, und Ira Lamports Bruder und ... Ich wette, in unserem Vorstand gibt es keine Familie, in der es nicht irgendwann mal zu einer Mischehe gekommen ist. Bruder, Schwester, Neffe, Nichte, Cousine. Ich hab mal gehört, daß inzwischen schon jede zweite Ehe eine Mischehe ist.»

«Und was haben die alle gemacht?»

«Das ist verschieden. Manchmal konvertiert der christliche, manchmal der jüdische Partner. Manche konvertieren auch nicht richtig, sondern lassen sich nur in einer christlichen Kirche trauen, von einem protestantischen oder katholischen Geistlichen. Soviel ich weiß, ist das bei den Katholiken inzwischen auch schon lockerer geworden. Früher haben sie eine schriftliche Erklärung verlangt, daß die Kinder katholisch erzogen werden. Ich glaube, das ist heute nicht mehr üblich, jedenfalls nicht mehr in schriftlicher Form. Die meisten lassen sich nur standesamtlich trauen. Ich glaube, in New

Hampshire gibt es einen Rabbi, der auf diese Masche reist und eine Menge Geld damit macht. Er fährt in ganz Neuengland herum.»

«Vielleicht sollte ich den mal ansprechen», überlegte Magnuson.

«Ich kann Ihnen Namen und Adresse besorgen.»

«Gut. Aber natürlich muß ich anstandshalber mit Rabbi Small reden.»

«Natürlich.»

«Ich werde ihm die Situation erklären und ihn bitten, die Trauung vorzunehmen.»

«Er wird Ihnen einen Korb geben.»

«Dann werde ich ihm sagen, daß ich mich anderweitig umsehen muß.»

«Das wird ihm nicht schmecken», sagte Halperin.

«Mir schmeckt es ja auch nicht. Ganz und gar nicht. Wenn ich ehrlich bin – ich bin nicht begeistert, daß meine Tochter John Scofield heiraten will. Und ich bin nicht begeistert, daß sie sich unbedingt von einem Rabbi trauen lassen will, wenn es auch ein Friedensrichter oder Standesbeamter täte. Und auch die jesuitische Haarspalterei meiner Tochter in dieser Frage schmeckt mir nicht. Als sich meine Schwiegermutter von ihr versprechen ließ, daß sie sich von einem Rabbi trauen lassen würde, hat sie damit natürlich gemeint, Laura sollte einen Juden heiraten, einen geborenen oder zumindest konvertierten Juden. Aber im Laufe meines Lebens ist mir schon vieles untergekommen, was mir nicht schmeckte und was ich trotzdem schlucken mußte.»

«Ja, aber der Rabbi kann sich auf den Standpunkt stellen, daß er es nicht zu schlucken braucht.»

«Was kann er machen?»

«Ich weiß nicht. Aber ablehnen kann er immer.»

## 32

Paul Kramer kam am Montagvormittag in Salem vor den Haftrichter. Sergeant Dunstable war anwesend, weil er die Verhaftung vorgenommen und weil er ihn von Barnard's Crossing nach Salem gebracht hatte. Charlie Venturo, der stellvertretende District Attorney, beantragte eine hohe Kaution mit der Begründung, daß es sich um eine schwere Straftat, ein Tötungsdelikt, handle. John Scofield, als Anwalt des Beschuldigten, hielt dagegen, Paul sei nicht vorbestraft und Student, so daß kein Grund zu der Annahme bestünde, er würde zu seinem Prozeß nicht erscheinen.

Der Richter nickte und wandte sich an Paul. «Ich setze als Termin für die Verhandlung den 20. November fest. Ich setze Sie bis zum Prozeßbeginn auf freien Fuß. Der Verhandlungstermin wird Ihnen noch schriftlich zur Kenntnis gegeben, aber auch für den Fall, daß Sie diese Mitteilung nicht erhalten, steht hiermit der Termin fest, und Sie müssen erscheinen.»

«Ja, Sir ... Euer Ehren, meine ich.»

Scofield war sehr zufrieden mit sich, weil er – wenn auch nur in einer Bagatelle – Venturo übertrumpft hatte. Es gelang ihm nicht, seinen Triumph für sich zu behalten. «Diesmal war ich Ihnen über, Charlie», sagte er zu seinem Rivalen, als sie den Gerichtssaal verließen.

Venturo, der auf Grund langer Erfahrung keine andere Entscheidung erwartet hatte, lächelte. «Man kann nicht immer gewinnen. Daß der Gewinner eine Runde spendiert, ist Ihnen doch wohl klar ...» Als sie später beim Kaffee saßen, fragte er: «Wie sind Sie eigentlich an diesen Fall geraten, Jack?»

«Der Junge rief mich an. Er hat mich auf einer Party kennengelernt, wo ich während des Wahlkampfs mal kurz hereingeschaut hatte.»

«Hat er was gezahlt?»

«Nein, aber ich werde mit den Eltern reden, sobald sie zurückkommen, die zahlen bestimmt.»

Venturo nickte. «Ja, in einer privaten Anwaltspraxis muß man das wohl manchmal so machen.»

In Barnard's Crossing erstattete Sergeant Dunstable Bericht. Lanigan war weder überrascht noch verärgert. «Das war ganz klar. Der Junge ist kein Verbrecher. Sie lassen die Leute in weit schlimmeren Fällen ohne Kaution laufen. Sonst wäre im Knast bald kein Zimmer mehr frei.»

Er notierte sich den Verhandlungstermin auf seinem Kalender und schob den Fall zunächst beiseite. Trotz der von Rabbi Small angemeldeten Zweifel fand er, daß die Sache hieb- und stichfest war.

Doch am Nachmittag des nächsten Tages stand der Diensthabende in der Tür zu Lanigans Büro. «Da will Sie jemand in der Sache Kramer sprechen, Chief. Der Fall von Fahrerflucht ...»

«Schicken Sie ihn rein.»

«Es ist eine Sie.»

«Auch recht.»

Der Sergeant machte eine Kopfbewegung und trat dann zur Seite, um einer jungen Frau in Jeans und Sweatshirt mit hochgekrempelten Ärmeln Platz zu machen. Die offenbar blondierten Haare kringelten sich im Afrolook, an den Ohren baumelten schwarze Ohrringe, der farblose Lippenstift glänzte feucht. Die Augen waren sorgfältig geschminkt, oben blau und unten grün, schwarzer Lidstrich. Die Jeans saßen um den Po verführerisch knapp, und als sie zu dem Besucherstuhl ging, wippten die Brüste unter dem Sweatshirt.

«Ich wollte Ihnen nur sagen, daß Sie das mit Paul Kramer ganz falsch sehen. Er war es nicht.»

«Ach nee. Und woher wissen Sie das?»

«Weil ich in der Nacht mit ihm zusammen war. Ab Viertel nach acht. Und er hat keinen Schritt aus dem Haus getan.»

Lanigan, der sich gemütlich in seinem Drehstuhl zurückgelehnt hatte, richtete sich auf und sah sie scharf an. «Wie heißen Sie?»

«Fran Kimball.»

«Und Sie wohnen –»

«Elm Street.»

«Elm Street? Tom ... nein, Ted Kimball?»

«Das ist mein Vater, aber er lebt nicht mehr bei uns.»

«Seit drei, vier Jahren, nicht?»

«Eher sechs.»

«Sie waren in der betreffenden Nacht mit Paul Kramer zusammen, sagten Sie. Bis wann?»

«Bis zum nächsten Morgen, da sind wir zusammen zur Uni gefahren.»

«Sie haben die Nacht mit ihm verbracht?»

«Genau.»

«Wußte Ihre Mutter davon?»

«Natürlich nicht. Ich hab mir von meiner Freundin, von Beth McAllister, ein Alibi geben lassen. Ich, das heißt, wir beide, Paul und ich, hatten nämlich am nächsten Tag diese Klausur –»

«Sie studieren an der Northeastern?»

«Ja. Unternehmensführung, letztes Studienjahr. Paul ist erst im zweiten Jahr, aber das Seminar über amerikanische Literatur machen wir zusammen, das ist nämlich Pflichtfach, und wir sitzen nebeneinander, weil unsere Namen so nah beieinander sind. Im Alphabet, meine ich. Kimball und Kramer. Und manchmal nimmt er mich im Wagen mit. Und an dem Mittwoch sind wir zusammen nach Hause gefahren und haben über die Klausur gesprochen, und er hat gesagt, daß er gut drauf vorbereitet ist. Er hat nämlich 'ne Menge in der Antenne.»

«In der Antenne?»

«Auf dem Kasten. Er büffelt unheimlich viel. Ich wollte aus dem *‹College-Wissen›* lernen, das ist ein Wälzer, da stehen die Inhaltsangaben von den Büchern drin, aber zu Hause hab ich gemerkt, daß ich das Ding nicht hatte. Das *‹College-Wissen›*, meine ich. Ich hatte es im Garderobenschrank in Boston liegenlassen. Und da hab ich ihn natürlich gefragt, ob er mir sein Exemplar borgt, und er hat gesagt, er hat es gar nicht, weil er das ganze Zeug richtig liest.»

«Nicht zu glauben», warf Lanigan halblaut ein.

«Ja, und da hab ich ihn gefragt, ob ich vielleicht zu ihm kommen kann, wir könnten doch zusammen lernen. Er hat mir erzählt, daß seine Eltern an dem Morgen zu einer Fahrt ins Blaue weggefahren sind und er allein ist, und damit ging das natürlich in Ordnung.»

«Hat er Ihnen vorgeschlagen, die Nacht bei ihm zu verbringen?»

«Ach wo. Er ist ja noch unheimlich jung, neunzehn vielleicht.»

«Und Sie?»

«Ich bin zweiundzwanzig.»

«Die Idee, die Nacht mit ihm zu verbringen, ging also von Ihnen aus?»

«Na ja, so könnte man das wohl sagen. Geplant habe ich es nicht, es hat sich einfach so ergeben. Meiner Mutter hab ich nicht gesagt, daß ich zu ihm gehe, die hätte bloß alles mögliche gefragt, wer noch da ist und wann ich nach Hause komme und so. Ich hab ihr gesagt, daß ich zu Beth gehe. Und als ich da war, hab ich Beth angerufen und sie gebeten, mir Rückendeckung zu geben.»

«Und wie sollte sie das machen?»

«Na ja, wenn meine Mutter sich meldete, sollte Beth sagen, daß ich auf dem Klo bin oder mal eben vor die Tür gegangen bin und daß ich zurückrufen würde. Dann sollte sie mir bei Paul Bescheid sagen – die Nummer hab ich ihr gegeben –, und ich würde zurückrufen.»

«Und hat sie angerufen?»

«Nein. Gegen zehn hab ich dann selber meine Mutter angerufen und hab ihr gesagt, daß ich bei Beth übernachte und von da ins College fahre.»

«Hm. Das war also gegen zehn?»

«So ungefähr. Paul wollte gerade den Fernseher anmachen, wegen der Zehn-Uhr-Nachrichten.» Sie runzelte angestrengt überlegend die Stirn. «Ja, es muß kurz vor zehn gewesen sein; als ich vom Telefon kam, fingen die Nachrichten gerade an. Inzwischen war mir klar, daß es ein Haufen Arbeit war und wir bis nach Mitternacht zu tun haben würden. Er hat von allen Büchern eine Inhaltsangabe gemacht, und ich hab mitgeschrieben. Er kannte sie alle. Enorm.»

«Und wann waren Sie fertig?»

«So gegen eins.»

Lanigan lehnte sich wieder zurück und musterte sie. Dann sagte er: «Und als Sie fertig waren, haben Sie ihm als Gegenleistung angeboten, mit ihm ins Bett zu gehen. Oder war das von vornherein so abgemacht?»

«Quatsch», sagte sie ärgerlich. «Wir sind zusammen ins Bett gegangen. Punkt. Nicht als Gegenleistung, sondern weil er nett war. Natürlich ist er noch unheimlich jung, aber er sieht gut aus und ist – na, eben nett.»

«Hm. Und am nächsten Morgen ...»

«– sind wir aufgestanden, und im Kühlschrank war noch Orangensaft, und er hat Kaffee und Toast gemacht, und dann sind wir zur Uni gefahren.»

«In seinem Wagen?»

«Genau.»

«War der Wagen abgeschlossen?»

Wieder runzelte sie die Stirn, während sie versuchte, sich zu erinnern. «Ja. Ich bin nämlich auf die Beifahrerseite gegangen und hab gewartet, bis er drin saß und von innen die Tür aufgemacht hat. Dann hat er das Schloß abgemacht, das er am Lenkrad hat, und wir sind losgefahren.»

«Soso. Und was hat Sie veranlaßt, heute zu mir zu kommen?»

Sie sah ihn überrascht an. «Als ich davon gehört hab, mußte ich natürlich herkommen und es sagen.»

«Hat er Sie darum gebeten?»

«Aber nein. Er wollte es nicht. Es war ihm richtig unangenehm, als ich ihm gesagt hab, daß ich zur Polizei gehe. Er ist eben noch unheimlich jung.»

Chief Lanigan überlegte. Was hatte er erfahren? Eine Geschichte, die Fran Kimball zusammen mit Paul Kramer ausgeheckt haben konnte. Sie waren Kommilitonen und nach ihrer eigenen Aussage ein Liebespaar.

Lanigan ging zu dem Stadtplan hinüber, der an der Wand hing und deutete auf einen Punkt. «Hier ist die Elm Street. Sie wohnen ungefähr hier, wenn ich mich recht erinnere.»

«Ja, Ecke Laurel Street.»

«Und wann haben Sie das Haus verlassen?»

«Gegen acht.»

«Und Sie sind zu Fuß die Laurel Street bis zur Maple Street gegangen –»

«Nein. Ich bin die Elm Street bis zur Main Street gegangen und dann die Main Street rauf bis zur Maple Street.»

«Wozu dieser Umweg? Sie hätten doch Kramers Haus direkt über die Laurel erreichen können.»

Sie warf, gereizt über seine Begriffsstutzigkeit, die Lippen auf. «Beth wohnt in Gathskille Circle, also mußte ich in diese Richtung gehen. Klar?»

«Hm. Haben Sie irgendwelche Bekannten getroffen, haben Sie mit jemandem gesprochen?»

Sie überlegte einen Augenblick, dann schüttelte sie so energisch den Kopf, daß die Ohrringe klapperten. «Nein.»

Lanigan nickte. «Dann wußte niemand, daß Sie an dem Abend bei Kramer waren.»

«Beth McAllister hat es gewußt.»

«Das kann man so nicht sagen. Sie hat von Ihnen eine Telefonnummer bekommen, es ergab sich aber für sie keine Gelegenheit, dort anzurufen. Ihre Mutter wußte es nicht, niemand hat Sie ins Haus der Kramers gehen oder am nächsten Morgen herauskommen sehen.»

Wieder schüttelte sie den Kopf, dann meinte sie mit einem leicht lasziven Lächeln: «Paul hat es gewußt.»

«Schön, der hat es also gewußt. Es kann sein, daß ich Sie bitten muß, noch einmal herzukommen, dann setzen wir ein Protokoll auf, und das müßten Sie unterschreiben.»

«Muß das meine Mutter erfahren?»

«Unter Umständen.»

«Das möchte ich nämlich nicht. Ich meine ... ach, Sie wissen schon, wie ich es meine. Aber ich möchte auch nicht, daß Paul ins Gefängnis kommt oder so, wo er es doch nicht war. Als gute Staatsbürgerin war ich mir das einfach schuldig, finde ich.»

## 33

Magnuson hatte zwar gesagt, er würde nur anstandshalber mit Rabbi Small sprechen, aber er dachte bei sich, daß der Rabbi wahrscheinlich doch bereit sein würde, die Trauung vorzunehmen. Während seiner kurzen Bekanntschaft hatte er den Rabbi als einen vernünftigen Mann schätzen gelernt. Er, Magnuson, hatte ihm einen – nicht einmal erbetenen – Gefallen getan, indem er sein Gehalt beträchtlich aufgestockt hatte. In Magnusons Welt war es üblich, sich für einen Gefallen zu revanchieren. Wer sich einen Gefallen erweisen ließ, übernahm gleichzeitig eine Verpflichtung, und wer einer solchen Verpflichtung nicht nachkam, war undankbar und kein Gentleman. Als er den Rabbi aufsuchte, war er deshalb fest von dem Erfolg seiner Mission überzeugt und hatte sich darauf eingestellt, nur Details zu besprechen. «Ich habe da ein Problem», fing er an.

«Wenn ich Ihnen helfen kann ...»

«Meine Tochter will heiraten.»

«*Massel tov!* Wann soll es denn sein? Ist es ein Hiesiger?»

«Ja, das ist er.»

«Ich frage deshalb», fuhr der Rabbi fort, «weil ich nach Möglichkeit vorher gern noch einmal mit dem Brautpaar spreche.»

«Es ist der republikanische Kandidat für den Senat.»

«Aber das ist doch –»

«John Scofield», ergänzte Magnuson.

Deshalb also, dachte der Rabbi, hatte Lanigan damals gesagt, die Juden würden wohl für Scofield die Werbetrommel rühren. Aber er sagte nur: «Ich wußte nicht, daß er Jude ist.»

«Ist er auch nicht.»

«Er will also konvertieren.»

«Leider nein, Rabbi. Das kommt nicht in Frage.»

Der Rabbi schwieg einen Augenblick. «Dann planen Sie also eine Ziviltrauung?» fragte er leise.

«Laura besteht darauf, sich von einem Rabbi trauen zu lassen. Daß Sie es nicht in der Synagoge machen können, ist mir klar», fuhr er rasch fort. «Aber wir wollten sowieso eine Haustrauung, wir könnten es bei entsprechendem Wetter im Garten ...»

«Es ist überhaupt nicht zu machen», sagte der Rabbi entschieden.

«Sie meinen –»

«Eine religiöse Trauung ist nur möglich, wenn beide Partner Juden sind. Wenn einer der Beteiligten kein Jude ist, kann man ebensowenig eine religiöse Trauung vornehmen – eine Trauung nach jüdischem Ritus –, als wenn beide Partner nicht jüdischen Glaubens wären. Es wäre ein Widerspruch in sich.»

«Aber ... Sehen Sie, Rabbi, ich weiß, daß es hier um Religion geht, und Religion ist eine wichtige Sache. Aber wenn ein Brautpaar zu Ihnen kommt und sagt, es will sich trauen lassen, fragen Sie dann bei den beiden die Glaubenssätze ab, oder sagen Sie: ‹Herzlichen Glückwunsch, Mr. Goldstein, Miss Cohen, wann soll die Hochzeit sein? Und brauchen Sie das Vestibül?› Dabei können beide ausgewachsene Atheisten sein.»

«Sehr richtig.»

«Aber dann –»

Der Rabbi seufzte. «Bedauerlicherweise scheinen Außenstehende, besonders unsere schlimmsten Feinde, die Situation besser zu verstehen als viele Juden. Zumindest haben sie begriffen, daß es eine Frage der Herkunft ist. Jude bleibt Jude, auch wenn er nie in seinem Leben eine Synagoge betritt. Wir sind ein Stamm, eine Familie, wenn Sie so wollen, die Nachkommen Abrahams, Isaaks und Jakobs. In manchen primitiven Stämmen werden Ehen stets mit Stammesfremden geschlossen. Exogamie nennen das die Anthropologen. In anderen Stämmen ist es üblich, nur innerhalb des Stammes zu heiraten, das nennt man dann Endogamie. Wir Juden sind endogam, das ist die Tradition, die Sitte, das Gesetz des Stammes. Weil wir glauben, daß wir – als Stamm, wohlgemerkt – einen Vertrag mit Gott geschlossen haben. Im Rahmen dieses Vertrages haben wir uns verpflichtet, den Judaismus, unsere Religion, zu praktizieren. Wenn einer von uns einen Außenstehenden heiratet, verlangen wir nicht nur, daß er mit uns zusammen unseren Teil der Abmachung einhält, sondern daß er einer von uns wird, sich in den Stamm aufnehmen läßt.

Der Judaismus ist ein moralisch-ethisches System und verfügt über Zeremonien, Rituale und liturgische Bräuche, die vornehmlich darauf ausgerichtet sind, uns bei der Ausübung unseres Sittenkodex zu unterstützen. Grundlage dieses Sittenkodex sind die uns von Gott gegebenen Gebote, das Ergebnis unseres mit ihm auf dem Berg Sinai geschlossenen Bundes. Einige Juden befolgen diese Gebote gewissenhaft, andere befolgen nur einige, andere scheren sich überhaupt nicht um sie. Aber die Verpflichtung bleibt.

Es gibt auch Christen, die sich an die Gebote halten, aber dadurch werden sie noch nicht zu Juden. Sie gehen einen anderen Weg, sagen sich vielleicht, daß die Gebote zu einem guten Leben führen, oder halten sie einfach für vernünftig. Aber weil sie sich diese Vorschriften selbst zurechtgelegt haben, ist es ihnen auch möglich, sie zu ändern. Das können wir nicht, weil wir einen Vertrag mit Gott geschlossen haben und dies die Bedingungen sind, die wir akzeptiert haben. Wenn Sie einen geschäftlichen Vertrag abschließen und Ihr Partner nicht alle Vertragsbedingungen erfüllt, ist der Vertrag damit noch nicht null und nichtig, sondern Ihr Vertragspartner ist einfach seinen Verbindlichkeiten nicht nachgekommen. Und wenn der Vertrag statt mit einer Einzelperson mit einer Gruppe, einem Unternehmen, geschlossen wird, ist er noch nicht ungültig, nur weil ein Mitglied der Gruppe ausschert.

Ein Katholik, der nicht an die Thesen seiner Kirche glaubt und sich nicht daran hält, ist kein Katholik. Aber ein Jude, der sich nicht an die Gebote hält und nie eine Synagoge betritt, ist trotzdem ein Jude und darf die Tochter des Oberrabbiners von Israel heiraten. Der Rabbiner wäre vielleicht nicht begeistert, er würde möglicherweise versuchen, es zu verhindern, er könnte sogar seine Tochter verstoßen, aber er würde sie nicht, wie nach einer Heirat mit einem Christen, als tot betrauern.»

Magnuson schüttelte den Kopf. «Ich verstehe Sie nicht, Rabbi. Sie würden lieber eine standesamtliche Heirat sehen als –»

«Ich würde lieber eine Heirat mit einem Juden sehen.»

«Ich weiß, aber die Situation ist nun mal so. Muß es denn wirklich eine Ziviltrauung sein? Und was wären dann die Kinder nach jüdischem Recht? Bastarde?»

«Aber nein», sagte der Rabbi schockiert. «Die Kinder wären als Abkömmlinge einer jüdischen Mutter ebenfalls Juden. Im umgekehrten Falle allerdings, wenn der Vater Jude und die Mutter Christin wäre, würden sie als Christen gelten, selbst wenn sie als Juden erzogen und sehr fromm wären. Auch wenn überhaupt keine Trauung stattgefunden hätte, wären sie nach jüdischem Gesetz keine Bastarde. Nur auf einen Sproß aus Ehebruch oder Inzest trifft diese Bezeichnung zu.»

«Also das kommt in meinem Fall überhaupt nicht in Frage. Laura ist fest entschlossen, sich von einem Rabbi trauen zu lassen. Ich begreife Sie nicht. Ist nicht der Spatz in der Hand besser als die Taube auf dem Dach?»

«Darum geht es hier nicht. Man kann bekanntlich auch nicht ein bißchen schwanger sein», sagte der Rabbi. «Ich könnte mich an der Trauungszeremonie nicht beteiligen.»

«Ich habe den Verdacht, daß nicht alle Rabbis Ihre Einstellung teilen.»

«Kein orthodoxer oder konservativer Rabbi würde die Trauung vornehmen. Ich habe von Reform-Rabbis gehört, die so etwas machen, aber hier in der Gegend kenne ich keinen.»

«Ich finde schon einen», sagte Magnuson grimmig, «und wenn ich ihn von sonstwoher holen muß. Was soll ich denn machen?»

«Sie sollten zurücktreten», sagte der Rabbi leise.

«Zurücktreten?»

«Als Präsident der Synagoge.»

«Weshalb soll ich zurücktreten?» fragte Magnuson ärgerlich. Er war rot geworden.

«Weil das eine Ehrensache für Sie sein sollte», sagte der Rabbi. «Als Präsident der Synagoge sind Sie der Kopf der konservativen jüdischen Gemeinde, und Sie haben etwas vor, was konservativem Judentum widerspricht. Würde Ihre Tochter nach New Hampshire oder Vermont fahren – oder wo immer dieser entgegenkommende Rabbi wohnt – und sich dort trauen lassen, würde ich mit Ihnen fühlen. Man kann die Entscheidungen seiner Kinder nicht immer steuern. Aber Sie wollen einen fremden Rabbi hierher, nach Barnard's Crossing, holen, in mein und übrigens auch Ihr Gebiet, und von ihm etwas verlangen, was in meinen Augen unrecht ist. Da kann ich nicht wegsehen. Nicht bei dem Präsidenten der Synagoge. Ich muß es verbieten.»

In seinem rhetorischen Schwung hatte er mehr gesagt, als er eigentlich hatte sagen wollen. Magnuson war plötzlich ganz ruhig geworden. Hier bewegte er sich gewissermaßen in vertrauten Bahnen. Mehr als einmal war es bei der Übernahme einer Firma vorgekommen, daß der Vorbesitzer, der noch Anteile an dem Unternehmen hatte, der Geschäftsführer oder einer der älteren Angestellten mit den von ihm eingeführten Änderungen nicht einverstanden war. Zuweilen war es zu einem Streit im Aufsichtsrat gekommen. In Sachen Unternehmenspolitik kannte er sich aus. Er erhob sich. «Nein, Rabbi, nicht ich werde zurücktreten.» Er machte die Tür auf, dann fiel ihm noch etwas ein. «So wie die Dinge liegen, wäre es mir lieber, wenn Sie von jetzt ab nicht mehr zu den Vorstandssitzungen kämen.»

## 34

«Na, dann müssen Sie jetzt wohl den District Attorney anrufen», meinte Lieutenant Eban Jennings melancholisch, als Lanigan ihm von Fran Kimballs Aussage erzählt hatte. Jennings war groß und mager, hatte wäßrig-blaue Augen und einen vorstehenden Adamsapfel, der hüpfte, wenn der Lieutenant aufgeregt war.

«Darüber wollte ich gerade mit Ihnen sprechen. Woher weiß ich, daß sie die Wahrheit sagt?»

«In solchen Sachen schwindeln Frauen nicht, Hugh. Daß sie die Nacht mit einem Mann verbracht hat, damit rückt keine freiwillig raus.»

«Wo lebst du eigentlich, Eban? Seit deiner Sturm- und Drangzeit hat sich nämlich auf diesem Gebiet einiges geändert. Durch die Pille sind sie jetzt völlig ungehemmt. Emanzipation und so. Sie geben sogar damit an – genau wie die Männer. Schau dir die großen Tiere an – Filmstars oder Rocksänger oder Politiker. Heutzutage behaupten die Frauen glatt, sie hätten mit so einem Typ geschlafen, auch wenn's gar nicht stimmt. Nur um sich großzutun.»

«Ich hatte nicht den Eindruck, daß dieser Paul Kramer ein großes Tier ist.»

«Mag sein. Aber ich kann mir vorstellen, daß die Kimball durchaus bereit wäre, ihm einen Gefallen zu tun. Eine Menge in der Antenne, so hat sie sich ausgedrückt. Helle ist er, das muß man ihm lassen. Na schön, mal angenommen, er hat versprochen, ihr bei den Klausurvorbereitungen zu helfen, wenn sie zu mir geht und mir erzählt, daß sie die ganze Nacht bei ihm gewesen ist. Vergiß nicht, daß sich ihre Aussage nicht nachprüfen läßt. Die Mutter können wir nicht fragen, die wird sagen, daß sie bei ihrer Freundin war, bei dieser –» er warf einen Blick auf seine Notizen –. «bei dieser Beth McAllister. Und wenn wir die McAllister fragen, kann sie uns nur sagen, daß Fran Kimball ihr eine Telefonnummer in die Hand gedrückt hat, bei der sie dann nicht hat anzurufen brauchen.»

«Du könntest natürlich trotzdem die Mutter fragen.»

«Wonach?»

«Du könntest sie fragen, ob ihre Tochter Mittwoch nacht zu Hause war.»

Lanigan schüttelte den Kopf. «Ich schätze, daß sie nicht zu Hause war. Das hätte sie bestimmt berücksichtigt. Gut, dann gehe ich zu Beth McAllister, die vermutlich erst auspackt, wenn wir sie ein bißchen unter Druck setzen. Nehmen wir an, sie geruht zuzugeben, daß sie ihrer Freundin Kimball den Rücken gedeckt hat. ‹Sie hat mir eine Telefonnummmer gegeben, bei der ich anrufen sollte.› ‹Welche Nummer? › ‹Weiß ich nicht mehr. Ich hab sie mir irgendwo aufgeschrieben, aber der Zettel ist natürlich weg.›»

«Und angenommen, Frans Geschichte stimmt?»

«Das bedeutet, daß der Wagen des Fahrers die Glen Lane bis zum Ende gefahren ist, an der Ecke angehalten hat, ausgestiegen und zu Kramers Wagen gegangen ist, daß er den Scheinwerfer eingeschlagen, die Scherben aufgesammelt und zu seinem Wagen gebracht hat. Daß er gewendet, die Scherben neben der Leiche verstreut und sich davongemacht hat. Wer tut schon so was Verrücktes?»

«Vielleicht hatte er was gegen Kramer.»

«Da müßte er schon sehr viel gegen Kramer haben. Denk mal, wie riskant das war. Und Kramer ist neu in der Stadt. Er ist erst seit Anfang des neuen Semesters hier. Wahrscheinlich kennt er überhaupt noch niemanden.»

Jennings schob die Brille auf die Stirn und fuhr sich mit dem Taschentuch über die Augen. «So riskant war es nun auch wieder nicht. Er fährt die Glen Lane hoch und hält an. Wenn jemand ihn sieht, sagt er einfach, er hat den Mann auf der Fahrbahn liegen sehen. Dann hockt er sich hin, um das Glas neben der Leiche zu deponieren, und wenn jemand just in diesem Augenblick vorbeikommt – was ist naheliegender, als sich hinzuhocken, wenn man sehen will, ob einer noch lebt?» Er rückte sich auf seinem Stuhl zurecht, um an seine Hüfttasche zu kommen, und steckte das Taschentuch weg. «Ein bißchen ungewöhnlich, das wohl, aber –» Er unterbrach sich unvermittelt. Sein Adamsapfel hüpfte nervös.

«Hör mal, Hugh, wenn nun der Typ – der Fahrer, meine ich – sauer auf das Mädchen war? Vielleicht war er scharf auf sie, war eifersüchtig ... verstehst du?»

«Und wieso sollte er deshalb Kramer eins auswischen?»

«Na, wenn du einen Typ mit deiner Freundin siehst und –»

«Woher sollte er denn wissen, daß sie bei Kramer war?»

«Vielleicht hat die McAllister was gesagt, vielleicht hat er sie ins Haus gehen sehen ...»

«Möglich», sagte Lanigan.

Eine Weile saßen sie da und überlegten schweigend. Dann sagte Jennings: «Ist dir eigentlich klar, daß wir noch mal ganz von vorn anfangen müssen, wenn das stimmt, was das Mädchen gesagt hat?»

Lanigan nickte düster. «Und wir haben nicht die kleinste Spur.»

«Wir haben Morris Halperin», meinte Jennings.

«Den Stadtsyndikus? Komm, Eban, was soll denn der dabei?»

«Er war am Tatort. Er hat es gemeldet», beharrte Jennings. Dann fuhr er ganz aufgeregt fort: «Ich war an dem Abend bei der Magistratssitzung und er auch. Sah ziemlich wacklig aus. Hatte einen mordsmäßigen Schnupfen. Hinterher gehen wir immer noch auf ein Bier ins *Ship's Galley*. Und da haben sie sich über Halperin amüsiert. Tom Bradshaw hatte ihm offenbar einen tüchtigen Whiskey aufgedrängt, wegen der Erkältung, und einige fanden, daß er bei der Sitzung ein bißchen kariert geredet hat.»

«Na und?»

«Vielleicht ist ihm der Drink zu Kopf gestiegen. Vielleicht war er angetrunken.»

«Von einem Glas?»

«Wenn's ein großes Glas war und er das Trinken nicht gewöhnt ist – warum nicht? Und wenn ihm sowieso schon mies war und er irgendwas genommen hatte. Oder vielleicht hat er sich unterwegs noch einen genehmigt. Er ist nicht auf direktem Wege nach Hause gefahren, soviel steht fest, denn was hatte er in der Glen Lane zu suchen, wenn er nach Hause wollte? Das ist ein riesiger Umweg. Er ist also ein bißchen beduselt und fährt den Mann über den Haufen, weil er nicht damit gerechnet hat, daß jemand auf der Fahrbahn rumläuft, besonders nicht um diese Zeit.»

«Ja, aber wieso sollte er dann einen Scheinwerfer kaputtschlagen und einem anderen die Schuld in die Schuhe schieben?»

«Weil so was ihn die Karriere kosten könnte.»

«Ein Unfall kann jedem mal passieren. Und ein Typ wie Halperin würde sich damit bestimmt bei der Polizei melden.»

«Aber wenn er alkoholisiert war ... oder sich das zumindest einbildete ...»

«Na, immerhin hat er es gemeldet. Er hat den Streifenwagen verständigt.»

«Klar, weil er sich sagte, daß die Cops von der Streife ihn vielleicht gesehen hatten. Aber er ist nicht ausgestiegen und nichts, er hat nur gesagt, daß jemand auf der Fahrbahn liegt, und da sind sie natürlich sofort hin.»

«Hm.» Lanigan kaute an der Unterlippe herum. «Schaden kann es nichts, der Sache nachzugehen. Aber ich kann ihn nicht so ohne weiteres damit konfrontieren, schließlich ist er der Stadtsyndikus. Wir müssen das ein bißchen vorbereiten. Ich könnte ihn herbitten, wegen des Protokolls. Und wenn sein Wagen auf dem Parkplatz steht, könntest du ihn dir mal ansehen.»

Jennings griente. «Falls ich zufällig da bin, wenn er kommt, und wenn der Parkplatz sehr voll ist, könnte ich ihn ja fragen, ob er nicht in der Garage parken will.»

«Schön, versuchen wir's mal so. Aber jetzt ruf ich doch den District Attorney an und sag ihm, was die Kimball uns erzählt hat.»

«Und was wird er machen?»

«Er soll den Anwalt des Beschuldigten verständigen, und der kann dann machen, was er will.»

## 35

«Ich gebe zu, daß ich Rabbi Small falsch beurteilt habe», sagte Howard Magnuson ernst, als Morris Halperin Platz genommen hatte. «Ich habe ihn für einen Gentleman gehalten. Ich habe mich geirrt.»

«Na so was ...»

Magnuson nickte. «Ich habe gedacht, er würde sich bemühen, mir aus der Verlegenheit zu helfen. Aber er blieb ganz hart. Ich habe offen zugegeben, daß ich ein bißchen in der Klemme stecke, aber das hat ihn überhaupt nicht gerührt. Als ich ihn fragte, was ich denn tun sollte, wissen Sie, was er da gesagt hat? Er hat mir geraten zurückzutreten.»

«Das darf doch nicht wahr sein», sagte Halperin entrüstet, aber da er es als Anwalt gewöhnt war, daß ihm Fakten in leicht entstellter Form präsentiert wurden, vergewisserte er sich: «Was hat er denn genau gesagt?»

Magnuson berichtete über sein Gespräch mit dem Rabbi. «Daß er die Trauung nicht selbst vornehmen möchte, würde ich noch akzeptieren. Wenn man allerdings bedenkt, daß manche Rabbis es machen, ohne daß ihnen das Amt entzogen wird oder sie aus dem Handelsregister gestrichen werden oder wie man das bei denen nennt, fand ich es doch übertrieben dogmatisch. Ich akzeptiere auch, daß die Trauung nicht in einer Synagoge vorgenommen werden kann. Aber daß er sich auf den Standpunkt stellt, es geht nicht mal in meinem eigenen Haus mit einem Rabbi meiner Wahl, weil das sein Zuständigkeitsgebiet ist, das ging mir denn doch über die Hutschnur. Das kann ich nicht dulden. Sonst kommt er demnächst noch auf die Idee, in meiner Küche nachzusehen, ob wir auch getrenntes Geschirr benutzen.»

Halperin neigte zwar dazu, Magnusons Partei zu ergreifen, aber als gerecht denkender Mann versuchte er, ihm die Einstellung des Rabbi klarzumachen. «Der Rabbi wollte Ihnen wohl begreiflich machen, daß es unziemlich wäre, die Trauung in Ihrem Haus abzuhalten, weil Sie der Präsident der Gemeinde sind. Aus seiner Sicht ist das, als ob –»

«Ich weiß, was er mir begreiflich machen wollte», sagte Magnuson scharf. «Teilen Sie seine Meinung?»

Halperin wurde klar, was Magnuson von ihm verlangte. Er sollte Stellung beziehen. Nach seiner Erfahrung war es der bessere Teil der Tapferkeit, sich nicht festzulegen. Er zuckte leicht die Schultern und lächelte. «Für mich ist es nur eine Zeremonie und nicht einmal eine besonders feierliche. Für mich zählt die Ehe – und nicht, wer was wo bei der Hochzeit sagt. Viel mehr beschäftigt mich die Frage, wer nun eigentlich das Sagen hat – die Gemeinde in Gestalt der von ihr gewählten Vertreter oder der Rabbi. Ich möchte wissen, ob ein Rabbi den Rücktritt des Präsidenten anordnen oder auch nur anregen kann. Wer gibt den Ausschlag – der Rabbi oder die Gemeinde? Mit anderen Worten: Wer feuert wen?»

Magnuson war nicht dumm, er begriff sofort, worauf Halperin hinauswollte. «Meinen Sie, die übrigen Vorstandsmitglieder würden es so sehen?»

Halperin überlegte. «Ich glaube schon, man muß es ihnen nur in diesem Sinne klarmachen. Nur – wenn Sie an Ihrem Plan festhalten und einen Rabbi von außerhalb holen, würde wohl Small seinem Mißfallen dadurch Ausdruck geben, daß er zurücktritt. Dann würde er der Gemeinde lang und breit den Grund für seinen Rücktritt auseinandersetzen, und es gibt Zores.»

«Da haben Sie recht. Aber so braucht es ja nicht zu laufen.»

«Meinen Sie?»

«Ich erlebe so was nicht zum erstenmal. Wenn Sie eine Firma übernehmen, und es gelingt Ihnen nicht, wichtige Führungskräfte von Ihrer Firmenpolitik zu überzeugen, bleibt nur die Trennung.»

«Nur weil der Rabbi bei der Hochzeit Ihrer Tochter nicht amtieren will, können Sie ihn nicht feuern.»

«Natürlich nicht. Aber wir können ihn entlassen, weil er durch die Forderung nach meinem Rücktritt die Autorität des Vorstands in Frage gestellt hat. Falls der Vorstand mitspielt.»

«Aber er hat einen Vertrag.»

«Kein Problem. Wir zahlen ihm einfach das Gehalt weiter, bis der Vertrag ausläuft, und das ist sowieso in Kürze der Fall. Wir könnten ihm sogar eine Pauschalsumme zahlen. Wenn wir von ihm verlangen, daß er zurücktritt, wird er natürlich der Gemeinde – zumindest den Besuchern des Freitagabendgottesdienstes – die Gründe erläutern wollen. Wieviel kommen zum Gottesdienst? Fünfundsiebzig? Hundert? Aber in der Woche darauf würden vermutlich zwei- oder dreihundert kommen, und er würde seine Erklärung noch einmal vom Stapel lassen. Und dann wäre der Teufel los. Aber wenn wir ihn entlassen, weil – weil das Vertrauensverhältnis nicht mehr vorhanden ist, würde er, so wie ich ihn einschätze, keinen Mucks sagen. Höchstens ‹Auf Wiedersehen›. Er ist nämlich verdammt stolz. Höchstwahrscheinlich würde er nicht mal eine Andeutung machen, daß es was mit der Hochzeit meiner Tochter zu tun hat, besonders wenn in dem Entlassungsschreiben davon keine Rede ist. Natürlich wäre es günstig, wenn wir dann auf einen Rabbi zurückgreifen könnten, der gleich den nächsten Gottesdienst übernehmen könnte. Was meinen Sie, ob sich das machen ließe?»

Halperin lehnte sich zurück und schlug die Beine übereinander.

Er legte den Kopf schief und peilte eine Ecke der Zimmerdecke an, während er sich den Anschein eifrigen Nachdenkens gab. Dann sagte er betont beiläufig: «Vielleicht könnte ich meinen Bruder dazu bewegen, die Stellung anzunehmen.»

«Richtig, Sie haben ja einen Bruder, der Rabbi ist. Was macht er jetzt? Hat er denn kein Amt?»

«Doch, aber er ist nicht besonders begeistert von seiner jetzigen Stellung und hat deshalb auch keinen festen Vertrag unterschrieben. Schon mal von Jezreal, Kansas, gehört? Eben, wer hat das schon ... Ja, da sitzt er, und danach ist es auch.»

«Was ist denn los mit ihm?»

«Gar nichts. Meiner Ansicht nach ist er ein sehr guter Rabbi. Ich habe einen Videoclip, den er für eine Bewerbung gemacht hat. Wenn Sie wollen, können Sie ihn mal abspielen und sich selbst ein Urteil bilden. Und natürlich würde er zunächst auf Probe herkommen und müßte sich bewähren.»

«Ja, das Band würde ich gern mal sehen. Aber wie kommt es, daß er immer noch da sitzt, wenn er wirklich so gut ist?»

«Er hat Pech gehabt, anders kann ich es mir nicht erklären. Nach der Ausbildung wurde er Marinegeistlicher, hauptsächlich deshalb, weil seine Freundin, die er dann geheiratet hat, die Tochter eines Zahnarztes in der Marine war. Als dort der Vertrag auslief, ging er in die Studentenarbeit, weil keine vernünftige Stelle in der Gemeinde frei war. Und dann hat er diesen Job in Kansas genommen, weil er fand, daß es langsam Zeit wurde, sich um seine Karriere zu kümmern und die Stellung dort besser war als gar keine. Wegen der Erfahrung, wissen Sie. Und seither sitzt er dort fest.»

«Hm. Erfahrung in der Army, besonders zusammen mit Erfahrung in der Jugendarbeit, ist genau das, was wir hier brauchen. Aber wie steht es mit meinem kleinen Problem?»

«Ich würde ihm natürlich begreiflich machen, daß er da mitziehen muß. Er ist drei Jahre jünger als ich, und ich war immer so was wie ein Vorbild für ihn. Ich denke schon, daß ich ihn überreden kann. Wenn Sie wollen, rufe ich ihn heute abend gleich mal an.»

«Einverstanden. Aber erst hören Sie sich mal bei den anderen Vorstandsmitgliedern um.»

## 36

Morris Halperin war freundlich und entgegenkommend, aber ein bißchen verwundert. «Sie haben doch den Schuldigen geschnappt, und zwar sehr rasch. Ich verstehe deshalb nicht ganz –»

«Sie kennen doch diese jungen Leute vom District Attorney», sagte Lanigan. «Er will Ihre Aussage haben, weil Sie die Leiche gefunden haben. Will wissen, wieso Sie in der Glen Lane waren, was Sie gesehen und gemacht haben und so weiter und so fort. Ausgesprochen albern, aber er hat sich nun mal darauf versteift.»

«Na ja, wenn er noch neu in dem Geschäft ist, nimmt er's natürlich mit den Vorschriften besonders genau. Also legen Sie los.»

Lanigan griff nach einem Block und schraubte seinen altmodischen Füller auf. «Fangen wir am besten ganz von vorn an. Das war – warten Sie – ja, das war der Abend der Magistratssitzung. An der haben Sie teilgenommen, nicht?»

«Ja. Sagen Sie mal, haben Sie keine Stenotypistin?»

«Im Augenblick nicht. Ich nehme es selber auf, dann lasse ich es tippen, und Sie können es noch einmal durchlesen und unterschreiben. Sind Sie bis zum Schluß geblieben?»

«Ja, aber ich bin gleich danach gegangen.»

«Das war so gegen zehn?»

«Ja, so etwa. Vielleicht ein bißchen später.»

«Sie sind nicht mit den anderen im *Ship's Galley* gewesen?»

«Nein, ich hatte ziemlich starken Schnupfen und wollte mich hinlegen. Ich konnte mich kaum noch auf den Beinen halten.»

«Und dann –»

«Aber es gibt da eine ganz bestimmte Sorte von Tabletten, die mir bei Schnupfen immer geholfen haben, und die waren mir ausgegangen. Die letzten beiden hatte ich genommen, ehe ich zur Sitzung gefahren war. Ich hatte mir noch neue kaufen wollen, hatte es dann aber vergessen. Und als die Sitzung aus war, hatte natürlich der Drugstore schon zu. Deshalb wollte ich noch nach Lynn, da gibt es einen Drugstore, der bis Mitternacht geöffnet ist.»

«Moment, Morris. ‹... ‹bis Mitternacht geöffnet ist.› Geht's ein bißchen langsamer?»

«Ich fuhr also hin, kaufte die Tabletten und nahm gleich zwei», fuhr Halperin langsamer fort, damit Lanigan mitkam. «Dann fuhr ich über die High Street in Richtung Heimat.»

«Wie fühlten Sie sich?»

«Bestens. Die Nase war noch zu, aber mein Kopf war völlig klar. Als ich zur Glen Lane kam, bog ich dort ein, weil ich dachte, ich könnte ein paar Minuten sparen. Die Straße ist stockdunkel, und ich schaltete mein Fernlicht ein. Als ich zu der höchsten Stelle kam, geriet ich in ein Schlagloch. Wenn das Fernlicht an ist, kann man die Fahrbahn schlecht erkennen ...»

«Das stimmt.»

«Aber der vordere Teil des Wagens wippte auf und ab. Vielleicht brauche ich neue Stoßdämpfer. Jedenfalls habe ich dadurch zufällig den Mann gesehen. Durch das Wippen.»

«‹... durch das Wippen.› Und was haben Sie dann gemacht?»

«Ich stieg auf die Bremse und kam etwa sechs, acht Meter hinter ihm zum Stehen. Ich stieg aus –»

«Hatten Sie den Motor abgestellt?»

«Ich – ja, muß ich wohl. Nein, jetzt weiß ich's wieder, ich hab den Automatikhebel nur auf Parken geschoben.»

«Erzählen Sie weiter.»

«Ich ging die paar Schritte zurück und hockte mich neben den Mann. Und dann sah ich die Scherben. Da ist mir natürlich ein Stein vom Herzen gefallen, einen Augenblick hatte ich nämlich gedacht, ich hätte ihn womöglich umgefahren. Aber meine Scheinwerfer brannten beide noch, also konnte ich es nicht gewesen sein.»

«Wie konnten Sie überhaupt etwas sehen, wenn es so dunkel war und Ihre Scheinwerfer in die andere Richtung strahlten?»

«Die Rücklichter machten die Straßen ein bißchen hell. Toll war's nicht, aber es reichte.»

«Und was haben Sie dann gemacht?»

«Eigentlich gar nichts. Oder doch. Ich hab ihn angesprochen, hab ihn gefragt, ob er mich hören kann, aber ich habe mich gehütet, ihn anzurühren. Transportieren wollte ich ihn nicht, wenn was gebrochen ist, macht man damit alles nur noch schlimmer. Und daß es sich um Fahrerflucht handelte, war mir klar, deshalb war ich auch darauf bedacht, keine Spuren zu verwischen. Auf so was sind wir Anwälte ja gedrillt. Wäre es anderswo passiert, hätte ich versucht, einen Wagen anzuhalten, aber in der Glen Lane und mitten in der Nacht ... Also setzte ich mich wieder ans Steuer und machte mich auf den Weg zum nächsten Telefon. Ich wollte irgendwo unterwegs klingeln, aber außer bei Rabbi Small brannte nirgends Licht. Der bleibt wohl immer lange auf.»

«Und warum haben Sie nicht von dort aus angerufen?»

«Das hatte ich eigentlich vor, aber dann habe ich überlegt, daß Ihre Leute mich vielleicht bitten könnten, beim Rabbi zu warten oder daß er mich in ein Gespräch verwickeln könnte, und ich wollte nur noch ins Bett. Außerdem waren es von dort nur noch ein paar Minuten bis zu mir. Na, und als ich gerade in die Main Street einbiegen wollte, sah ich dann die Cops in dem Streifenwagen. Ich winkte sie heran und sagte ihnen Bescheid.»

Lanigan schrieb noch ein, zwei Minuten, dann sah er auf und lächelte. «Ja, das wär's dann wohl. Ich lasse es tippen, und wenn alles in Ordnung ist, würde ich Sie bitten zu unterschreiben.»

Später sagte er zu Jennings: «Hab ich dir genug Zeit gegeben? Hast du was gefunden?»

«Ja, Zeit hatte ich genug. Ich hab Abdrücke von der Motorhaube und den Kotflügeln genommen. Möglicherweise seine oder die seiner Frau oder eines Tankwarts. Ich schick sie mal ein. Könnte sein, daß einer mit den Abdrücken übereinstimmt, die wir an dem Toten gefunden haben. Ich habe auch ein paar Fasern mitgegeben, wir können sie mit dem Material aus der Jacke des Opfers vergleichen. Beulen habe ich nicht entdeckt. Hat er was gewittert?»

Lanigan schüttelte den Kopf. «Was hätte er wittern sollen?»

## 37

Meyer Andelman war entsetzt, als er von Howard Magnusons möglichem Rücktritt hörte. Er hatte nicht nur mit einer großzügigen Spende Magnusons für den jüdischen Wohlfahrtsverband gerechnet, sondern auch gehofft, daß er damit andere zu größerer Spendenfreudigkeit anregen würde.

«Meinst du, er würde nur den Vorsitz aufgeben oder sich überhaupt aus der Synagoge zurückziehen?» fragte er besorgt.

«Bisher war nur vom Vorsitz die Rede», sagte Morris Halperin. «Vorstandsmitglied würde er wohl bleiben.»

«Das glaubst du doch wohl selber nicht. Wenn er den Vorsitz aufgibt, weil er Zores mit dem Rabbi hatte, geht er ganz aus dem

Vorstand raus, darauf kannst du Gift nehmen. Aber auch wenn er bleibt – bei den Sitzungen werden wir ihn bestimmt nicht mehr sehen.»

«Mag sein», sagte Halperin. «Aber so, wie's jetzt aussieht, müssen wir zwischen ihm und dem Rabbi wählen.»

«So, müssen wir das? Na, dann will ich dir mal was sagen. Ich bin für Magnuson. Rabbis gibt's wie Sand am Meer. Aber wo kriegen wir schon einen zweiten Millionär wie Magnuson her? Für unseren Vorstand ist er ein echtes Plus. Ich hab nichts gegen unseren Rabbi, auch wenn er ein kalter Fisch ist und manchmal tut, als wäre er der liebe Gott persönlich, aber wenn du mich vor die Wahl stellst, brauche ich nicht lange zu überlegen.»

«Aber es ist keine Abstimmungsfrage, Meyer.»

«Nein?»

«Na ja, wie man's nimmt. Wenn Howard einen Rabbi von außerhalb für die Hochzeit seiner Tochter holt – auch wenn er sie bei sich zu Hause feiert –, tritt der Rabbi garantiert zurück. Aber –» Er hielt belehrend den Finger hoch. «– er würde vor der ganzen Gemeinde seine Gründe für den Rücktritt darlegen. Und das möchte Howard vermeiden, weil er meint, es könnte zu einer Spaltung führen.»

«Finde ich sehr anständig von ihm. Will lieber zurücktreten als Ärger machen. Ich sag dir was: Trennen wir uns von dem Rabbi. Irgendwas findet sich da schon. Vernachlässigung seiner Pflichten. Oder wir sagen, daß wir einfach mal ein anderes Gesicht sehen wollen. Vor ein paar Jahren haben wir ihm einen Vertrag auf Lebenszeit angeboten, den hat er ausgeschlagen. Er wollte gehen können, wann er will. Warum also sollen wir uns nicht auch einen anderen suchen, wenn wir Lust dazu haben? Dann würde er sich bestimmt nicht an die Gemeinde wenden, wie? Was soll er schon sagen? Die Leute vom Vorstand haben mich gefeuert, weil sie die Nase voll von mir haben, aber ich nehm ihnen das nicht ab ...»

Halperin nickte. «Gute Idee. Aber behalt es noch für dich, ich will erst noch mit ein paar anderen Leuten sprechen.»

«Alles klar. Sag mal, ist nicht dein Bruder Rabbi?»

«Ja. Warum?»

«Vielleicht interessiert ihn der Job.»

Oscar Stein hatte großes Verständnis für Magnuson. «Als meine kleine Schwester mir eröffnete, daß sie einen Goj heiraten wollte, war ich natürlich ein bißchen geschockt, aber hauptsächlich deshalb, weil ich wußte, wie meine Eltern reagieren würden. Sie waren ganz schön sauer, besonders meine Mutter. Sie sind nicht zur Hochzeit gekommen. Hochzeit, was red ich ... Zum Standesamt in Salem hab ich sie begleitet, und danach haben wir zusammen gegessen. Hätten wir einen Rabbi kriegen können, hätten meine Eltern eine Haustrauung gemacht, und dann wäre alles für sie lange nicht mehr so schlimm gewesen. Sie mögen den Mann nämlich, feiner Mensch. Ich hab mit unserem Rabbi drüber gesprochen, aber da war nichts zu machen. Aus seiner Sicht konnte er wohl nicht anders handeln. Ich hab mich deswegen nicht mit ihm angelegt, aber ich hab mir damals gedacht, daß man da eigentlich eine Regelung finden müßte, weil so was jetzt furchtbar oft passiert. Manche Rabbis machen es doch. Wenn manche es machen, muß es doch einen Spielraum bei der Entscheidung geben. Ich meine, wenn es glattweg verboten wäre – wie kämen dann die anderen damit zurecht? Daß einer deswegen seine Rabbiwürde losgeworden wäre, hab ich noch nie gehört. Vielleicht nimmt's unser Rabbi einfach ein bißchen zu genau.»

«Viele sind ganz deiner Meinung, Oscar», sagte Halperin. «Und ich habe gehört, daß dagegen was unternommen werden soll.»

«So? Was denn?»

«Zum Beispiel könnten wir uns nach einem anderen Rabbi umsehen. Rabbi Small hat sich immer nur einen Jahresvertrag geben lassen, damit er gehen kann, wann er will, und was dem einen recht ist, ist dem anderen billig. Und wenn unser Präsident doch mit ihm nicht klarkommt, könnten wir's doch auch mal mit einem anderen Rabbi probieren.»

«Hört sich vernünftig an.»

Malcolm Kovner sagte: «Vielleicht hat der Rabbi recht, vielleicht auch nicht, das ist seine Sache, er wird sich ja wohl in seinem Geschäft auskennen. Aber daß er Magnuson gesagt hat, er soll zurücktreten, das war nicht seine Sache. Das war ein eindeutiger Patzer. Wenn Magnuson es geschluckt hätte, wär's immer noch ein Patzer, aber es würde uns nichts angehen. Oder vielleicht doch, aber wahrscheinlich hätten wir nichts unternommen, wenn Magnuson es nicht krummgenommen hätte. Aber wenn Magnuson sagt, daß er zurücktreten will, müssen wir einfach was tun. Magnuson ist einer von uns, im Gegensatz zum Rabbi.»

«Wie meinst du das, Al?»

«Will ich dir sagen, Morris. Bei uns in den Staaten haben wir drei Gewalten – die Exekutive, den Kongreß und die Justiz.» Er zählte sie an den Fingern auf. «Sie sind getrennt, aber gleichberechtigt. Es ist gewissermaßen ein Gleichgewicht der Kräfte. Der Kongreß kann einem Kabinettsmitglied keine Vorschriften machen, das darf nur der Präsident. Und ebensowenig kann der Präsident zum Kongreß sagen, der oder jener Senator gefällt mir nicht, schmeißt ihn raus. Das fällt in die Zuständigkeit des Senats. Wir sind der Vorstand der Synagoge, und der Rabbi ist ein Außenstehender, der von uns angestellt wird. Da kann er nicht hergehen und einem von uns sagen, er soll zurücktreten. Ebensowenig, wie wir uns das von Stanley, dem Hausmeister, sagen lassen würden, verstehst du?»

«Ja, aber was sollen wir denn machen?»

«Wie viele Präsidenten haben wir schon gehabt, Morris? Gut und gern ein halbes Dutzend. Wo steht geschrieben, daß wir immer denselben Rabbi haben müssen? Ab und zu wechseln wir die Präsidenten. Vielleicht wird's da Zeit, auch mal den Rabbi zu wechseln.»

«Mit dieser Ansicht stehst du nicht allein da.» Morris lachte leise. «Meyer Andelman meinte, ich sollte mich doch mal bei meinem Bruder erkundigen – er ist Rabbi –, ob er vielleicht Interesse hat.»

«Du, das ist eine Idee. Meinst du, er würde anbeißen?»

«Ich weiß nicht recht ...»

«Warum fragst du ihn nicht, Morris? Kostet dich doch nur einen Anruf.»

«Kann man ja mal machen.»

Charlie Tanner war noch nie ein Freund von Rabbi Small gewesen. «War nie meine Kragenweite, der Mann. Ich stehe sowieso nicht auf Rabbis, aber mit dem kann ich einfach nicht. Und das geht nicht nur mir so. Viele können ihn nicht leiden. Zeig mir einen im Vorstand, mit dem er richtig befreundet ist, der hinter ihm steht und ihn unterstützt. Da gibt's keinen weit und breit. Und weißt du warum? Weil er so überheblich tut. Mein alter Herr hat erzählt, daß früher in der Gemeinde der Rabbi ein hohes Tier war. Er war der einzige Gebildete, und deshalb haben sie alle große Stücke auf ihn gehalten. Und Rabbi Small tut, als ob wir noch im 19. Jahrhundert wären und er der einzige ist, der von irgendwas 'ne Ahnung hat. Aber heutzutage gibt's in der Gemeinde haufenweise Ärzte, Anwälte, Steuerberater und Ingenieure. Und die meisten Geschäftsleute waren auf dem College. Was bildet er sich eigentlich ein? Setzt sich aufs hohe Roß, denkt, er kann uns vorschreiben, was wir zu tun und zu lassen haben. Das stinkt mir, sag ich dir. Verknöchert ist er, ein Anachronismus, jawohl. Chester Kaplan sagt, daß er alles über den Talmud weiß. Und was steht im Talmud? Wie sie es früher mit den Gesetzen gehalten haben. Aber wir leben nun mal nicht mehr in biblischen Zeiten, wir leben in den Staaten und im zwanzigsten Jahrhundert, bald schon im einundzwanzigsten. Was sollen wir mit dem alten Schmonzes? Wir brauchen einen modernen Mann, der begreift, was heute Sache ist, und der uns für die heutigen Probleme geistigen Beistand geben kann.»

«Du hättest also nichts gegen einen Wechsel?»

«Hab ich mich nicht klar genug ausgedrückt? Ich tausch fast jeden, meinetwegen sogar einen jungen Spund, frisch aus dem Seminar, gegen Rabbi Small ein.»

«Darüber scheinen sich praktisch alle einig zu sein.»

«Und was machen wir jetzt? Fordern wir ihn zum Rücktritt auf?»

«Nein. Dazu müßten wir einen Grund angeben, vielleicht Anschuldigungen erheben. Dann könnte er sich an die Gemeinde wenden, und da gibt es vielleicht Zores. Wir denken uns das so, daß wir ihm sagen, daß sein Vertrag nicht verlängert wird. Ohne Angabe von Gründen. Und wenn er fragt, sagen wir einfach, daß wir mal wechseln wollen. Und er hat Zeit bis zum Ablauf seines Vertrages, sich nach einer anderen Stellung umzusehen. Wir würden so schnell wie möglich Ersatz beschaffen.»

«Du meinst, solange er noch da ist?»

«Warum nicht? Sieh mal, angenommen, wir teilen ihm mit, daß sein Vertrag nicht verlängert wird, und er bleibt, bis wir einen Ersatzmann haben, was würde uns das nützen? Er würde bei jeder sich bietenden Gelegenheit stänkern. Nehmen wir mal, Gott behüte, an, es gibt eine Beerdigung. Da sagt er einfach, er hat keine Zeit. Oder eine Bar Mitzwa oder eine Hochzeit. Stell dir mal vor, es ist eine Hochzeit, und der Rabbi erscheint nicht, und das Brautpaar und die Familie und Freunde und Bekannte stehen da wie bestellt und nicht abgeholt. Und das könnte er machen, ihn trifft's ja nicht, weil er sein Honorar an die Gemeinde abliefert. Aber wenn wir einen Rabbi in Reserve haben, der einspringt, sobald wir Small mitteilen, daß er abgemeldet ist, geht alles in Ordnung.»

«Aber er hat einen Vertrag.»

«Wir zahlen ihm einfach bis zum Ablauf seines Vertrages sein Gehalt weiter. Oder wir finden ihn mit einer Pauschalsumme ab.»

«Stimmt, dann kann er nicht meckern. Na, dann mal los.»

## 38

Das Lokalblatt brachte die Meldung von Pauls Haftprüfungstermin unter den Gerichtsnachrichten. Dem Rabbi, der meist die Zeitung nur flüchtig durchblätterte, bis er die Kirchennachrichten gefunden hatte, war sie entgangen. Aber Miriam, die sich genauer mit der Zeitung beschäftigte, entdeckte die Meldung und machte ihren Mann darauf aufmerksam.

«Er ist auf Grund eines persönlichen Sicherheitsversprechens auf freien Fuß gesetzt worden, steht hier. Bedeutet das, daß der Richter ihn für unschuldig hält?»

Der Rabbi schüttelte den Kopf. «Nein, er geht nur davon aus, daß keine Fluchtgefahr besteht.»

«Armer Junge. Solltest du ihn nicht besuchen, David? Sieh mal, er ist allein, seine Eltern sind verreist ...»

«Es wäre wohl eine gutnachbarliche Geste, ihn mal zum Abendessen einzuladen. Weißt du was? Ich habe seiner Mutter versprochen, ihm einen Zettel durchzustecken, damit er zu Hause ist, wenn sie wieder anrufen. Ich könnte dazuschreiben, ob er nicht zum Sabbatessen kommen will.»

«Aber sie wollen doch am Freitag anrufen.»

«Gut, dann schreibe ich, er soll mir gelegentlich Bescheid geben, ob er mal zum Abendessen kommen will. Am besten erledige ich das gleich.»

Er setzte sich hin, schrieb ein paar Zeilen und zog sich den Mantel über, um den Zettel durchzustecken. «Bin gleich wieder da.»

Aber es dauerte doch eine Weile, bis er wiederkam, denn als er sich dem Haus der Kramers näherte, lief ihm Paul in die Arme. «Ich wollte Ihnen gerade einen Zettel durchstecken», sagte der Rabbi.

«Ihre Mutter hat mich gebeten, Sie daran zu erinnern, daß sie am Freitag wieder anruft.»

«Schönen Dank, aber das hätte ich schon nicht vergessen.»

«Ich wollte Sie außerdem fragen, ob Sie Lust hätten, mal zu uns zum Abendessen zu kommen.»

«Das ist nett, Rabbi, schönen Dank.»

«Vielleicht paßt es Ihnen am Freitag abend, zum Sabbatessen?»

«Da wollten sich meine Eltern melden. Aber wenn sie früh genug anrufen ...»

«Ja, dann kommen Sie gleich danach zu uns. Werden Sie Ihren Eltern von Ihrem Problem erzählen?»

«Nein, eigentlich habe ich das nicht vor. Und wenn sie zufällig bei Ihnen anrufen, wäre ich Ihnen dankbar, wenn Sie nichts davon sagen würden.»

«Früher oder später erfahren sie es ja doch», wandte der Rabbi ein.

«Nicht unbedingt. In ein paar Tagen ist die ganze Geschichte sowieso erledigt. Es gibt neues Beweismaterial, das mich entlastet.»

«Ach ja?»

Paul wirkte verlegen, aber er merkte, daß er um eine Erklärung nicht herumkam. «Ja ... also ... ich war nämlich an dem Abend nicht allein im Haus. Ich hab mit jemandem gelernt, mit einem Mädchen, wir haben lange gearbeitet, und dann ist sie bei mir geblieben. Ich hatte so das Gefühl, daß Sie sich neulich auf dem Revier schon was gedacht haben.»

«Hm.» Der Rabbi unterdrückte entschlossen jedes äußere Zeichen von Entrüstung oder Mißbilligung. «Und nun wird die junge Dame sich also melden und –»

«Hat sie schon. Als sie hörte, daß ich verhaftet worden bin, hat sie gesagt, sie geht zu Lanigan und erzählt ihm alles. Ich hab versucht, es ihr auszureden, weil ... na ja, Sie wissen doch, wie die Leute sind. Und ich wollte nicht, daß meine Eltern denken, sobald sie aus dem Haus sind ... na ja ...»

«Sie hat bei Chief Lanigan ausgesagt, daß sie die Nacht mit Ihnen verbracht hat?»

«Genau.» Paul lächelte, um seine Verlegenheit zu verbergen.

«Hm. Hat sie Ihnen erzählt, wie Chief Lanigan darauf reagiert hat?»

«Er hat wohl nicht viel gesagt. Richtig, sie hat ihm genau beschreiben müssen, wie sie zu mir gegangen ist. Die genaue Route, meine ich, und ob sie unterwegs Bekannte getroffen hat und ob ihre Mutter Bescheid wußte und wie sie es gemacht hat, daß ihre Mutter es nicht mitkriegt. Als sie kam, hat sie ihre Freundin angerufen und ihr meine Nummer gegeben. Falls ihre Mutter anruft und sie sprechen will, sollte sie sagen, daß sie gerade mal weggegangen wäre und zurückrufen würde. Und dann sollte die Freundin bei mir anrufen, und sie würde sich von da aus melden, als wenn sie bei ihrer Freundin wäre. Und später hat sie dann ihre Mutter angerufen und ihr gesagt, daß sie da übernachtet – bei ihrer Freundin, meine ich. Ich weiß nicht, ob Sie –»

«Doch, das habe ich durchaus begriffen.»

«Ja, und deshalb, denke ich mir, wird sich in ein, zwei Tagen die Polizei bei mir melden oder das Gericht und wird mir sagen, daß ich entlastet bin und meinen Wagen abholen kann. Und dann brauchen meine Eltern überhaupt nichts zu erfahren.»

«Weiß Ihr Anwalt schon von dieser neuen Entwicklung?»

«Ich habe ihm nichts gesagt. Vielleicht hat die Polizei ihn verständigt.»

«Und was wollen Sie machen, wenn er Ihnen seine Rechnung präsentiert?»

«Dann werde ich ihm alles erklären und ihn fragen, ob ich die Summe in wöchentlichen Raten abstottern kann. Er scheint ein netter Typ zu sein, wahrscheinlich würde er mitmachen.»

Paul sah den Rabbi besorgt an, dann platzte er heraus: «Wenn ich lieber nicht kommen soll, Rabbi, brauchen Sie es nur zu sagen, ich nehm's Ihnen nicht übel, ehrlich. Ich könnte es verstehen, wo Sie doch ein Rabbi sind und so ...»

«Nein, ich würde mich sehr freuen, wenn Sie mit uns essen.»

## 39

Zum zehntenmal las Chief Lanigan die Berichte in der Akte Paul Kramer durch, und wieder nickte er belustigt über Sergeant Dunstables pingelig genaues Protokoll: «Mülltonne in *Glossop's Garage* überprüft, 16 Uhr 13. Vorgesetzten (Lieutenant Jennings) telefonisch vom Tankstellenbüro aus verständigt, Mülltonne im Auge behalten, 16 Uhr 15. Ankunft des Lasters zum Abtransport der Mülltonne abgewartet, Ankunft Laster 16 Uhr 31. Schwarzen Chevrolet, Zulassungsnummer 937254, Ecke Maple Street und Glen Lane lokalisiert, 16 Uhr 52. Rückkehr nach ... Bericht ...»

Von Anfang an hatte Lanigan irgend etwas an dem Protokoll gestört, und jetzt endlich war ihm aufgegangen, was es war. «Ist Billy Dunstable greifbar?» fragte er über die Gegensprechanlage den Diensthabenden.

«Ja, Sir. Er ist im Dienstraum.»

«Soll herkommen.» Gleich darauf stand der Sergeant vor ihm. «Setzen Sie sich, Sergeant», sagte Lanigan. «Ich habe mir noch einmal Ihren Bericht über die Fahrerflucht vorgenommen. Zwanzig Minuten, nachdem Sie *Glossop's Garage* verlassen hatten, haben Sie Kramers Wagen entdeckt.»

«Ja, Sir.»

«Wie haben Sie das geschafft?»

Dunstable lächelte selbstgefällig. «Reine Routine.»

«Wenn man den Verkehr berücksichtigt, brauchten Sie diese Zeit ja schon, um von Glossop zur Glen Lane zu fahren.»

«Ja, Sir.»

Lanigan lehnte sich zurück, faltete die Hände über dem Bauch und schenkte dem Sergeant ein wohlwollendes Lächeln. «Das ist keine reine Routine, das ist eine außerordentliche Leistung.»

Dunstable wurde rot. «Na ja, ich hab einen Tip gekriegt.»

Lanigan lehnte sich vor. «Soll das heißen, daß jemand Ihnen genau gesagt hat, wo der Wagen stand?»

Dunstable rutschte unbehaglich auf seinem Stuhl herum. «Ganz so war es nicht. Er hat gemeint, der Wagen könnte dort stehen, weil er meist dort geparkt ist.»

«Und wer hat das gemeint?»

«Tom Blakeley, er ist Tankwart bei Glossop.»

«Kannten Sie Blakeley?»

«Klar. Sie kennen ihn bestimmt auch. Big Red haben sie ihn genannt, wissen Sie nicht mehr? Er war Fullback in dem Team von Barnard's Crossing, als sie vor fünf Jahren nur knapp die Meisterschaft verfehlt haben.»

«Richtig, jetzt erinnere ich mich. Damals war er eine richtige Berühmtheit. Und der arbeitet jetzt bei Glossop? Das wußte ich nicht, ich komme nicht oft in die Ecke. Ich dachte, er wäre nach der

High School ans College gegangen. Er soll ja von verschiedenen Seiten mit Stipendien geködert worden sein.»

«Das ist richtig, er ist an ein College im Süden gegangen, aber nach dem ersten Semester hat er sich das Handgelenk gebrochen, und sie haben ihm den Geldhahn zugedreht. Das machen sie im Süden oft an den Colleges.»

«Und seither arbeitet er bei Glossop?»

«Nein, eine Weile hat er sich auf den Hummerfang verlegt, das macht er auch weiter, neben dem Job bei Glossop.»

«Und woher wußte er, wo Paul Kramer seinen Wagen geparkt hat?»

«Er geht mit Aggie Desmond, und die wohnt in der Maple Street. Er hat wohl bei seinen Besuchen den Wagen gesehen.»

«Sie scheinen ja über ihn sehr gut Bescheid zu wissen.»

«Mein jüngerer Bruder war an der High School in seiner Klasse, die beiden sind auch jetzt noch befreundet.»

Lanigan fragte aufs Geratewohl: «War in der Klasse auch eine Fran Kimball?»

«Ja. Sie war Cheerleader.»

«Und Beth McAllister?»

«Ja, die war auch in der Klasse.»

«Die beiden kennen demnach Tom Blakeley?»

«Klar, Fran Kimball ist mal mit Tom gegangen.»

«Interessant. Warum haben sie sich getrennt? Hat es Krach gegeben?»

«Nicht, daß ich wüßte. Aber er ist dann in den Süden gegangen und sie nach Boston. Dann hat sie sich wohl anderweitig engagiert und das Interesse an ihm verloren.»

Lanigan überlegte einen Augenblick. Dann sah er den Sergeant scharf an. «Mich würde interessieren, was dieser Tom Blakeley am Mittwoch abend gemacht hat.»

Sergeant Dunstable lachte. «Das kann ich Ihnen sagen. Ich mußte an dem Abend zur Magistratssitzung, wegen dieses Einbruchs in den Schnapsladen. Weil ich den Jungen mit dem falschen Ausweis geschnappt hatte, der das Bier gekauft hat. Und als ich meine Aussage gemacht hatte, bin ich ins *Ship's Galley* gegangen. Das war so gegen halb neun, und Tom Blakeley war schon mächtig in die Kanne gestiegen.»

«In die Kanne gestiegen?»

«Hat sich vollaufen lassen. Brabbelte was davon, daß seine Freundin ihn versetzt hat. So um zehn wollten sie ihm nichts mehr geben, und er ist abgezogen. Ich nehme an, daß er heimgefahren ist und sich ins Bett gelegt hat.»

«Das wäre jedenfalls das Vernünftigste gewesen», meinte Lanigan. «Wissen Sie, was für einen Wagen er fährt?»

Dunstable schüttelte den Kopf. «Läßt sich aber leicht feststellen.»

«Nein, lassen Sie nur, es ist nicht weiter wichtig. Schönen Dank für Ihre Hilfe, Sergeant.»

## 40

Rabbi Small lehnte sich im Besucherstuhl von Chief Lanigan zurück. «Ich habe Paul Kramer getroffen, er hat mir erzählt, daß jemand bei Ihnen war und –»

«Ganz recht. Eine junge Frau. Sie hat ausgesagt, sie sei die ganze Nacht bei ihm gewesen.»

«Und was werden Sie jetzt unternehmen?»

«Ich werde mich hüten, irgendwas zu unternehmen. Weshalb sollte ich? Das ist jetzt Sache des District Attorney.»

«Haben Sie ihm Bericht erstattet?»

«Natürlich. Eigentlich müßte er den Anwalt des Beschuldigten verständigen. Wahrscheinlich hat er das auch getan.»

«Und wie geht es dann weiter?»

«Kommt drauf an, wie der Anwalt taktiert. Er kann sich beim District Attorney für die Niederschlagung des Verfahrens verwenden. Oder aber er hebt es sich als Überraschungseffekt für die Verhandlung auf.»

«Aber das verstehe ich nicht. Mit dieser Aussage ist er doch entlastet. Wenn sie bereit ist zu bestätigen, daß sie die ganze Nacht bei ihm war und daß sie beide das Haus nicht verlassen haben ...»

«Es könnte sein, daß der D.A. es ihr nicht abnimmt, David», sagte Lanigan nachsichtig. «Und Pauls Anwalt auch nicht. Und dann ist es wirklich gescheiter, wenn er es sich für die Verhandlung aufhebt, weil er sich sagt, er könnte die Jury vielleicht so weit verunsichern, daß es zu einem Freispruch reicht.»

«Würde ein Mädchen auch dann seinen Ruf aufs Spiel setzen,

indem es zugibt, daß es die Nacht bei einem jungen Mann verbracht hat, wenn es sich nicht um eine Verurteilung wegen einer Straftat handelte?» fragte der Rabbi.

«Sie kennen die heutige Jugend nicht, David, die sind nicht wie Sie in dem Alter, es ist eine andere Rasse.»

«Nun ja, so ganz fremd sind sie mir auch nicht», sagte der Rabbi. «Ich habe Nach-Bar-Mitzwa-Kurse abgehalten, und –»

«Das ist was anderes, zu diesen Kursen gehen sie aus religiösen Gründen. Sie sind der Rabbi, deshalb benehmen sie sich anständig und hüten sich, was zu sagen, womit Sie nicht einverstanden wären. Aber ich erlebe sie, wenn sie in der Klemme sitzen. Sie glauben, daß es dem Mädchen peinlich wäre zuzugeben, daß es die ganze Nacht mit einem jungen Mann verbracht hat?»

«Paul ist auch nur sehr zögernd damit herausgerückt», warf der Rabbi ein.

«Klar, weil junge Männer, besonders die unter zwanzig, eher konservativ sind, jedenfalls in puncto Sex. Aber die jungen Frauen sind anders geworden. Sie scheuen sich nicht zuzugeben, daß sie mit einem Mann geschlafen haben. Im Gegenteil, es ist ihnen eher peinlich, wenn sie noch unberührt sind. In den Augen ihrer Clique sind sie damit spießig und wohl auch unattraktiv. Für das Mädchen war es kein Opfer, mit dieser Geschichte zu mir zu kommen, es bedeutet ihr ebensowenig, als wenn sie mir erzählt hätte, sie habe bei ihrer Freundin Beth McAllister übernachtet.» Er legte die Hände auf den Tisch und fuhr fort: «Was bleibt, ist eine unbewiesene Aussage. Sie behauptet, sie habe die Nacht mit ihm verbracht. Aber die Mutter können Sie nicht fragen, weil die glaubt, sie sei bei Beth McAllister gewesen. Also gehen Sie zu Beth McAllister, und was passiert? Wenn sie sich endlich dazu bequemt hat zuzugeben, daß sie Fran Rückendeckung gegeben hat, werden Sie nur erfahren, daß sie eine Telefonnummer bekommen hatte, die sie anrufen sollte, falls Frans Mutter ihre Tochter sprechen wollte. Was für eine Nummer? Weiß sie nicht mehr. Beth hat sie aufgeschrieben, aber der Zettel ist natürlich inzwischen weg. Oder sie hat die Nummer noch, aber wer sagt uns, daß sie die nicht bekommen hat, nachdem sich Fran und Paul die Geschichte ausgedacht haben? Und Fran Kimball selbst sagt, daß niemand sie beobachtet hat, wie sie Pauls Haus betrat oder es am nächsten Morgen verließ.

Selbst wenn wir ihr abnehmen, daß sie die ganze Nacht bei Paul war, ist er damit noch nicht aus dem Schneider. Es ist kein Beweis dafür, daß sie das Haus nicht verlassen haben. Stellen Sie sich mal folgendes vor. Sie geht zu ihm, und sie setzen sich an ihre Bücher. Gegen zehn schlägt einer der beiden vor, eine Stunde Pause zu machen, irgendwo ein Bier zu trinken oder einen Hamburger zu essen. Auf dem Rückweg fahren sie durch die Glen Lane, und es kommt zu dem Unfall. Und dann –» Er unterbrach sich und griente breit. «Besser noch. Nehmen wir an, sie saß am Steuer und hat den Unfall gebaut. Natürlich verliert sie die Nerven und hat Angst, es der Polizei zu melden. Sie fleht ihn an, sie nicht zu verraten, und er stimmt zu – unter der Bedingung, daß sie die Nacht mit ihm verbringt. Und als er verhaftet wird, schickt er sie zu mir. Was halten Sie davon?»

«Ihr ‹besser noch› macht die beiden um vieles schlimmer», sagte der Rabbi trocken. «Haben Sie schon mal überlegt, daß sie vielleicht beide die Wahrheit gesagt haben? Ob nun Paul den Unfall verursacht hat oder das Mädchen oder beide zusammen – hätte er seinen Wagen dann offen in der Glen Lane abgestellt, obwohl er ihn in der eigenen Garage hätte unterbringen können?»

«Warum nicht? Wenn er betrunken war. Oder high.»

«Schön, nehmen wir einmal an, er war in der Nacht betrunken. Aber hätte er seinen Scheinwerfer in einer hiesigen Werkstatt austauschen lassen? Das war am nächsten Nachmittag, inzwischen muß er stocknüchtern gewesen sein.»

«Nicht unbedingt», meinte Lanigan. «Ein Alkoholrausch wäre bis dahin vorbei gewesen. Die Wirkung von Drogen kann bis zum nächsten Tag anhalten. Aber eins nach dem anderen. Würde einer, der seine fünf Sinne beisammen hat, sich die Mühe machen, die Schuld an einem Verkehrsunfall einem anderen in die Schuhe zu schieben, obwohl nichts ihn daran hindert, sich unbemerkt davonzumachen. Und sein eigener Scheinwerfer wäre ja intakt geblieben. Überlegen Sie mal, was er riskiert hätte. Man hätte ihn beim Kaputtschlagen des Scheinwerfers sehen können, vielleicht hätte jemand mitgekriegt, wie er zurückfuhr und die Scherben neben der Leiche verstreute.»

«Er könnte –»

«Und sagen Sie mir nicht, daß er vielleicht betrunken oder high war, David, das hatten wir schon.»

«Ich wollte sagen, daß er Paul gehaßt haben könnte», sagte der Rabbi leicht gekränkt.

«Und daß er sich für etwas rächen wollte? Möglich, aber nicht sehr wahrscheinlich. Das müßte wirklich ein ganz großer Zufall sein. Er verursacht einen schweren Verkehrsunfall, und gleich darauf sieht er nur ein paar Meter weiter das Auto seines Feindes draußen auf der Straße stehen, der Besitzer ist nicht in der Nähe, es ist dunkel und spät. Es müßte jemand von hier gewesen sein, sonst wäre er nicht durch die Glen Lane gefahren. Aber die Kramers sind erst seit ein paar Monaten hier. Daß sich in dieser Zeit eine Todfeindschaft entwickelt hat, glaube ich kaum. Und hätte Paul davon nicht vielleicht etwas gewußt? Aber als Sie mit ihm sprachen, hat er angedeutet, die Polizei wolle ihm was anhängen. Wenn er wirklich einen so gefährlichen Feind hatte – warum hat er nichts davon gesagt, statt uns zu beschuldigen? Jemanden einen Totschlag anzuhängen ist eine ziemlich schäbige Sache, finden Sie nicht?»

«Natürlich ist es das. Wir nehmen das wahrscheinlich noch ernster als Sie. Es ist ein Verstoß gegen das Gebot ‹Du sollst nicht falsch Zeugnis reden ...› Bei uns würde es strenger bestraft.»

«Ach ja?»

«Nach dem Gesetz der Bibel hieß es: Wenn jemand falsches Zeugnis ablegt, ‹dann sollst du ihm antun, was er seinem Bruder hat antun wollen›.»

Lanigan nickte. «Hört sich vernünftig an. Allerdings lassen wir Meineidige ja auch nicht allzu billig davonkommen. Aber das gilt wohl nur für eidliche Aussagen vor Gericht. In unserem Fall reicht es aber wohl kaum zu einer Anklage, höchstens für vorsätzliche Zerstörung von Eigentum.»

«Und daß er die Scherben neben den Toten auf die Fahrbahn gelegt hat, ist das gar nichts?»

«Ja, das wäre dann Behinderung der Polizei. Aber ich halte weder das eine noch das andere für wahrscheinlich.»

«Können Sie der Sache nicht nachgehen?»

Lanigan schüttelte den Kopf. «Ich habe nichts mehr damit zu tun, David, zuständig ist jetzt der District Attorney. Sollte neues Beweismaterial auftauchen, würde ich es prüfen, ehe ich es an den D.A. weitergebe. Aber ich kann nicht, nachdem wir hieb- und stichfeste Beweise gegen Kramer haben, mit der Stange im Nebel herumstochern. Dazu habe ich einfach nicht genug Leute.»

«Sie werden aber zumindest aufgeschlossen bleiben?»

«Das bin ich immer – soweit wie möglich.»

Der Rabbi stand auf und war schon an der Tür, als Lanigan fragte: «Wie geht's Jonathan?»

«Danke, gut. Warum fragen Sie?»

«Ich sehe ihn jetzt oft nachmittags in der Stadt.»

«Er hilft nach der Schule neuerdings bei der Wahlkampfzentrale der Republikaner, das bringt ein bißchen Taschengeld.» Er lächelte belustigt. «Inzwischen überlegt er, ob er nicht in die Politik gehen soll.»

«Ach, ist er von der Neurochirurgie wieder weg? Na, hoffentlich hält die neue Phase nicht zu lange an.»

«Das hoffe ich auch», sagte der Rabbi.

## 41

Halperin lachte leise, als er die Stimme am anderen Ende der Leitung hörte, die in feierlich-getragenem Ton verkündete: «Hier Rabbi Halperin.»

«Mach's halblang, Herb», sagte er vergnügt. «Ich bin's.»

«Morris.» Das klang fast eine halbe Oktave höher und plötzlich besorgt. «Wie geht's dir denn? Ist was mit dir?»

«Nein, wenn man davon absieht, daß ich hier sitze und mein kleiner Bruder weit weg in einem Provinznest, das man auf keiner Karte findet. Jetzt hör mal zu, Herbie, ich habe da einen Vorschlag.» Er erläuterte ihm, was in der Synagoge anlag.

Sein Bruder hörte geduldig zu, dann sagte er: «Es würde mich schon reizen, Morris, aber es geht doch nicht. Mich an einer Verschwörung zu beteiligen, um einem Kollegen den Job wegzunehmen, das bringe ich einfach nicht fertig. Und von eurem Rabbi Small hört man ja Wunderdinge. Er soll ein richtiger Gelehrter sein. Im letzten *Quarterly* war ein Artikel von ihm.»

«Hör zu, mein Junge, wenn er geht, hat das nichts mit dir zu tun. Wir trennen uns von ihm, weil wir ihn nicht mehr haben wollen. Wunderdinge hin, Wunderdinge her – mit der Gemeinde kommt er nicht zurecht. Aber das war eigentlich immer so. Schon ein paarmal wäre er fast geflogen. Wenn du den Job nicht willst, nimmt ihn ein anderer. Warum also nicht?»

«Ja, aber die Sache mit der Trauung ...»

«Na ja, wir müssen alle hin und wieder ein bißchen zurückstekken. Und hast du nicht als Rabbi der Studentengemeinde mal dasselbe gemacht? Als die Tochter des Dekans den Professor heiratete ...»

«Das war etwas ganz anderes. Ihre Großmutter war Jüdin, deshalb war ihre Mutter Jüdin –»

«Ja, genauso, wie ich Ire bin.»

«Ich meine, nach der Halacha –»

«Komm mir nicht mit der Halacha. Du hast damals ein Auge zugedrückt, das weißt du ganz genau. Mehr verlange ich jetzt auch nicht von dir. Keiner wird es erfahren. Wenn eine Anzeige in die Zeitung kommt, unterschlagen wir deinen Namen oder schreiben ihn falsch. Es ist eine Haustrauung. Gib mir mal Dolly ...»

«Ich bin am Nebenapparat, Morris», sagte die Frau des Rabbi.

«Na wunderbar, dann weißt du ja, worum es geht. Hör mal, du mußt Herbie bearbeiten. Das ist seine große Chance. Weißt du, wer das ist, der Präsident unserer Gemeinde? Howard Magnuson. Von Magnuson & Beck. Und jetzt will ich dir mal was sagen, was das für ein Mann ist. Er hat mir drei Fälle vermittelt – nur drei Fälle bisher –, mit denen hab ich mehr verdient, als mir meine ganze Praxis im letzten Jahr eingebracht hat. Er hat mir eingeschärft, nicht zu wenig zu verlangen, weil ihm das unangenehm wäre. Das ist der Mann, mit dem Herbie es zu tun hätte.»

«Ja, aber du hast gesagt, es wäre nur auf Zeit. Wie sollen wir das verstehen?»

«Du weißt doch, wie so was läuft, Dolly. Es ist genaugenommen eine Probezeit. Wir schicken ihm nicht unsere Ritualkommission auf den Hals. Ich werde ihnen den Videoclip zeigen, aber trotzdem – wir nehmen ihn gewissermaßen unbesehen. Aber wenn er keinen Mist baut, wenn er sich keinen Ärger einhandelt, ist ihm die Stelle sicher. So eine Chance kriegt man nicht alle Tage, auf so was könnte Herbie lange warten.»

«Wir haben auch schon anderweitig unsere Fühler ausgestreckt, Morris ...»

«Ach, erzähl mir doch nichts. Mit Kansas ist nun wirklich kein Staat zu machen. Hier seid ihr an der Ostküste, Dolly. Boston und Cambridge sind nur eine halbe Stunde entfernt, Theater und Konzertsäle und die Universitäten ...»

«Paß auf, wir lassen uns die Sache durch den Kopf gehen und sagen dir Ende der Woche Bescheid. Einverstanden?»

«Nichts da. Jetzt ist es zehn. Bis elf ruft ihr an, keine Minute später. Ich bleibe am Telefon sitzen.»

Als um elf das Telefon läutete, war Dolly Halperin am Apparat. «Also gut, Morris, wir machen mit. Und was tun wir jetzt?»

«Im Augenblick noch gar nichts. Ihr faßt euch erst mal in Geduld. Und am Sonntag – wenn wir bis dahin den Stein ins Rollen gebracht haben – oder spätestens am Sonntag in einer Woche ruf ich euch an. Es wird am besten sein, wenn Herbie erst mal allein anreist. Er kann bei uns wohnen. Wenn alles gutgeht, kommst du später mit den Kindern nach und siehst dich nach einem Haus um. Aber sag noch nichts, bis du von uns gehört hast, alles klar?»

«Du bist der Boss, Morris.»

Morris sah auf die Uhr. Nein, es war noch nicht zu spät, Magnuson anzurufen. «Die Sache läuft», berichtete er. «Ich mußte ganz schön reden, und ohne die Rückenstärkung meiner Schwägerin hätte ich es wohl nicht geschafft, aber er hat zugesagt.»

«Und mein kleines Problem?»

«Ich habe ihm klargemacht, daß das dazugehört. Publicity braucht er nicht zu befürchten, hab ich ihm gesagt, auch wenn die Presse was über die Hochzeit bringt. Es ist ja eine Haustrauung. Wenn Ihre Tochter eine Anzeige in die Zeitung setzt, braucht sie ja nicht unbedingt hineinzuschreiben, wer die Trauung vornimmt. Oder wir sagen ‹Reverend Halperin›, dann denken die Leute gleich an einen protestantischen Pfarrer. Ich meine – die Sache mit dem Rabbi muß doch nur sein, weil Laura es ihrer Großmutter versprochen hat, die es inzwischen nicht mehr gibt. Und deshalb braucht sie die Sache auch nicht an die große Glocke zu hängen, wie?»

«Ja, ich denke, so müßte es gehen», sagte Magnuson. «Ich habe mir das Videoband angesehen und hatte einen guten Eindruck von Ihrem Bruder. Ich glaube, er ist genau der richtige Mann für uns. Allein kann ich das natürlich nicht entscheiden, wir brauchen einen Konsensus im Vorstand. Ich habe mir deshalb gedacht, daß ich ein paar Leute für morgen oder übermorgen zu einem kleinen Abendessen einlade – nichts Großartiges, nur ein paar Brote und was zu trinken –, dann könnten wir denen das Videoband zeigen, und wenn er ihnen gefällt, können wir die Sache auf der nächsten Vorstandssitzung zur Sprache bringen.»

«Sie hatten aber nicht an den ganzen Vorstand gedacht, oder?»

«Nein, es ist besser, wenn wir nur die einladen, mit deren Zustimmung wir rechnen können. Damit hätten wir doch die Mehrheit, nicht?»

«Ich glaube schon. Bestimmt sogar. Und für die anderen könnten wir an einem der nächsten Tage die Vorführung wiederholen und –»

«Nichts da, Morris. Im Management macht man das anders. Wenn man die Stimmen hat, peitscht man das Projekt durch. Das ist zwar nicht demokratisch, aber nur so funktioniert es.»

## 42

Als Miriam sah, daß der Rabbi den linken Ärmel hochkrempelte und die Gebetsriemen aus der blauen Samttasche holte, fragte sie: «Gehst du nicht zur Synagoge, David?»

«Nein, heute nicht.»

Sie sah ihm einen Augenblick zu, wie er Tallit und Tefillin umlegte, sich nach Osten wandte und mit dem Morgengebet begann. Dann ging sie in die Küche und beschäftigte sich mit dem Frühstück. Es war ein frischer, klarer Sonntagmorgen. Bei diesem Wetter ging er sonst gern zu Fuß zur Synagoge. Ein- oder zweimal sah sie zu ihm hin und versuchte, an seiner Haltung und seinem Gesichtsausdruck zu erkennen, ob er verstimmt oder bekümmert war.

Als sie am Frühstückstisch saßen, fragte sie: «Heute ist wieder Vorstandssitzung, nicht?»

«Ganz recht. Der Präsident hat mich gebeten, nicht zu kommen.»

Sie lächelte tapfer. «Wieder eine Gehaltserhöhung?»

«Eher das Gegenteil. Diesmal hat unser Präsident deutlich gemacht, daß er mich zu Vorstandssitzungen in Zukunft nicht mehr zu sehen wünscht.»

«Was ist denn passiert?»

«Ich habe ihm geraten zurückzutreten.»

«Das darf doch nicht wahr sein, David.»

«Doch.» Er erzählte ihr, was vorausgegangen war.

Sie schüttelte einigermaßen fassungslos den Kopf. «Du hast wirklich besonderes Talent dazu, dich mit allen Leuten anzulegen.»

«Ich? Das kann ich nicht finden. Nun ja, etliche Präsidenten hatten gewisse – äh – Differenzen mit mir, das stimmt schon. Aber das renkt sich früher oder später alles wieder ein.»

«Aber bei Magnuson ist das etwas anderes.»

«Inwiefern?»

«Denk daran, was Morton Brooks gesagt hat. Magnuson kann sich unter einem Rabbi nichts Rechtes vorstellen. Aus seiner Sicht bist du nur ein Angestellter der Synagoge.»

«So haben es einige der anderen auch gesehen.»

«Aber Magnuson ist es gewöhnt, über Mitarbeiter zu bestimmen. Für ihn ist es ganz selbstverständlich, daß man einen schwierigen oder widerspenstigen Angestellten einfach feuert.»

«Meinetwegen.»

«Ja, aber –»

Der Rabbi stellte seine Kaffeetasse ab und tupfte sich mit der Serviette die Lippen. «Ich kann so nicht leben. Mit dem Wissen, daß mein Lebensunterhalt, mein Wohlergehen von den Launen eines Mannes abhängt. Daß ich meine Kräfte darauf konzentrieren muß, ihm zu gefallen, ihn auf keinen Fall zu kränken. Wenn meine Beziehung zu Howard Magnuson so aussehen soll, verzichte ich darauf.»

«Aber wenn er dich zum Rücktritt auffordert?»

«Dann lehne ich ab. Wenn der Vorstand mich dazu auffordert, werde ich nach dem Grund fragen und das Recht für mich in Anspruch nehmen, meinen Fall der Gemeinde vorzutragen und –»

«Howard Magnuson würde es nie auf eine offene Konfrontation ankommen lassen. Er wird sich eine Mehrheit im Vorstand beschaffen, die dafür stimmt, deinen Vertrag nicht zu verlängern. Und was machst du dann?»

Er zuckte die Achseln. «Vermutlich würde ich dem Seminar mitteilen, daß ich frei bin, und würde sie bitten, sich nach einer neuen Stelle für mich umzusehen. Oder ich könnte es in einem anderen Beruf versuchen, an einer Hochschule etwa, vielleicht auch als Lektor in einem Verlag, als Korrespondent für jüdische Angelegenheiten an einer Zeitung oder –»

«Aber da hättest du es in den meisten Fällen doch auch mit einem bestimmten Ansprechpartner zu tun, mit einem Direktor oder Dekan, einem Verleger oder Redakteur, und der könnte sich leicht als zweiter Magnuson entpuppen.»

«Dann nehme ich eben meine Ersparnisse und mache mich selbständig.»

«Selbständig? Als was denn?»

«Ich könnte vielleicht eine eigene Schule eröffnen, Hebräisch-Unterricht für Erwachsene, oder ein Geschäft. Ein Schuhgeschäft oder einen Süßwarenladen.»

«Ein Rabbi, der einen Süßwarenladen betreibt?»

Er lächelte verschmitzt. «Warum nicht? Gut, vielleicht doch keinen Süßwarenladen, ich nasche zu gern, und da würde wohl nicht viel vom Gewinn übrigbleiben. Der springende Punkt ist, daß ich, anders als katholische oder protestantische Pfarrer, nicht an einen religiösen Beruf gebunden bin. Als Rabbi bin ich ein Weltkind. Und es verträgt sich durchaus mit unserer Tradition, sich sein Brot im Handwerk, im Geschäftsleben oder in einem akademischen Beruf zu verdienen. Früher haben viele berühmte Rabbis als Schreiner, Schmiede oder Holzsammler gearbeitet. In den russischen und polnischen Gettos mußten manche Rabbiner von weltlichen Tätigkeiten leben. Mein Großvater hatte vor seiner Auswanderung, als er Rabbi in einem *Stätel* war, einen Kramladen. Da hat ihm die Stadt allerdings Vorteile eingeräumt, indem sie die Konkurrenz einschränkte.

Eigentlich ist uns diese Art zu leben auch eher angemessen, denn unsere Tradition schreibt uns vor, unsere Gelehrsamkeit nicht als Spaten zum Graben zu benutzen. Das derzeitige System, einen Rabbi zu entlohnen, wird durch eine hübsche pilpulistische Haarspalterei gerechtfertigt, durch die Behauptung nämlich, daß die Gemeinde ihn nicht für seine Gelehrsamkeit und sein Wissen bezahlt, sondern für den Verdienstausfall, der ihm entsteht, weil er als Rabbi fungiert und deshalb seinen Lebensunterhalt nicht auf andere Weise verdienen kann.»

«Sag, David, bist du es leid, Rabbi zu sein?»

«Warum fragst du?»

«Du bist seit etwa zwanzig Jahren Rabbi. Hättest du einen anderen Beruf ergriffen, wärst du Jurist oder Geschäftsmann geworden, ginge es uns finanziell bestimmt bedeutend besser. Und wenn du jetzt aufgeben würdest, hätte ich immer das Gefühl, daß diese zwanzig Jahre eigentlich umsonst waren.»

«Nein, Miriam, ich bin es nicht leid, Rabbi zu sein. Alles in allem waren diese zwanzig Jahre sehr schön.» Er rieb sich das Kinn, um die Gehirntätigkeit anzuregen. «Aber wenn dem Rabbi wirklich etwas an seiner Gemeinde liegt, wenn sie nicht nur eine Schafherde ist, die ihn als Hirten sieht, muß es ab und zu Reibereien geben. Wie in einer guten Ehe.»

Sie kicherte. «Herren- oder Damenschuhe?»

«Wie meinst du?»

«In deinem Laden ... Würdest du da Herren- oder Damenschuhe verkaufen?»

«Damenschuhe natürlich, und zwar nur kleine Größen, damit ich recht viele junge, hübsche Kundinnen bedienen kann.»

Sie hörten Getrampel auf der Treppe, und Jonathan kam gähnend und sich reckend herein. «Fahren oder laufen wir, Dad?»

Miriam kam David zuvor. «Vater geht heute nicht zum Minjan, Jonathan, und es ist vielleicht besser, wenn du dein Morgengebet auch zu Hause verrichtest.»

«Okay, ich geh nach oben.» Bis auf die schulfreien Tage, den Samstag und den Sonntag, betete er zu Hause. Am Wochenende ging er mit seinem Vater zum Minjan. Und natürlich war ihm das Gebet zu Hause lieber, weil es schneller ging und man nicht, wie beim Minjan, auf den zehnten Mann zu warten brauchte.

Als er wieder draußen war, sagte der Rabbi: «Weißt du eigentlich, Miriam, daß Jonathan nicht viel jünger ist als Paul Kramer?»

«Und?»

«Wenn er in so eine Sache verwickelt würde ...» Er unterbrach sich und schwieg einen Augenblick. Dann sagte er: «Ich glaube, ich fahr mal eben durch die Glen Lane.»

Rabbi Small fuhr die Glen Lane entlang bis zur High Street, wendete und machte sich ganz langsam wieder auf den Rückweg. Als er zu der Stelle kam, an der D'Angelo seinen Wagen abgestellt hatte, parkte er und stieg aus. Er kannte zwar die Straße, merkte aber beim Gehen, daß sie länger war, als er gedacht hatte. Beim Fahren war ihm bisher auch noch nie aufgefallen, daß sie in Richtung Maple Street stark anstieg. Vom höchsten Punkt der Straße aus hatte er freien Blick bis zur Maple Street. Er drehte sich um und zählte die Schritte bis zu seinem Wagen aus.

# 43

«Der Laborbericht über Halperins Wagen ist da», verkündete Lieutenant Jennings und setzte sich auf den Besucherstuhl.

«Und?» fragte Lanigan erwartungsvoll.

«Einer der Abdrücke ist erfolgversprechend.»

«Wie soll ich das verstehen?»

«Wenn wir noch andere positive Abdrücke finden, ist der hier auch zu gebrauchen.»

«Aber ohne positive Abdrücke?»

«Fehlanzeige. Oder doch nicht ganz. Einer der Fäden am Scheinwerferrand von Halperins Wagen entspricht Fasern, die an Kramers Scheinwerfer sichergestellt wurden.» Er sah auf. «Wir haben also zwei Chancen. Die Glen Lane, wo der Mann über den Haufen gefahren worden ist, und die Stelle, an der Kramers Scheinwerfer kaputtgeschlagen wurde. Daß es sich um denselben Täter handelte, dürfte wohl feststehen. Wenn wir ihm also die Sache mit dem Scheinwerfer nachweisen können, war es eindeutig Fahrerflucht. Als mögliche Herkunft der Fasern steht hier: Frotteestoff.»

«Na, wenn schon», sagte Lanigan wegwerfend. «Er wischt seinen Scheinwerfer mit einem Frotteetuch ab, oder der Tankwart macht es, und da bleiben ein paar Fusseln in dem Spalt zwischen Chrom und Kotflügel hängen. Wetten, daß wir die auch an meinem oder deinem Wagen finden?»

«Stimmt schon», sagte Jennings entmutigt. «Also streichen wir Morris Halperin?»

«Ich will mal so sagen: Wir kochen ihn zunächst auf Sparflamme. Ich habe mich inzwischen ein bißchen mit Tom Blakeley beschäftigt.»

«Ach?»

«Gestern abend bin ich in die Maple Street gefahren und habe vor dem Haus der Desmonds gehalten. Und im Rückspiegel konnte ich bis zum Haus der Kramers sehen.»

«Na und?»

«Nehmen wir mal an, Tom Blakeley besucht Aggie Desmond. Das heißt, das wissen wir sogar genau, weil er im *Ship's Galley* davon erzählt hat. Billy Dunstable hat es gehört. Er stellt seinen Wagen ungefähr da ab, wo ich gestanden habe. Er wartet, bis sie rauskommt. Und während er im Wagen sitzt, kommt Fran Kimball vorbei. Vielleicht spricht er sie an, er war ja mal scharf auf sie, vielleicht winkt sie, vielleicht reckt sie aber auch nur die Nase hoch und geht weiter. Er beobachtet sie im Rückspiegel und sieht, wie sie im Haus von Kramer verschwindet.»

«So weit, so gut ...»

«Aggie versetzt ihn, oder sie kommt raus und sagt, daß sie nicht mitkommen kann. Er hat eine Wut auf Aggie, oder vielleicht ist er auch sauer auf Fran, weil sie getan hat, als ob er Luft für sie ist. Als ich sie fragte, ob sie auf ihrem Weg zu Kramer Bekannte getroffen hätte, hat sie ein bißchen gezögert, bis sie nein gesagt hat.»

«Und weiter?»

«Er bleibt nach Dunstables Aussage bis gegen zehn im *Ship's Galley*, dann zieht er ab, weil er dort nichts mehr zu trinken bekommt. Dunstable meint, er sei wohl nach Hause gefahren. Aber typisch ist das nicht für einen Betrunkenen. Ich schätze eher, daß er sich in den Wagen gesetzt hat und eine Pinte weiter gefahren ist. Das heißt, in Barnard's Crossing hat er sicher kein Glück gehabt, wir passen hier schon auf, aber in Lynn oder Revere, in diesen schummrigen kleinen Bars, hat er bestimmt noch was gekriegt, wenn er nicht gerade unter dem Tisch gelegen hat.»

«Und in diesen Pinten ist es manchmal so dunkel, daß man überhaupt nicht merkt, wenn unter dem Tisch einer liegt. Falls man sich nicht gerade an ihm stößt.»

«Eben. Jedenfalls dachte ich mir, lohnt es sich vielleicht, der Sache mal nachzugehen. Und da hab ich einen unserer Leute mit einem Foto von Blakeley durch die Kneipen geschickt.»

«Und woher hattest du das Foto?»

«Aus dem High School-Jahrbuch, es ist in der Stadtbücherei. Wir haben ein paar Fotokopien gemacht. Sehr gut sind sie nicht geworden, und er war damals fünf Jahre jünger, aber immerhin ...»

«Und?»

«Es reichte. In einer der Bars haben sie ihn eindeutig identifiziert. Mit der Zeit mochten sie sich nicht festlegen, aber sie glauben, er ist gegen zehn gekommen und etwa um elf wieder gegangen.»

«Du kannst also beweisen, daß Tom Blakeley sich in Lynn hat vollaufen lassen und gegen elf Richtung Heimat gefahren ist. Und was weiter?»

«Es ist die Grundlage für ein paar Spekulationen.»

«Zum Beispiel?»

«Zum Beispiel, daß Blakeley über die Glen Lane nach Hause gefahren ist. Wer blau ist, meidet nach Möglichkeit Hauptstraßen. Außerdem ist es eine Abkürzung.»

«Gut, soweit ziehe ich mit.»

«Und daß er auf der höchsten Stelle der Glen Lane den Mann über den Haufen gefahren hat.»

«Moment mal –»

«Die Zeit stimmt ungefähr. Er gibt Gas, weil es bergauf geht, und plötzlich steht mitten auf der Fahrbahn, wo du nun wirklich keinen Fußgänger erwartest, ein Mann. Blakeley ist benebelt, reagiert langsam ...»

«Möglich ist es.»

«Okay. Er kriegt es mit der Angst zu tun. Und der Polizei melden kann er es nicht, selbst wenn er beweisen könnte, daß der Fußgänger schuld ist. Nicht mal, wenn er den Typ gefilmt hätte, wie der sich vor seinen Wagen wirft, könnte er's melden, weil er betrunken ist und wir deshalb automatisch davon ausgehen würden, daß die Schuld bei ihm liegt. Zumindest wäre er den Führerschein los. Wie kann einer ohne Führerschein in einer Autowerkstatt arbeiten? Kann sein, daß ihm nicht allzuviel an der Stellung liegt, aber mit Jobs ist das heute so eine Sache.»

«Du meinst also, er wäre vermutlich eher getürmt als zur Polizei zu gehen. Das kauf ich dir ab.»

«Er fährt also weiter die Glen Lane entlang, und als er zur Ecke kommt, sieht er ein Licht.» Lanigan lehnte sich zurück und faltete, sichtlich mit sich zufrieden, die Hände über dem Bauch.

«Was für ein Licht?»

«Ein Licht in Kramers Haus. Oben, wahrscheinlich in einem Schlafzimmer, das zur Glen Lane hinausgeht. Vielleicht hat er ihren Schatten hinter der Jalousie erkannt, vielleicht waren auch die Jalousien nicht heruntergelassen, weil auf der anderen Seite keine Häuser stehen, und er hat sie gesehen, vielleicht hat er auch nur gefolgert, daß sie da oben sein müßte ...»

«Und da wird er sauer und –»

Lanigan nickte. «– und beschließt, sich zu rächen. Er schlägt Kramers Scheinwerfer kaputt, weil er sich einredet, der hätte ihm sein Mädchen ausgespannt, wendet, fährt zum Unfallort zurück und verstreut dort die Scherben. Am nächsten Tag kann er, was für ein glücklicher Zufall, Billy Dunstable sagen, wo der Wagen steht.»

«Du hast natürlich nicht die Spur von Beweis, Hugh.»

«Nein, aber ich habe eine gute Theorie, und wenn ich sie noch ein bißchen ausarbeite und dann Tom Blakeley kommen lasse und ihn damit überfahre, könnte es klappen. Und wir haben die verschiedensten Möglichkeiten. Wir können uns seinen Wagen ansehen. Vielleicht ist der Kühler verbeult. Dann sagt er natürlich, daß die Beule alt ist, aber vielleicht erinnert sich Glossop, ob sie vorher schon da war oder nicht. Möglich, daß er am nächsten Tag den Wagen gewaschen hat, vielleicht weiß Glossop das noch.»

«Bestimmt nicht, da werden doch ständig Wagen gewaschen. Das heißt, sie haben eine Maschine zur Motorwäsche, da machen sie bestimmt auch Wagenwäsche und Lackpflege.»

«Wenn es irgendwas Ungewöhnliches war, erinnert er sich vielleicht doch. Dann könnte ich mit Aggie Desmond reden und feststellen, wann genau Blakeley an dem Abend zu ihr gekommen ist. Fran Kimball werde ich mir auf jeden Fall noch einmal vornehmen. Ich möchte wissen, wann sie ins Bett gegangen sind, in welchem Schlafzimmer sie waren, ob das Licht brannte, als sie sich auszogen, und ob die Jalousien heruntergelassen waren.»

«Du könntest Kramer fragen.»

«Nein, der steht unter Anklage. Den kann ich mir nur mit Zustimmung seines Anwalts vornehmen.»

«Vielleicht wäre er einverstanden, wenn du ihm sagst, daß es dir gar nicht um seinen Mandanten geht, oder daß du versuchst, ihn zu entlasten.»

«Möglich», meinte Lanigan. «Wichtig ist, daß ich möglichst viele Einzelheiten zusammenbekomme, mit klaren Aussagen. Dann lasse ich Blakeley von Dunstable herbringen, zur Aufnahme eines Protokolls.»

«Eines Protokolls? Worüber?»

«Wieso er gewußt hat, wo Kramers Wagen stand. Nur eine Routinesache, könnte sein, daß ich es für die Verhandlung brauche. Ich lasse ihn eine Weile herumsitzen, bis er ein bißchen nervös wird, dann rufe ich ihn herein und frage ihn, wieso er Kramers Scheinwerfer kaputtgeschlagen hat. Mit dieser Technik haben wir es vor ein paar Jahren bei Slocumb geschafft, bei dem Einbruch, wo wir praktisch nichts in der Hand hatten.»

«Und wie ist es mit den Miranda-Vorschriften?»

Lanigan sah seinen Lieutenant unschuldig an. «Ich würde ihn ja nicht beschuldigen. Ich würde mich nur erkundigen, wieso er einen Scheinwerfer kaputtgemacht hat.»

## 44

Beim Abendessen sah Rabbi Small auf den leeren Platz zu seiner Rechten. «Wo ist Jonathan?»

«Er hat angerufen, er muß in der Zentrale der Republikaner Überstunden machen, dort herrscht jetzt Hochbetrieb.»

«Er kommt sich großartig vor», sagte Hepsibah etwas boshaft.

«Sibah!»

«Es gefällt mir nicht, daß er das Abendessen ausläßt.»

«Er wird sich ein Sandwich holen und ein Glas Milch, hat er gesagt», tröstete Miriam.

«Ich meine, es gefällt mir nicht, daß er das Abendessen in der Familie ausläßt», ergänzte der Rabbi. «Ich sehe es gar nicht sehr gern, daß er dort arbeitet.»

«Warum nicht? Es wird besser bezahlt als ein Babysitter-Job, und er hat wohl auch das Gefühl, daß er dort mehr für voll genommen wird. Außerdem, sagt er, lernt er da eine Menge und ist in Staatsbürgerkunde jetzt einer der Besten.»

«Na ja, es sind wohl nur noch die zwei oder drei Wochen bis zur Wahl. Wie kommt er heim? Ist er mit dem Rad dort?»

«Nein, er ist direkt von der Schule aus hingegangen, zu Fuß, nehme ich an, oder vielleicht mit dem Bus.»

«Oder er ruft an und fragt, ob ich ihn nicht abholen kann», meinte der Rabbi.

«Vielleicht nimmt ihn auch jemand mit.»

«Hat er gesagt, wann er voraussichtlich fertig ist?» fragte der Rabbi.

«So gegen acht, halb neun. Ist deine Sorge nicht ein bißchen übertrieben? Immerhin ist er siebzehn.»

«Und sehr leicht zu beeindrucken. In der Zentrale der Republikaner drücken sich immer eine Menge Müßiggänger herum, besonders abends, die reden und trinken, und ich finde, das ist kein guter Umgang für einen jungen Menschen.»

«Dann sag ihm doch, du siehst es nicht gern, wenn er Überstunden macht, und er soll abends zum Essen heimkommen.»

«Ja, das wird wohl das beste sein.»

Aber Jonathan war um acht und um halb neun noch nicht da. Als die Uhr neun schlug, war Miriam so unruhig geworden, daß sie bei den Republikanern anrief. Wenige Minuten darauf kam sie ins Wohnzimmer zurück. «Ich habe mit dem Zuständigen gesprochen. Er hat Jonathan vor einer Stunde, kurz vor acht, weggeschickt, um etwas für ihn zu erledigen. Wahrscheinlich ist er gerade auf dem Weg nach Hause. Willst du ihm entgegengehen?»

«Nein, wenn er schon vor acht weg ist, müßte er jetzt bald aufkreuzen.»

Chief Lanigan prostete seiner Frau Amy mit dem Gin Tonic zu, den sie ihm gerade gereicht hatte, und nahm einen tiefen Schluck. «Das hast du wieder mal genau richtig hingekriegt, Amy.»

Er hatte gut gegessen – Amys Spareribs waren immer große Klasse – und es sich dann in Hausschuhen und mit der Abendzeitung gemütlich gemacht und eine Weile ferngesehen. Jetzt war es halb zehn, und eigentlich hatte er sich den Schlafanzug anziehen und sich mit einem Buch ins Bett legen wollen, aber Amy hatte offenbar Lust, sich noch zu unterhalten.

«Gab's was Besonderes bei dir?»

«Eigentlich nicht, nur das Übliche. Und bei dir?» fügte er höflich hinzu.

«Ich habe heute zufällig Mary Hagerstrom getroffen.»

«Hagerstrom?»

«Sie ist Wirtschafterin und Köchin bei den Magnusons.»

«Ja, richtig.»

«Ich habe sie gefragt, warum sie neulich nicht zum Frauenkreis gekommen ist. Und sie hat gesagt, daß Mr. Magnuson sie gebeten hatte, abends länger zu bleiben, weil er Gäste hatte und sie noch Sandwiches machen sollte.»

«Hm.»

«Hast du in letzter Zeit mal mit David Small gesprochen, Hugh?»

Amys Gewohnheit, unvermittelt das Thema zu wechseln, war zwar gelegentlich ärgerlich, aber nicht mehr überraschend. Er wartete geduldig darauf, daß Amy früher oder später die Verbindung zwischen den Magnusons, Mary Hagerstrom und Rabbi Small herstellen würde und gab bereitwillig Auskunft. «Nein, eigentlich nicht.»

«Hat er Schwierigkeiten?»

«Wer? David Small? Nicht, daß ich wüßte. Jedenfalls nicht mit der Polizei.»

«Mit seiner Gemeinde, meine ich.»

«Stimmt, da habe ich so einiges läuten hören, aber eigentlich war das noch nie anders. Ich glaube, Juden haben immer was an ihrem Rabbi zu meckern.»

«Hast du auch was von einer Verschwörung gehört, mit der man ihn loswerden will?»

«Nein, davon weiß ich nichts.» Er legte die Zeitung weg und schenkte ihr seine ungeteilte Aufmerksamkeit.

«Mary Hagerstrom meint, der Grund für die Party mit den Sandwiches – es waren nämlich nur Männer eingeladen ...»

«Zur Sache, Amy!»

«Der Grund war, daß sie ein Videoband von einem Rabbi haben ablaufen lassen.»

«Ein Videoband von Rabbi Small?»

«Nicht Rabbi Small. Es war ein anderer Rabbi darauf zu sehen, ein jüngerer Mann. In Robe und Schal und mit so einer Mütze, wie sie die Bischöfe tragen, nur in Schwarz. Er stand an einem Pult, und es sah so aus, als ob er predigte. Mary hat ihn nur flüchtig gesehen, als sie mit den Sandwiches und Kaffee und Gläsern hereinkam. Und sie hat ein paar Bemerkungen aufgeschnappt, wie gut und wie nett er anzusehen sei.»

«Und wieso hat Mary Hagerstrom dir das alles erzählt?»

«Sie hat ganz nebenbei davon angefangen, und dann hab ich ein bißchen nachgehakt.»

«Worauf willst du hinaus, Amy?»

«Ich glaube, die Gäste auf dieser Party, das waren die großen Tiere in der Synagoge. Du weißt ja, daß Magnuson der Präsident ist, und ich glaube, daß sie sich überlegt haben, wie sie den Rabbi loswerden und statt dessen diesen anderen einstellen könnten. Mary Hagerstrom hat erzählt, daß Magnuson ihnen, als sie gingen, eingeschärft hat, nicht darüber zu sprechen, nicht mal mit ihren Frauen.»

«Es könnte ja sein, daß sie einen Gehilfen für Small einstellen wollten, eine Art Vikar», meinte Lanigan, aber es klang nicht sehr überzeugt.

«Davon würde aber Rabbi Small doch wissen, nicht?»

«Das nehme ich an.»

«Ruf ihn doch einfach an und frag ihn.»

«Könnte ich machen.» Er ging ans Telefon. Miriam meldete sich.

«Hallo, Hugh. Wollten Sie David sprechen?»

«Ja ... nein ... Hören Sie, Miriam, ich wollte nur wissen, ob Sie beide allein sind.»

«Ja, Chief. Wollen Sie vorbeikommen?»

Er vertauschte die Schlappen mit Laufschuhen und zog einen Pullover über. «Ich bin wahrscheinlich bald wieder da. So was kann man einfach nicht telefonisch erledigen.»

Er fuhr zur Maple Street. Miriam kam zur Haustür, als sie den Wagen in der Einfahrt hörte. «Wir wollten gerade Tee trinken. Da haben wir auf Sie gewartet.»

«Danke, Miriam, ich trinke gern eine Tasse mit.»

Erst nachdem der Tee eingeschenkt war und sie Miriams Kekse knabberten, kam Lanigan zum Thema. «Haben Sie Schwierigkeiten mit der Gemeinde, David?»

«David hat immer Schwierigkeiten mit der Gemeinde», sagte Miriam leichthin. «Das gehört einfach dazu.»

«Warum fragen Sie?» wollte der Rabbi wissen.

Lanigan ließ seinen Blick nachdenklich von einem zum anderen wandern und erzählte ihnen, was er erfahren hatte. Miriams Lächeln gefror, er sah ihr an, wie sehr es sie traf. Aber David nickte nur. «Da sieht man, wie wichtig ein hochkarätiger Manager an der Unternehmensspitze ist. Es ist nicht der erste Versuch, mich loszuwerden. Meist haben die Dissidenten sich zunächst eine Mehrheit im Vorstand verschafft, aber bis ihnen das gelungen war, hatte sich gewöhnlich schon eine ansehnliche Opposition gebildet, bestehend aus Leuten, die mit mir einverstanden waren, anderen, die meine Gegner nicht mochten, und wieder anderen – und das war vielleicht die Mehrheit –, die einfach Ärger vermeiden wollten. Es hätte bedeutet, daß sie ohne Rabbi auskommen mußten, bis Ersatz gefunden war, und niemand hätte ihnen garantiert, daß der neue Rabbi besser ist. Aber ein Manager wie Howard Magnuson fängt das natürlich geschickter an. Er zieht erst einen neuen Rabbi an Land, dann beschafft er sich die erforderliche Mehrheit, und das Ganze wird so streng geheimgehalten, daß die Opposition gar nicht erst starten kann.»

«Und dagegen können Sie gar nichts tun?» fragte Lanigan.

«Ich weiß nicht, ob ich überhaupt etwas dagegen tun möchte.»

«Aber –»

«Nein. Ich kann nicht zulassen, daß ich mit meiner Familie gänzlich auf das Wohlwollen eines einzigen Mannes angewiesen bin. Wenn es so weit kommt, bin ich nicht mehr mein eigener Herr. Dann werde ich mir für den Rest meines Lebens den Kopf darüber zerbrechen müssen, ob das, was ich sage oder tue, ihm gefällt oder nicht. Und so kann ich einfach nicht leben.»

«Und dieser eine Mann ist Magnuson?»

«Natürlich.»

«Aber er kann nicht allein entscheiden. Braucht er nicht eine Mehrheit Ihres Vorstandes?»

«Ja, aber das dürfte für ihn kein Problem sein. Er ist Wirtschaftsboss und Millionär.»

«Sie wollen doch nicht behaupten, daß er sie bestechen würde oder daß sie ihm ihre Stimmen verkaufen ...»

«Nicht ihre Stimmen. Aber ihre Seelen. Da braucht ein kleiner Geschäftsmann einen Kredit oder Kontakt zu einem bestimmten Großhändler. Magnuson kann das mit einem Telefongespräch regeln. Oder nehmen wir einen Akademiker, einen Arzt, Zahnarzt oder Anwalt ... alle haben sie Aktien. ‹Was meinen Sie, Mr. Magnuson, soll ich verkaufen? Ist an dem Gerücht was dran, daß ABC und XYZ fusionieren? Und auch wenn man nie einen Gefallen von ihm erbittet – es ist angenehm, einen Millionär im Bekanntenkreis zu haben, und sei es nur, um Freunden damit zu imponieren. Nein, es ist allein sein Werk. Ich weiß, was dahintersteckt. Seine Tochter –»

Er unterbrach sich, als er einen Wagen vorfahren hörte. «Das muß Jonathan sein. Offenbar hat ihn jemand mitgenommen.»

Miriam ging mit dem Rabbi zur Tür, Lanigan, ein wenig erstaunt über ihre Unruhe, folgte ihnen.

«Er hat gesagt, er käme um acht», erklärte Miriam. «Und er hat noch nichts gegessen.»

In dem Licht, das aus dem Wohnzimmer fiel, sahen sie Scofields pinkfarbenen Wagen mit dem Schild auf dem Dach am Gehsteig stehen. Jonathan stieg aus und ging um den Wagen herum. «Schönen Dank, Mr. Scofield», sagte er zu dem Fahrer.

«Ich habe dir zu danken.» Scofield fuhr an.

«Warum kommst du so spät, Jonathan?» fragte Miriam. «Und was hast du mit deiner Hand gemacht?»

Jonathans rechte Hand war mit einem Taschentuch umwickelt. «Nur ein Kratzer.»

«Laß mal sehen.»

«Bloß keine Aufregung, es ist wirklich nur eine Kleinigkeit. Mr. Scofield hat draußen vor seiner Zentrale einen Reifen gewechselt. Mr. Chisholm hatte mich mit Wahlkampfmaterial hingeschickt, das sie angefordert hatten. Da hab ich ihm natürlich geholfen. Ich hab mich wohl gerissen, als ich den Wagenheber aus dem Kofferraum genommen habe, da war nämlich 'ne Menge alter Krempel drin.»

«Zeig her.»

«Ach, Ma ...» Widerstrebend nahm er das Taschentuch ab.

«Das ist kein Kratzer, das ist eine Schnittwunde. Du gehst jetzt sofort nach oben und wäschst dir die Hände mit viel Seife und heißem Wasser. Dann tupfst du Jod drauf und klebst ein Pflaster drüber. Danach kannst du in der Küche essen.»

«Schon gut, aber ich hab keinen Hunger, ich habe zwei Käsebrote gekriegt.»

«Wie du willst. Oder nimm dir Milch und Kekse.»

«War das der Wagen, mit dem Scofield sonst auch fährt, oder hat er ihn nur für Wahlkampfzwecke?» fragte der Rabbi, als Jonathan nach oben gepoltert war.

«Nein, soweit ich weiß, hat er nur den einen.»

«Aber die Farbe ...»

Lanigan lachte. «Einmalig, nicht?»

«Dann könnte es das sein», sagte der Rabbi halblaut.

«Was könnte was sein?» fragte Lanigan ein wenig ungeduldig, während sie wieder ins Wohnzimmer gingen.

«Der Grund, Kramers Scheinwerfer einzuschlagen und die Scherben zum Unfallort zu bringen», sagte der Rabbi ruhig.

Lanigan machte große Augen, und Miriam, die aufgestanden war, um abzuräumen, setzte sich wieder. «Wenn Sie auf einer dunklen, einsamen Straße wie der Glen Lane einen Menschen überfahren», fuhr der Rabbi fort, «und wenn sie nicht die Polizei benachrichtigen wollen, was würden Sie machen?»

«Ja, also ich ...»

«Sie würden so schnell wie möglich verschwinden», sagte der Rabbi. «Das wäre das Naheliegendste, das Vernünftigste. Aber Sie würden kurz vor der Maple Street Gas wegnehmen, weil dort Häuser stehen und es sein könnte, daß jemand Sie aus der Glen Lane herauskommen sah und sich daran erinnert, wenn der Tote gefunden wird. Es könnte sogar sein, daß Sie anhalten und aussteigen und sich Ihren Wagen von vorn ansehen, um festzustellen, ob irgend etwas daran Sie belasten könnte – eine verbogene Stoßstange etwa oder Stoffetzen von der Kleidung des Opfers, die an der Stoßstange oder am Kotflügel kleben. Vielleicht sehen Sie, daß an einer Roststelle am Kotflügel ein bißchen Farbe abgeblättert ist. Kann sein, daß das vorher schon passiert ist, aber Sie können nicht ausschließen, daß neben dem Opfer am Boden Lackreste liegen. Und wenn es pinkfarbene Lackreste sind, wird die Polizei sich sofort für Sie interessieren, weil Sie den einzigen pinkfarbenen Wagen weit und breit haben. Sie können nicht zu dem Opfer zurückgehen, um nach winzigen Lackresten zu fahnden, das könnte Stunden dauern. Aber da an der Ecke steht ein Wagen, als hätte ein gütiges Geschick ihn eigens für Sie hingestellt.»

«Und da liefert der Mann der Polizei einen eingeschlagenen Scheinwerfer, der auf eine falsche Spur führen muß. Ja, dafür würde es sich schon lohnen zu wenden und –»

«Genau. Sie haben vielleicht Ihren Kofferraum aufgemacht, um Ihre Taschenlampe herauszuholen – nein, die dürfte im Handschuhfach sein ...»

«Es könnte eine dieser großen Handlampen sein, wie sie unser Elektriker neulich hatte», sagte Miriam.

«Ganz recht, eine Handlampe», fuhr ihr Mann fort. «Und ein Wagenheber oder der Griff eines Schraubenschlüssels findet sich auch ...»

«Und eine Zeitung oder Zeitschrift, um die Scherben aufzufangen», ergänzte Lanigan.

«Oder wenn er, wie du, David, einen alten Pullover im Wagen hatte ...»

«Oder einen Lappen oder ein altes Frotteehandtuch», nickte der Rabbi. «Das wäre gut zur Geräuschdämpfung. Er wickelt den Stoff um den Scheinwerfer, schlägt zu und legt das Bündel auf den Beifahrersitz. Dann wendet er und fährt zurück zu dem Toten, schüttelt dort das Handtuch aus und schlägt einen Bogen zurück nach

Barnard's Crossing. Und wenn die Polizei zum Tatort kommt, findet sie einen Haufen Scherben – wunderschönes Beweismaterial.»

«Aber war es nicht trotzdem ein Risiko für ihn, David?» wandte Miriam ein. «Wenn Paul Kramer nun mit Freunden im Kino gewesen wäre? Dann hätte die Polizei gleich gewußt, daß es eine falsche Fährte war.»

«Nicht gleich», widersprach der Rabbi und warf dem Polizeichef einen raschen Blick zu. «Zuerst würde die Polizei durch Befragen seiner Freunde sein Alibi überprüfen. ‹Wo haben Sie, von Paul aus gesehen, gesessen? Ist er während des Films mal aufgestanden, um Popcorn zu kaufen? Sie sind gut befreundet und würden alles tun, um ihm aus der Klemme zu helfen, nicht?› Wenn das Alibi wasserdicht wäre, würden sie prüfen, ob es vielleicht Leute gab, die etwas gegen Paul hatten und ihm einen Streich hatten spielen wollen. Angenommen, es wäre der Wagen von Samuel Perkins gewesen, Sie wissen schon, der Mann, der ständig diese Leserbriefe an den *Courier* schreibt ...»

«Sam Perkins? Du liebe Güte, da müßten wir die halbe Stadt überprüfen», lachte Lanigan.

«Jonathans Hand», stieß Miriam plötzlich hervor.

Die beiden sahen sie verblüfft an. «Was hat Jonathans Hand mit –»

«Er hat sich geschnitten, als er Scofield heute abend beim Reifenwechsel geholfen hat», sagte sie aufgeregt. «Scofield hat das Handtuch bestimmt einfach wieder in den Kofferraum gestopft, und als Jonathan den Wagenheber herausholen wollte, hat er sich geschnitten.»

Lanigan erhob sich unvermittelt. «Ich gehe ins Revier, es gibt eine Menge zu tun. Ich möchte mir Scofields Wagen ansehen.»

«Aber wie wollen Sie –»

«Er parkt auf der Straße. Ich lasse ihn abschleppen. Ab November ist das Parken nachts auf den Straßen verboten.»

Er ging zur Tür. Dort blieb er noch einmal stehen. «War es der pinkfarbene Wagen, der Sie auf die Idee gebracht hat?»

«Der Fall ist mir nicht mehr aus dem Kopf gegangen, seit ich mit Paul Kramer gesprochen hatte. Ich war überzeugt davon, daß er die Wahrheit sagt. Eine Weile dachte ich, es könnte Morris Halperin gewesen sein.»

«Warum ausgerechnet Morris Halperin?»

«Weil er der Polizei den Unfall gemeldet hatte. Aber als ich hörte, daß Scofield Kramers Verteidigung übernommen hatte, und zwar ohne eine Vorauszahlung zu verlangen, begann ich mich näher mit ihm zu beschäftigen.»

Lanigan griente. «Vielleicht macht das den Unterschied zwischen einem Polizisten und einem Rabbi aus. Unsereins neigt dazu, von seinen Mitmenschen das Beste zu denken. Ich habe mir gesagt, daß er eben ein gutes Herz hat.»

## 45

Der Rabbi war gerade mit dem Frühstück fertig, als Lanigan anrief. «Ich wollte es Ihnen gleich sagen», berichtete er triumphierend. «Sie haben es verdient, finde ich. Wir haben heute früh Scofield verhaftet. Sie haben mit Ihrer Vermutung ins Schwarze getroffen.»

«Es war keine reine Vermutung. Ich habe nur am anderen Ende angefangen.»

«Am anderen Ende? Nein, lassen Sie, nicht am Telefon. Ich komme gleich vorbei. Hier wird bald die Hölle los sein, und wenn ich hierbleibe, muß ich nur endlose Fragen beantworten.»

Er legte, sehr zufrieden mit sich, sofort los, als er das Haus der Smalls betreten hatte. «Früh um eins habe ich mir den Wagen geschnappt und habe den Kofferraum geöffnet.»

«Aufgebrochen?»

«Brauchte ich nicht. Er hat eine Entriegelung, die man von innen bedienen kann. Das Handtuch lag drin und glitzerte im Licht. Glassplitter. Ich habe ihn von einem Polizisten nach Boston fahren lassen, das Labor hatte ich verständigt, die warteten schon. Sie fanden vierzehn Glassplitter, einer war fast zweieinhalb Zentimeter lang und vier Millimeter breit –» Er unterbrach sich. «Was für eine Blutgruppe hat Jonathan?»

«Dieselbe wie ich. AB.»

«Das kommt hin. An dem Splitter war Blut der Gruppe AB, und er paßte genau in den Rest von dem kaputten Scheinwerfer, den wir in der Tankstelle sichergestellt haben.» Er lachte leise vor sich hin. «Morgens rief Scofield bei uns an, er wollte seinen Wagen als gestohlen melden. Ich sagte, ein junger Kollege hätte ihn abschleppen lassen, wegen der Vorschriften über das Parken im Winter.» Er kniff ein Auge zu. «Er hat wohl gedacht, wir würden ihm den Wagen zurückbringen und uns entschuldigen. Statt dessen erschien Jennings bei ihm, um ihn aufs Revier zu bringen. Aber jetzt verraten Sie mal, was Sie damit meinten, daß Sie am anderen Ende angefangen haben?»

«Die Polizei hat bei dem Unfall angefangen.»

«Natürlich.»

«Aber das war schon das Ende, die Krise gewissermaßen. Mich interessierte, was dieser D'Angelo dort überhaupt zu suchen hatte. Weshalb stand er mitten in der Nacht auf der Fahrbahn?»

«Er ist hingefahren. Sein Wagen war in der kleinen Schneise hinter der High Street.»

«Schön, aber weshalb ist er hingefahren? Warum ist er in die Glen Lane eingebogen? Von der Autobahn aus kann man die Einfahrt kaum erkennen.»

«Wir dachten, er mußte mal pi –» er warf einen schnellen Blick auf Miriam und räusperte sich – «er mußte mal austreten.»

«Und weshalb stand er mitten auf der Fahrbahn, 100 Meter von der Stelle entfernt, wo er seinen Wagen abgestellt hatte? Wenn er das vorhatte, was Sie meinen, hätte er das überall besorgen können. Die Straße ist von der High Street bis zur Maple Street an beiden Seiten von Büschen und Bäumen flankiert.»

«Ja, also ...»

«Ich ging davon aus, daß er sich dort mit jemandem verabredet hatte.»

«Es ist auch denkbar, daß er dort gehalten hat, um ein paar Minuten zu schlafen.»

«Angenommen, er ist unterwegs müde geworden, was tat er dann zu Fuß 100 Meter von seinem Wagen entfernt?» wandte der Rabbi ein.

«Na schön, nehmen wir mal an, es handelte sich tatsächlich um eine Verabredung», räumte Lanigan ein. «Und weiter?»

«Dann war es offenbar ein geheimes Treffen. Beide Partner hielten es offenbar für gefährlich oder zumindest unklug, miteinander gesehen zu werden. Also fragte ich mich, wer der Partner gewesen sein könnte.»

«Es könnte fast jeder gewesen sein.»

«So schwer ist es gar nicht, die Auswahl einzuengen. Zunächst muß man sich fragen, welchen Zweck das Treffen haben sollte. Bestimmt nicht den Zweck, nur irgend etwas zu besprechen, das hätten sie ebensogut und unauffälliger telefonisch besorgen können – über einen Münzfernsprecher zum Beispiel, falls einer der beiden fürchtete, abgehört zu werden. Ich habe mir überlegt, daß wahrscheinlich etwas übergeben werden sollte, und das Naheliegendste war Geld.»

«Eine Zahlung?»

«Ganz recht. Eine Zahlung, die man nicht der Post oder einem Boten anvertrauen konnte. Und daraufhin habe ich überlegt, was für ein Mensch das sein konnte, der solche nächtlichen Barzahlungen leistet.»

«Sie meinen – er wurde erpreßt. Aber so was kann jedem mal passieren.»

«Ja, jeder kann mal erpreßt werden, aber nicht jeder würde in so einem Fall derart klammheimlich zahlen.» Der Rabbi stand auf und begann im Zimmer auf und ab zu gehen. Er sprach jetzt mit dem typisch talmudischen Singsangton, in den er manchmal verfiel. «Ein Arzt konnte es nicht sein. Jeder kann einen Arzt konsultieren, und in diesem Fall wäre es ganz leicht, das Geld unter vier Augen, im Sprechzimmer, zu übergeben. Ein Anwalt kann es auch nicht sein, weil die verschiedensten Leute in seine Praxis kommen, als Mandanten oder als mögliche Zeugen für eine Verhandlung, auf die er sich gerade vorbereitet. Das gleiche gilt für das Büro des Managers, den Laden des Kaufmanns. Der einzige, der möglicherweise sehr darauf achten muß, mit wem er gesehen wird, ist der Politiker, der ein öffentliches Amt bekleidet oder sich um ein solches Amt bewirbt. Selbst wenn der Politiker Anwalt von Beruf ist, kann er nicht jeden Beliebigen in sein Büro kommen lassen. Und als ich in der Zeitung las, daß das Opfer, dieser ... wie hieß er noch ...»

«D'Angelo. Tony D'Angelo.»

«Richtig. Als ich las, daß er in politischen Kreisen in Boston aktiv gewesen war, wußte ich, daß ich auf der richtigen Fährte war. Er bekleidet kein Amt, sonst wäre in dem Artikel davon die Rede gewesen. Selbst wenn er nur ein ganz kleines Licht in einer Regierungsstelle gewesen wäre, hätten sie das hingeschrieben. Aber ‹in politischen Kreisen aktiv› – das deutet auf jemanden hin, der keine offizielle Position hat, der als Vermittler fungiert, als Handlanger eines Politikers, auf einen Mann ohne regelmäßiges Einkommen, den man für Tips, Informationen, Dienstleistungen bezahlt.»

«Ja, das würde wohl auf D'Angelo zutreffen», meinte Lanigan.

«Und jetzt», sagte der Rabbi, «mußte ich meine Phantasie zu Hilfe nehmen.»

«Sie sind gut! Was haben Sie denn vorher gemacht?»

«Vorher habe ich mich der Logik bedient», meinte der Rabbi verweisend. «Ich sehe D'Angelo im Wagen warten und eine Zigarette nach der anderen rauchen. Und dann fällt ihm ein, daß sie sich vielleicht am anderen Ende der Glen Lane verabredet haben. Deshalb ist er bis zum höchsten Punkt der Straße gegangen. Hätte er sich nur die Beine vertreten wollen, glaube ich kaum, daß er so weit gekommen wäre. Wenn er aber nachsehen wollte, ob sein Partner am anderen Ende der Glen Lane parkte, hätte er bis an den höchsten Punkt und noch ein paar Schritte darüber hinaus gehen müssen, weil die Straße nicht gerade verläuft. Ich sehe Scofield, der ein Bündel Geldscheine bei sich hat, von der High Street in die Glen Lane einbiegen. Vielleicht bemerkt er den Wagen nicht, der in der Schneise steht. Oder er bemerkt ihn, nimmt Gas weg oder hält an, sieht, daß er leer ist und fährt weiter. Wahrscheinlich hatte er das Fernlicht eingeschaltet, es hätte nahegelegen. Er wird langsam gefahren sein, um den Mann nicht zu übersehen, mit dem er verabredet war. Der kommt die Straße herunter. Scofield gibt Gas, um ihm das Geld in die Hand zu drücken und so schnell wie möglich das Weite zu suchen.»

«Aber hätte er nicht für das Geld irgendwas bekommen, einen belastenden Brief vielleicht oder ein Foto? Dann hätte er nämlich anhalten müssen.»

«Das glaube ich kaum. Bei dem Toten wurde nichts dergleichen gefunden, und daß Scofield angehalten hätte, um ihn zu durchsuchen, halte ich für sehr unwahrscheinlich. Nein, es muß eine einmalige Zahlung gewesen sein, die er in der Hoffnung leistete, damit sei die Sache ausgestanden.»

«Na gut. Und dann?»

«Er merkt, daß seine Scheinwerfer D'Angelo blenden, vielleicht hat D'Angelo die Hand gehoben, um sich vor dem gleißenden Licht zu schützen – und dabei kam Scofield der Gedanke: Wenn du ihn über den Haufen fährst, bist du ihn los und brauchst nicht zu zahlen. Und da hat er Gas gegeben.»

«Aber es kann trotzdem ein Unfall gewesen sein.»

«Natürlich, aber da er sich mit ihm an dieser Stelle verabredet hatte, hätte er das nur schwer beweisen können. Ich schätze, daß er nicht einmal angehalten hat, um festzustellen, wie schwer er ihn verletzt hatte. Das wäre zu gefährlich gewesen, denn falls der Mann bei Bewußtsein war, hätte er ihn erkannt.»

«Daß es Scofield war, der ihn über den Haufen gefahren hat, hätte er sowieso gewußt», warf Lanigan ein.

«Woher? Wie sollte er den Wagen erkennen, da ihn die Scheinwerfer aus der Dunkelheit anstrahlten?»

«Da haben Sie auch wieder recht.»

«Aber wenn Scofield wußte, wer es war, wenn er sich mit ihm verbredet hatte – ist das dann nicht Mord?» schaltete Miriam sich ein.

«Zumindest Totschlag», meinte Lanigan. «Ich weiß nicht, ob wir es beweisen können, und die Verteidigung wird bestimmt versuchen, auf Grund der Miranda-Bestimmungen einen Teil unseres Beweismaterials vom Tisch zu bringen, aber für den District Attorney dürfte der Fall ziemlich klar sein.» Lanigan stand auf. «Wissen Sie, David, es wird mir sehr leid tun, wenn dieser neue Mann Sie verdrängt und Sie hier weggehen.»

«Nett, daß Sie das sagen, aber ich glaube, noch bleibe ich Ihnen ein Weilchen erhalten.»

«Wegen dieser Sache?»

«Ja, wegen dieser Sache.»

«Hatte Magnuson was mit Scofield zu tun?»

«Er hat mich gebeten, Scofield und seine Tochter zu trauen. Das war der Grund für den ganzen Ärger.»

«Und ihr Juden heiratet keine Andersgläubigen, das ist wie bei uns. Allerdings hat es sich bei uns in den letzten Jahren ein bißchen gelockert.»

«Bei uns nicht.»

«Darum ging es also?» Er schüttelte bewundernd den Kopf. «Na, da haben Sie aber wirklich Glück gehabt.»

Der Rabbi lächelte. «Wir glauben auch an das Glück.»

«Das tut wohl jeder.»

«Aber bei uns liegen die Dinge ein bißchen anders. Glück und Pech gehören zu unserer positiven Alltagsphilosophie, ja, eigentlich schon zur Religion.»

«Ja? Wie meinen Sie das?»

«Wenn ein Mensch krank oder arm oder unglücklich ist, ist er damit in unseren Augen noch nicht schlecht oder sündig, er hat einfach Pech.»

«Gewiß, aber –»

«Wenn ich am Sonntagvormittag – oder auch zu anderen Zeiten – den Fernseher einschalte, erzählt mir ein Geistlicher, daß man, wenn man seine Sünden bereut und sein Herz dem Herrn Jesus schenkt, Kummer und Krankheit los ist. Und dazu gibt es meist Aussagen von Leuten, die durch ihre Gebete von schrecklichen Gebrechen geheilt worden sind oder die mit Glücksgütern gesegnet wurden, weil sie sich dem Herrn Jesus schenkten. Das bedeutet natürlich, daß Kummer und Krankheit gewöhnlich aus der Sünde resultieren.»

«Na ja, das sind diese Fundamentalistensekten», sagte Lanigan mit einer wegwerfenden Handbewegung.

«Ja, aber auch die katholische Kirche wagt sich neuerdings auf dieses Gebiet. Und wie steht es denn mit den vielen Heiligen, die Sie um Fürbitte angehen? Angeblich beseitigt der Akt des Gebetes mit der dadurch zum Ausdruck gebrachten Reue die Sünde, die Ursache für den jeweiligen Zustand ist. Mir scheint, der grundlegende Unterschied zwischen der katholischen Kirche und den Protestanten in dieser Hinsicht ist, daß in der katholischen Kirche die Arbeit im wesentlichen an die Heiligen delegiert wird. Im Licht der komplizierten Buchhaltung, mit deren Hilfe Sünde und Gnade zum Ausgleich gebracht werden, ist es wohl nur logisch, über sein Endziel – Himmel, Hölle oder Fegefeuer – selbst zu bestimmen. Wir glauben nicht an diese Dinge und können deshalb realistisch sein.»

«Und wenn man Sie entlassen hätte?» fragte Lanigan.

«Dann nur deshalb, weil ich Pech gehabt, nicht, weil ich gesündigt oder ein Unrecht begangen hätte.»

Lanigan griente. «Na, da bin ich aber froh, daß Sie Glück gehabt haben. Glück soll ja ansteckend sein.»

## 46

Laura legte den Hörer auf. «Sie haben Jack verhaftet», sagte sie betroffen.

«Verhaftet? Wer? Was redest du da?» fragte ihr Vater. «Mit wem hast du gesprochen?»

«Mit seiner Sekretärin, ich habe in seiner Kanzlei angerufen. Wir verstehen uns sehr gut, und sie hat mir erzählt, daß er sich gemeldet hat, weil er verhaftet worden ist und J.J. Mulcahey – das ist ein älterer Kollege – bitten wollte, zu ihm aufs Polizeirevier von Barnard's Crossing zu kommen. Mulcahey war noch nicht im Büro, aber da es dringend war, hat sie ihn zu Hause angerufen, und er hat versprochen, sofort hinzufahren. Er ist noch nicht zurück, und jetzt ist es schon fast elf.»

«Hat sie gesagt, warum er verhaftet worden ist?»

«Das wußte sie nicht. Ich muß sofort zu ihm.»

«Nein, Laura, überlaß das mir. Ich bekomme aus der Polizei mehr heraus als du.»

«Warum?» Sie traute ihrem Vater nicht recht, sie hatte das Gefühl, daß er von Scofield nicht gerade begeistert war.

«Weil ich jedes Jahr eine ansehnliche Summe für den Polizeiverein spende.»

«Wann willst du hin?» fragte sie, noch immer argwöhnisch.

«Sofort. Und sobald ich etwas erfahren habe, komme ich zurück.»

Auf dem Revier brauchte Magnuson sich nicht erst zu Lanigan durchzufragen. Der Polizeichef stand an der Anmeldung und sprach mit dem diensthabenden Sergeant. «Guten Tag, Mr. Magnuson», sagte er. «Was kann ich für Sie tun?»

«Sie kennen mich?» fragte Magnuson überrascht und geschmeichelt. «Könnte ich Sie wohl – äh –»

«Aber ja. Gehen wir in mein Büro, dort sind wir ungestört. Kaffee?»

Sie setzten sich. «Nein, danke. Ich wüßte gern, was gegen Jack Scofield vorliegt.»

Lanigan breitete die Hände aus und hob die Schultern. «Für den Fall ist jetzt der District Attorney zuständig.»

«Ich frage nicht aus Neugier. Meine Tochter steht in einer recht engen Beziehung zu ihm.»

«Ich weiß. Sie hat ihm den Wahlkampf geführt.»

«Nicht nur das. Die beiden sind so gut wie verlobt. Wenn Sie ihn wegen einer geringfügigen Übertretung verhaftet haben, wegen einer Sache, die er im Verlauf des Wahlkampfs getan oder unterlassen hat – schön und gut. Aber wenn es etwas Schwerwiegendes ist, dann muß ich das wissen, Laura zuliebe. Wahrscheinlich bringen sie es noch heute im Radio oder in der Zeitung. Können Sie mir nicht wenigstens einen kleinen Vorsprung geben? Vielleicht kann ich Ihnen sogar helfen.»

Lanigan preßte nachdenklich die Lippen zusammen, dann nickte er. «Also schön. Vor einigen Tagen kam es auf der Glen Lane zu einem Verkehrsunfall mit Fahrerflucht. Das Opfer starb. Scofield saß am Steuer. Ist das in Ihren Augen schwerwiegend?»

Magnuson nickte. Nach einem Unfall nicht anzuhalten, nicht nach dem Opfer zu sehen, keine Hilfe zu holen, das war eine schlimme Sache. Andererseits konnte er verstehen, daß Scofield, für den so viel auf dem Spiel stand, die Nerven verloren hatte. «Ist das alles?» fragte er.

«Nein. Um die Polizei auf eine falsche Fährte zu locken, schlug er den Scheinwerfer eines geparkten Wagens ein und verstreute die Scherben am Unfallort.»

«Das wissen Sie genau?»

«Er hat die Scherben in ein altes Handtuch getan, das in seinem Kofferraum lag. Ein paar Splitter blieben an dem Handtuch hängen. Und sie passen genau zu den Scherben, die neben dem Toten gefunden wurden.»

«Gehörte der geparkte Wagen jemandem, gegen den Scofield etwas hatte?»

«Nein, er stand nur so schön in der Nähe.»

«So ist das also. Fahrerflucht, Irreführung der Polizei ...»

«Das ist alles, was wir im Augenblick beweisen können. Aber wir haben Grund zu der Annahme, daß Scofield den Mann kannte, den er getötet hat, daß er sich dort mit ihm verabredet hatte und daß es kein Zufall, sondern Absicht war.»

«Sie meinen –»

«Jawohl. Wir glauben, daß das Opfer in Scofields Auftrag einen schmutzigen politischen Trick abgezogen hatte und Scofield ihn in die Glen Lane bestellt hatte, um ihn zu bezahlen.»

«Aber das ist Mord.»

«Es sieht ganz danach aus.»

Magnuson nickte. Er dachte an Laura und überlegte, wie sie die Nachricht aufnehmen würde. Sie war ein vernünftiges Mädchen, aber wenn sie den Mann liebte, redete sie sich am Ende ein, daß sie zu ihm halten müßte. Die Fahrerflucht, vielleicht sogar die Irreführung der Polizei, konnte sie damit rechtfertigen, daß er, schwach wie er war, einfach die Nerven verloren hatte. Aber einen Mord würde sie bestimmt nicht akzeptieren. Trotzdem ... Er gab sich einen Ruck.

«Als Laura mir sagte, daß sie sich für Scofield interessierte, habe ich mir sein Bankkonto angesehen», sagte er ruhig. «Ich bin im Aufsichtsrat der Bank, das heißt der Zentrale in Boston. Einen Tag nach der Vorwahl hat Scofield 3000 Dollar in bar abgehoben, die Hälfte seines Kapitals.»

«Schau einer an.»

«Und am nächsten Tag hat er die Summe wieder eingezahlt.»

«Sehr interessant. Wir werden die Unterlagen beschlagnahmen und der Sache nachgehen. Vielen Dank, Mr. Magnuson.»

Es war nicht so schwer, wie er gedacht hatte, es Laura beizubringen. Zuerst war sie fassungslos, dann vergoß sie ein paar Tränchen. Schwer zu sagen, ob sie um Scofield weinte oder um sich.

«Ich bin schuld», sagte sie. «Wenn ich ihm nicht Hoffnungen auf einen Sieg gemacht hätte ... wenn ich ihn nicht gedrängt hätte ... Daß er nicht genug Schwung hat, habe ich wohl gemerkt, aber wir beide, habe ich mir gedacht, würden ein erstklassiges Team bilden. Er ist schwach, weißt du ...»

«Ja, aber schwache Menschen lassen eben ihre Schwäche nicht nur in einer bestimmten Situation, sondern durchgehend in allen Lebenslagen erkennen.»

«Ich muß mit ihm sprechen.»

«Nein, Laura, das darfst du nicht. Ich möchte nicht, daß du Kontakt mit ihm aufnimmst. Scofield ist jetzt Gift für uns.»

«Aber ich muß zu ihm. Auch wenn es nur ... Es ist da noch einiges für den Wahlkampf zu tun, Rechnungen müssen bezahlt, Briefe beantwortet werden ...»

«Davon laß bitte die Finger. Es könnte gefährlich für dich sein. Ich werde Morris Halperin bitten, sich darum zu kümmern. Er kann sich mit diesem Mulcahey in Verbindung setzen, der Scofields

Verteidigung übernommen hat. Die beiden werden sich schon was einfallen lassen.»

«Ach, Dad, wir benehmen uns wie die Ratten, die ein sinkendes Schiff verlassen.»

«Nein, Laura. Höchstens wie Leute, die achtgeben, nicht in eine schmutzige Pfütze zu treten.»

«Aber was soll ich jetzt machen, während er –»

«Ich schlage vor, daß du mit Mutter nach Paris fährst. Vielleicht komme ich auch mit. Es wird Zeit, daß ich mal wieder meinen Bruder besuche.»

## 47

«Jetzt hör mal gut zu, mein Junge», sagte Mulcahey. «Wenn du einen anderen Anwalt willst, soll's mir recht sein. Aber wenn du mich willst, mußt du schon die Karten auf den Tisch legen.»

«Ich möchte schon, daß du den Fall übernimmst, aber –»

«Ich habe Klienten in Fällen von Vergewaltigung, Mord, sogar Inzest verteidigt. Ich schwinge mich nicht zum Richter auf. Wenn du mit mir redest, ist das, als wenn du auf Band sprichst – egal, was du angestellt hast. Mich interessiert nur, was ich rausstreichen und was ich runterspielen muß, um einen Freispruch zu erreichen. Aber Überraschungen beim Prozeß kann ich nicht vertragen. Also entweder spuckst du's aus, oder du suchst dir einen anderen Anwalt.»

«Schon klar, J.J. Also das war so. Der Wahlkampf lief nicht besonders, und ich hatte den Eindruck, daß ich nicht die geringste Chance hätte. Ständig kamen neue Rechnungen, und von der Publicity hab ich nichts gehabt. Beruflich hat sie jedenfalls nichts gebracht. Und dann kam dieser Typ zu mir.»

«D'Angelo?»

«Ja. Er schien gut Bescheid zu wissen und redete, als ob er mit den hohen Tieren in Boston bestens bekannt wäre. Und er sagte, sie wären auf mich aufmerksam geworden, weil ich ein neues Gesicht sei, im Gegensatz zu Baggio und Cash, das seien ganz gewöhnliche Berufspolitiker. Wir sprachen über den Wahlkampf, und er sagte, Baggio sei mein eigentlicher Gegner, wegen Cash brauchte ich mir keine Sorgen zu machen, der würde sowieso nicht durchkommen, dafür würden sie schon sorgen. Dann sagte er, er wüßte schon, wie ich Baggio schlagen könnte, aber das würde mich ein bißchen was kosten.

Wieviel, fragte ich ihn, und er sagte, zweitausend schon. Soviel Geld hätte ich nicht, sagte ich, und da meinte er, ich brauchte ja nicht alles auf einmal zu zahlen, ich könnte ihm zweihundert jetzt und den Rest nach der Wahl geben. Aber wenn du nun durchfällst, dachte ich mir, hast du Geld zum Fenster rausgeworfen und mußt noch eine Rechnung mehr zahlen. Na schön, wir einigten uns schließlich darauf, daß ich ihm 200 Dollar für Spesen geben würde und dreitausend, wenn ich die Nominierung gewinnen würde. Wenn ich nicht durchkam, schuldete ich ihm nichts. Das war ein reelles Angebot, fand ich. Ich hatte das Gefühl, daß er mir was bieten konnte.»

«Und was hast du für dein Geld bekommen?»

«Er hatte da ein Foto von einer Gruppe von Gangstern im Smoking, und einer von ihnen war Baggio. Er wollte ein Flugblatt drucken lassen, mit dem Foto, den Namen der Leute und der jeweiligen Anklage, und darunter in dicken Buchstaben: Ist das der richtige Mann für den Senat? Oder so ähnlich. Wohlgemerkt, er wollte das Flugblatt nicht unter seinem Namen herausgeben, sondern unter dem Namen einer Gruppe. ‹Komitee Besorgter Bürger› wollte er es nennen.»

«Ach, dann steckte er also hinter diesem Komitee. Aber dann habt ihr euch unmittelbar vor der Wahl von dem Machwerk distanziert.»

«Ja, Laura bestand darauf, es sei ein schmutziger Trick, hat sie gesagt. Das mag schon stimmen, aber der Zweck heiligt die Mittel, wie man so sagt.»

«Es heißt auch: In der Liebe und im Krieg ist jedes Mittel erlaubt. Aber von Politik ist in diesem Spruch nicht die Rede», sagte Mulcahey.

«Na ja, eigentlich ging es da schon mehr um Liebe als um Politik. Inzwischen war ich nämlich ganz schön verknallt in Laura, und ich hatte das Gefühl, sie würde mich nehmen, wenn ich gewinnen würde. Bei einer Wahlniederlage, dachte ich, hätte ich bestimmt keine Chance.»

«Schön, aber sehr clever war es trotzdem nicht von dir.»

«Ich habe damit die Vorwahlen gewonnen», wandte Scofield ein.

«Mag sein. Aber wäre es je herausgekommen, wärst du überall unten durch gewesen. Man spielt Parteigenossen keine schmutzigen Tricks. Wenn du die Vorwahl gewinnst, erwartest du doch von ihnen, daß sie dir helfen, die Wahl zu gewinnen. Miese Tricks spielt man nur der Opposition. Und wie ging es dann weiter? Er rief an und wollte sein Geld?»

«Nicht gleich. Es war nicht ganz klargeworden, ob ich nach der Vorwahl oder der Wahl zahlen sollte. Aber Baggio war stinksauer, denn der Mann auf dem Foto war gar nicht er. Er war überhaupt nicht auf dem Bankett gewesen, und das konnte er auch beweisen. Er beschwerte sich beim Wahlausschuß, und er muß da wohl Freunde sitzen haben, denn die haben die Sache sofort überprüft.»

«Er hat einen Schwager in der Kommission.»

«Ja, dann ist alles klar. Und da rief D'Angelo mich an. Er sagte, die Detektive von der Kommission hätten bei den Druckereien rumgeschnüffelt, und er hätte Angst, sie könnten früher oder später auf ihn stoßen. Er würde gern eine Weile untertauchen, vielleicht bis nach der Wahl, denn dann hätten sich die Wogen wahrscheinlich geglättet. Natürlich war ich einverstanden. Er wollte am nächsten Morgen losfahren, sagte er, aber er brauchte Reisegeld. So hat er sich ausgedrückt. Ich sollte das Geld beschaffen, und er würde noch am gleichen Tag in meine Kanzlei oder in meine Wohnung kommen und es abholen. In dieser Lage war ich natürlich nicht scharf darauf, mit ihm gesehen zu werden, und ich sagte, ich würde mich irgendwo mit ihm treffen, und schlug die Glen Lane vor. Er sollte gegen zehn dort auf mich warten, weil ich bei Lauras Familie zum Essen eingeladen war – wie praktisch jeden Abend – und nicht wußte, wann ich mich davonmachen konnte.

Es war mir ein bißchen ungemütlich, daß ich ihm über die 200 Dollar einen Scheck gegeben hatte, das heißt nicht ihm, sondern dem Komitee …»

«Einen Scheck von dir oder einen aus dem Wahlkampffonds?»

«Einen aus dem Fonds konnte ich ihm nicht geben, weil Laura die Buchführung macht, und ich wollte nicht, daß sie was davon erfuhr. Aber als mein Bankauszug kam, sah ich, daß er den Scheck noch nicht eingelöst hatte, und das fand ich etwas beunruhigend. Nachdem sich herausgestellt hatte, daß das Bild eine Fälschung war und die Wahlkommission der Sache nachging, fand ich, daß ich mich ganz schön in die Nesseln gesetzt hatte. Natürlich war ich deshalb heilfroh, daß er wegfahren wollte. Ich ging zur Bank und hob 3000 Dollar in bar ab. Als ich an dem Abend zu Laura kam, sagte ich, ich müßte früher weg. Meist blieb ich bis gegen elf, aber ich schaffte es, kurz nach zehn wegzukommen.

Als ich zur Glen Lane fuhr, ging mir so allerlei durch den Kopf. Wenn er nun einen Fotografen mitgebracht hatte, der mich bei der Geldübergabe knipste? Jetzt wußte ich ja, was das für ein Typ war, dem war alles zuzutrauen.»

«Verständlich.»

«Ich kam von der Salem Street aus zur Glen und fuhr ziemlich langsam, weil ich ihn nicht übersehen wollte. Sein Wagen stand auf der kleinen Schneise, und dann sah ich auch D'Angelo, er war auf dem höchsten Punkt der Straße, mitten auf der Fahrbahn. Ja, und was dann passiert ist, weiß ich eigentlich nicht. Auch wenn ich jetzt zahle, schoß es mir durch den Kopf, hat er mich noch in der Hand. Sogar noch nach der Wahl, weil ich ihm doch diesen Scheck gegeben habe. Und dann hab ich Gas gegeben –»

«– und hast ihn über den Haufen gefahren. Und dann? Hast du angehalten?»

«Muß ich wohl. Jedenfalls weiß ich, daß ich Gas weggenommen habe, denn ich hab nach hinten gesehen, und da lag er auf der Fahrbahn, mit dem Gesicht nach unten. Ich wollte es der Polizei melden. Ganz bestimmt. Als Unfall, meine ich. Er sei plötzlich aus dem Wald gekommen, konnte ich sagen, und ich hätte ihn nicht gesehen. Aber du weißt ja, wie die Polizei bei Verkehrsunfällen ist. Sie gehen immer davon aus, daß der Fahrer schuld war. Wie sich das auf die Wahl ausgewirkt hätte, kannst du dir vorstellen. Und wenn ich durchgefallen wäre, hätte ich Laura verloren und ... und alles. Und da dachte ich mir, hältst du eben irgendwo an und meldest es mit einem anonymen Anruf, dann kümmern sie sich um D'Angelo, und dir passiert nichts. Denn was er da mit mir machte, war ja so eine Art Erpressung, und wenn sich jemand um ihn kümmerte, ein Arzt, meine ich, war nicht einzusehen, weshalb ich darunter leiden sollte, wo er doch versuchte, mich auszunehmen. Ich hielt am Fuß des Hügels an, wo die Glen Lane in die Maple Street einmündet, um mir den Wagen anzusehen.»

«Weswegen wolltest du dir den Wagen ansehen?»

«Ach, da war doch vor einiger Zeit so ein Film im Fernsehen, da hat der medizinische Gutachter einen Fall von Fahrerflucht durch eine chemische Analyse des abgeblätterten Lacks geklärt, den man am Tatort gefunden hatte. Er konnte nachweisen, daß der Lack von dem Unfallwagen stammte. Und deshalb wollte ich nachsehen, ob mein Kotflügel verbeult war oder ob Lack abgeplatzt war.»

«Und?»

«Ich konnte es nicht erkennen», sagte Scofield niedergeschlagen. «Der Kotflügel ist schon ziemlich verrostet, es war beim besten Willen nichts zu sehen. Aber es gibt nur diesen einen pinkfarbenen Wagen in der Stadt, und das machte mir doch Sorgen. Und dann sah ich nur ein paar Meter weiter diesen anderen Wagen stehen. Vielleicht kann ich die Polizei auf eine andere Spur setzen, hab ich mir gedacht. In den Häusern war nirgends mehr Licht, da habe ich es riskiert. Ich holte einen Schraubenschlüssel aus dem Wagen und das alte Handtuch, das ich immer im Kofferraum habe. Ich legte das Handtuch um den Scheinwerfer und schlug zu. Die Scherben habe ich dann mit dem Handtuch aufgesammelt und bin damit zu meinem Wagen, habe gewendet, bin wieder zu ... zu ihm hin und habe die Scherben auf die Fahrbahn gelegt. Dann bin ich heimgefahren.»

«Und wie haben sie dich erwischt?»

«Sie haben meinen Wagen abgeschleppt, weil ich auf der Straße geparkt hatte. Im Winter ist das in Barnard's Crossing verboten. Weil es den Schneepflug behindert. Aber das Wetter war die ganze Zeit so mild ...»

«War der Wagen abgeschlossen?»

«Ich glaube nicht, ich schließe eigentlich nie ab. Hier klaut ja keiner was. Und ein pinkfarbenes Auto, das so leicht wiederzuerkennen ist, schon gar nicht.»

«Na schön. Weiter im Text.»

«Und dann haben sie wohl das Handtuch im Kofferraum gefunden –»

«Das hattest du noch?»

«Ja, sicher. Auf die Idee, daß noch Glas drin sein könnte, bin ich nicht gekommen.»

«Aber der Kofferraum war natürlich abgeschlossen.»

«Natürlich.»

«Dann müssen sie ihn aufgebrochen haben.»

«Nein, unter dem Armaturenbrett ist eine Entriegelung. Warum?»

«Wir könnten sie wegen einer nicht genehmigten Durchsuchung

drankriegen. Okay, ich kümmere mich darum. Wer hat dich heute früh geholt?»

«Lieutenant Jennings und noch ein Cop. Er sagte, sie hätten Glasscherben in meinem Kofferraum gefunden, und die paßten zu dem Glas auf der Fahrbahn neben der Leiche.»

«Hm. Und was hast du mit dem Geld gemacht?»

«Mit welchem Geld?»

«Den 3000 Dollar, die du D'Angelo nicht gegeben hast?»

«Die hab ich am nächsten Tag wieder eingezahlt.»

«War das dein Kapital?»

«Nein, ich hatte noch dreitausend auf der Bank. Wieso?»

«Macht also sechstausend. Na schön, das langt für den Anfang.»

«Für den Anfang? Was soll das heißen?»

«Hör zu, alter Junge, mit dem Honorar komme ich dir ja gern entgegen, aber es wird trotzdem eine Stange Geld kosten. Detektive, Gutachter, Psychiater. Mit den sechstausend kommst du nicht weit. Was kannst du noch aufbringen?»

«Ja, wenn die Magnusons zu mir halten ...»

«Die kannst du vergessen. Wenn der District Attorney Mordanklage erhebt, setzt sich ein Mann wie Magnuson sofort ab. Der läßt sich doch nicht mit Mordverdächtigen ein.»

«Dann weiß ich nicht ... Vielleicht könnte meine Schwester ...»

«Überleg's dir in Ruhe, es hat ja noch Zeit. Ich werde mit dem District Attorney reden. Wenn sie von deinen Kontakten zu D'Angelo nichts wissen, kann es sein, daß es nur auf Fahrerflucht hinausläuft. Dann ist es am besten, wenn wir uns schuldig bekennen. Du hast die Nerven verloren, fertig.»

«Und der eingeschlagene Scheinwerfer?»

«Vielleicht kann man das Verfahren abtrennen.»

«Und wozu soll das gut sein?»

«Weil da nur Anklage wegen Irreführung oder vielleicht Behinderung der Polizei erhoben werden kann. Aber wenn der District Attorney deine Verbindung zu D'Angelo spitzkriegt, plädiert er bestimmt auf Mord, und dann könnte es sein, daß wir zeitweilige Unzurechnungsfähigkeit geltend machen müßten. Ich sage dir das so knallhart, weil du Anwalt bist und es doch merkst, wenn ich versuche, dir blauen Dunst vorzumachen. Inzwischen ist es wohl am besten, wenn du die Kandidatur für den Senat zurückziehst. Ich werde eine Erklärung aufsetzen, daß du erst den Flecken auf deiner

Ehre wieder loswerden willst oder so. Und noch eins: Du redest nicht über die Sache. Nicht mal mit Laura oder ihrem alten Herrn. Ist das klar?»

## 48

Howard Magnuson gab Morris Halperin vor seiner Abreise nach Paris letzte Anweisungen. «Hier sind Lauras Schlüssel zu dem Laden. Die Verträge für die gemieteten Möbel sind alle im obersten Schreibtischfach, das ist der Schlüssel dazu. Sie setzen sich mit diesem Mulcahey in Verbindung und sagen ihm, er soll alles auflösen und die Einrichtung zurückgeben. Hier ist eine Vollmacht von Laura, damit können Sie Geld vom Wahlkampffonds abheben und offene Rechnungen begleichen. Die Schecks hat sie immer unterschrieben. Aber vielleicht möchte Mulcahey da auch mitmischen, schließlich ist er Scofields Rechtsbeistand.»

«Das könnte ich mir auch vorstellen.»

«Na gut, dann lassen Sie ihm ruhig den Willen. Die Hauptsache ist, daß die ganze Sache so schnell wie möglich vom Tisch kommt. Wenn im Fonds nicht genug Geld ist, springe ich ein – solange es einigermaßen im Rahmen bleibt. Geben Sie meinem Büro in Boston Bescheid, die überweisen, was nötig ist. Sonst noch was?»

«Wie ist das jetzt mit meinem Bruder, Mr. Magnuson?»

«Tja, so wie es jetzt aussieht, wird wohl nichts aus unserem Plan, dafür werden Sie Verständnis haben. Hat er in Kansas schon gekündigt?»

«Nein, aber –»

«Sehen Sie, Morris, Sie haben mir mal gesagt, daß Ihr Bruder Pech gehabt hat. So was gibt's. Dafür hat eben Rabbi Small Glück, darauf läuft's wohl hinaus. Es wird am besten sein, wenn Sie Ihren Bruder anrufen und ihm offen sagen, was los ist. Sie können ihm von mir ausrichten, daß ich ihm sehr dankbar bin, daß er einspringen wollte, und ihm gern unter die Arme greife, wenn sich die Gelegenheit ergibt. Und irgendwann kommen auch wieder andere Zeiten. Passen Sie auf – eines Tages geht der Rabbi.»

# Harry Kemelman

**Quiz mit Kemelman**
8 Kriminalstories (2172)

**Am Freitag schläft der Rabbi lang**
(2090)

**Am Sonntag blieb der Rabbi weg**
(2291)

**Am Montag flog der Rabbi ab**
(2304)

**Am Dienstag sah der Rabbi rot**
(2346)

**Am Mittwoch wird der Rabbi naß**
(2430)

**Der Rabbi schoß am Donnerstag**
(2500)

**Am Samstag aß der Rabbi nichts**
(2125)

**Eines Tages geht der Rabbi**
(2720) Juli 85

thriller rororo

C 358/10